ちくま文庫

ひと・ヒト・人

井上ひさしベスト・エッセイ続

井上ひさし 著
井上ユリ 編

筑摩書房

目次

I 光ほのかに

Ⅱ　カナシイ夜は「賢治全集」

Ⅲ　世界の真実、この一冊に

Ⅳ 二人の亀治

Ⅴ 好きだからけなせる

ひと・ヒト・人——井上ひさしベスト・エッセイ続

I 光ほのかに

光ほのかに　アンネ・フランク　昭和二十八年

　昭和二十八年（一九五三）といえば、二月にNHKが東京地区でテレビの本放送を開始し、また八月に日本テレビが開局したという、いってみれば「テレビ元年」にあたる年であるが、たいていの人は、のちにこのテレビが、活字にとって最強のライバルになるだろうことは考えていなかった。すくなくとも筆者などはこの新参者を頭から無視してかかっていた。もちろん大相撲の実況中継や力道山の空手チョップが早くも街頭テレビの前に黒山の人垣を築かせはじめているということは知っていたが、この年から十年もしないうちに全国の茶の間にこの青白い光を放つ箱がでんと居坐ることになろうとは、まったく予想もしなかった。だいたいテレビ受像機が高価すぎた。その大半がアメリカ製で一台三十万円もしていたのである。この年の秋、筆者は最下級の国家公務員として、岩手遠野在の療養所につとめ出していたが、本俸は三三〇〇円だった。テレビ受像機は飲まず喰わずで八年間がんばらないと手に入らない高嶺の花だったのだ。事情は東京の一流企業の中堅サラリーマンでも同じだったろうとおもう。なにしろ彼等にしても月給は三万円ぐらいだったのだから。

テレビに注意をはらおうとしなかった第二の理由として、ちょうどこの頃、活字本と映画が質的にある頂点をきわめつつあったことがあげられる。映画はこの際わきへおくとして、ためしにこの年売れた本のベストテンを下の方から並べてみよう。⑩ジャン・クリストフ3（新潮社版世界文学全集）、⑨芥川龍之介集（河出書房版現代文豪名作全集）、⑧芥川龍之介集（筑摩書房版現代文学全集）、⑦日本資本主義講座第一巻、⑥女の兵舎（T・トーレス）、⑤第二の性1（ボーボワール）、④人間の歴史3（安田徳太郎）、③君の名は第三巻、②第二の性3……と断然、質が高い。全集ものが三冊も轡《くつわ》を並べているところも豪勢だ。昭和三十年代に入ってから、ある事情通が次のような卓見を述べたことがある。

「紙が少いときは文庫が流行し、紙が多く出回るようになると全集がはやり、紙が高くなると新書の競争になる」

この意見は四十年代から以降は当てはまらなくなるけれど、二十年代、三十年代にはみごとに通用する。たしかにこの二十八年は用紙統制の全面撤廃から二年たっており、紙の事情はよくなりつつあった。そこで二十種もの各種全集が全国書店を戦場に、はなばなしい売上げ合戦を展開していたのである。もとよりこの合戦を支えていたのが読者たちの知的な好奇心や向上心、それから活字への熱烈な忠誠心であったことはいまさら喋々《ちょうちょう》するまでもないだろう。そして戦後の出版界は「昭和二十六年の文庫、二十八年の全集、三十年の新書、三十二年の週刊誌という具合に、行儀よく年をへだてて二年目ごとにブームをつくりながら大衆化を呈示していった」（田所太郎）。この大衆化の行き着く先に、テレビというもっとも大衆的なるものが待ち受けていて、三十四年の皇太子の結婚パレードではっきりと牙を剝《む》いた。二十八年にわずか九〇〇台しかなかったテレビ受像機が、三十四年四月の皇太子御成婚の直前には二〇〇万台以上にふえていたのである。——こうして振り返ってみると、この二十八年前後の数年間こそ、長い間つづいた活字天下の最後の黄金期だったのではないかという見当がつくが、その二十八年に一番よく売れた本が、アンネ・フランクの『光ほのかに』（文藝春秋新社）である。

これは、いまさら紹介するまでもないだろうが、第二次大戦中、ユダヤ人であるために、ただそれだけの理由で、オランダを占領したナチスドイツに迫害され、二十五カ月、七百六十一日間、アムステルダムの隠れ家に家族や知人あわせて七人と息をひそめてかくれ住んだ少女の日記である。これもまた読者諸賢がすでによくご存知のように、アンネを入れて八人のユダヤ人は、やがて密告によってゲシュタポ（秘密国家警察）に逮捕された。彼等はオランダ、ポーランド、ドイツの強制収容所を盥回《たらい》しにされ、アンネは一九四五（昭和二十）年三月、ドイツのベルゲン・ベルゼン収容所でチフスにかかって死んだ。十五歳だった。戦後まで生きのびたのは八人中ただ一人、アンネの父オットーだけだった。もとより隠れ家生活を営むには、外部に強力な支援者たちを必要とする。だれかがパンを買ってこなければならない。野菜も欠かせない。アンネは映画狂だったから週刊の「映画と演劇」誌を毎号、読みたがった。隅から隅まで舐めるようにして読むと、次に彼女はスターの写真の切り抜きをはじめる。裏庭に向けて窓がひとつしかない殺風景な部屋をすこしでも馴染みやすくするために壁をスターのポートレートで飾ろうというのだ。余談だが、筆者が隠れ家を訪ねたのは、彼女がスターの写真を壁に貼っていたころから四十年もたっていたが、レイ・ミランドの写真だけは健在だった。それから目についたのは、ドアのすぐ横の、破れた壁紙の鉛筆のしるし。しるしの横に「A42」と書き込まれていた。書いたのは父のオットーで、Aはアンネを、洋数字は西暦一九四二年をあらわしている。アンネたちがプリンセン堀の、この細長いオランダ煉瓦（硬くて丈夫で有名）建ての建物の奥の三、四階に移ってきたのは四二年の七月六日である。父親が娘に、「ちょっとそこへ立っててごらん。背の高さを計ってあげるから」といったのは、隠れ家に移ってきて間もない頃のことであったろう。父親はつづけてこう云ったかもしれない。「ここを出られるようになったら、そのときはもう一度、計ることにしよう。そうすれば隠れ家生活のあいだにどれだけ背がのびたかわかるよ」と。父親は、よくこんなことを云いたがるもので、父親のそういう思いが鉛筆のしるしとなって残ったのであろう。「A42」の高さは一五八センチ、これが隠れ家生活をはじめた時分のアンネの身長である。二十五カ月後の四四年八月四日、アンネたちは隠れ家を出ることになるが、もちろんそのとき、背を計る余裕はなかった。ゲシュタポの男が「五分間で支度をすませろ」と怒鳴り散らしていたからである。したがってわたしたちには、アンネが七百六十一日間でどれだけ背丈がのびたかわからない。ただ、相当に大きくなっていただろうことは彼女の日記の、たとえば四四年三月二十七日の分を読めばわかる。そこにこう書きつけてあるからだ。《わたしは寝巻を着て（チャーチルの演説をラジオで聞いて）いますが、小さ過ぎて、つんつるてんです。》

話を支援者たちのことへ戻して、こういった雑誌類を手に入れるためにも外部と内部とをつなぐパイプ役の存在が絶対に欠かせない。さらにアンネは姉のマルゴットと速記の通信講座をとっており、教材を送ってもらい、添削をうけるためにも口のかたい協力者が必要だった。さいわいなことにアンネたちは優しく強い支援者や協力者に恵まれていた。たとえば階下の事務所で働いているミープ。

《ミープはまるで荷物運びの騾馬《らば》のように、忙しく使い走りをしてくれます。ほとんど毎日のように、野菜やなにかを手に入れては、一切合財を買物袋に詰めこみ、自転車で運んできます。土曜日には本を持ってきてくれるので、みんなその日を待ちこがれています。まるでプレゼントをもらう小さな子供のようです。普通の人たちには、ここにとじこもって暮らしているわたしたちにとって、本がどんなに楽しみだか、とてもわからないでしょう。読書と学問とラジオ、それがわたしたちの娯楽です。》(四三年七月十一日)

ゲシュタポが床いっぱいに撒き散らして行ったアンネの日記や童話を拾い集め、オットーの帰るまでそっと保管しておいたのもミープたちだが、それにしてもアンネはなぜ自分の書いたものを持って出なかったのだろう。アンネが自分の命と同じくらい日記帖を大切にしていたことは、その日記のいたるところから感じられるが、たとえば、ゲシュタポに連行される四カ月前、建物に泥棒が入り、その取調べのために警官がやってきて、回転本棚(隠れ家への秘密のドア)をがたがたいわせて去るという事件がおこり、隠れ家の住人たちは警官がまたやってくる場合に備えて、そのときはどういう態度をとるかを話し合う。

《もしも相手が〝いいオランダ人〟だったら、なんとか見のがしてもらえるかもしれませんし、あいにくNSB(訳注＝オランダの国家社会主義、つまりナチスの運動)のメンバーだったら、買収しなくてはなりますまい! 「その場合は、まずラジオをこわすことね」と、ファン・ダーンのおばさんが溜息まじりに言いました(井上注＝このころになると市民がラジオを持つことさえ禁止されていた)。「そうだそうだ、ストーブにほうりこめ! われわれがつかまるんなら、ラジオだけ助かったってなんにもなるものか!」と、おじさんが応じます。「そうなると、アンネの日記も見つかるだろうね」おとうさんがつけくわえます。「それならそれも焼いちゃうことね」こう提案したのは、わたしたちのうちでいちばん臆病なだれかさん（井上注＝ファン・ダーンのおばさんのこと）。まさにこの瞬間と、さいぜん警官が回転本棚をがたがたいわせたとき、このふたつが、わたしの生涯における最悪の瞬間でした。「日記はかんべんして！　日記を燃やすんなら、わたしも燃やしてちょうだい！」》

これほどまでに愛していた日記帖を彼女はなぜ床から拾いあげなかったのだろう。手荷物のどこかに忍び込ませ、どこまでも日記帖と一緒に生きようとしなかったのだろう。ゲシュタポに日記を読まれてはいけないと考えたのかもしれない。ナチス批判がびっしりと書き連ねてあるから連中は腹を立て、その場で「特別活動」をおこすかもしれない。特別活動とはナチスが考案したお役所言葉で「大量虐殺」のことだが、アンネはそれをおそれたのだろうか。また日記には支援者たちの言動がくわしく書き込んである。まさかの時のために名前は仮名にしてあるが、よく読めば、だれがだれに該当するか解読可能だ。それでは自分たちをかくまってくれた恩人たちにひどい迷惑がかかってしまう。だから彼女は日記帖をおいていったのだと、そうも考えられる。あるいはオットーがのちにドイツの作家エルンスト・シュナーベルに語ったように、

《……一度、アンネが、わたしのところへききにきましたので、わたしは、『いや、これはおよし。でも、これはもっていったほうがいいよ』と、いってやりました。あの子はいわれたとおりにしました。この場になっても、あの子はおだやかでおちついていました。気力こそうしなっていましたが、それはほかのみんなも同じでした。たぶん、そんなわけであの子は床《ゆか》の上にちらばっているノートを、ただの一冊ももっていこうとしなかったんでしょう。でも、もしかすると、すべてがうしなわれてしまうのだということを、あの子は予知《よち》していたのかもしれませんね。そこで、いったりきたりしながらも、日記には目もくれなかったのかもしれません。》（久米穣《みのる》訳『少女アンネ　その足跡』偕成社文庫）

いちばん身近にいた人、それも父親の証言だから、これは重んじられなければならない。けれどもこういったことを全部、納得したうえでなおも、捕まる二十日ほど前の、《たとえいやなことばかりでも、人間の本性はやっぱり善なのだということを、いまでも信じています。》という文章を読んだりすると、すこし考えがかわってくる。ひょっとしたらそのとき、アンネは次のようなことを呟いていたのではないのだろうか。「人間はどこまでも上等になれます。ミープたち、あなたたちは捕まったら収容所送りになることがわかっているのに命がけでわたしたちを守ってくれました。パン屋さんも八百屋さんもみんなそれと察しながら、黙ってたべものを都合してくれました。これは人間が上等だからやってくださったのだと思います。だから人間はどこまでも上等になれる存在だと信じています。でも人間はどこまでも下等になる存在であることもたしかです。わたしたちはこれからその下等な人間たちがつくりあげた特別活動施設に向って旅立ちます。そこでわたしは、わたしの命であるこの日記を、上等な人間たちのそばにおいてゆくことにします。日記には、上等な人間になりたい、すこしでも人間らしい人間になりたいと、そんなことばかり書いてありますから、あなたたちにおまかせするのが一番いいのです。では、さようなら」と。

こんなことをそのときのアンネが考えたかどうかわからないが、しかし読む者にはそれがひしひしと伝わってくる。しかも当時の世界情勢は米ソが真ッ正面から睨み合っている最中《さなか》である。それにこの本の日本語訳（皆藤幸蔵《かいとうこうぞう》）が出版された二十七年十二月には、米国は水爆を、ソ連は原爆をそれぞれ持っていた。アンネが四四年五月三日に書いた、《いったいなぜ人間は、復興のためのプレハブ住宅をつくるいっぽうで、ますます大きな飛行機、ますます大型の爆弾をつくろうとするのでしょう？ いったいどうして、毎日何百万という戦費を費やしながら、そのいっぽうで、医療施設や、芸術家や、貧しい人びとのために使うお金がぜんぜんないのでしょう？ 世界のどこかでは、食べ物がありあまって、腐らせているところさえあるというのに、どうしていっぽうには、飢え死にしなくちゃならない人がいるのでしょうか。》という素朴な疑問になんの解答も与えることができずにいたのである。すなわち、「人間はいつまで下等なままでいるつもりか、上等になろうと努力すれば、そうなれるかもしれないのに」という悲しい静かないきどおりをたいていの読者は抱いていた。アンネの日記の最後の部分、捕まる三日前の彼女の言い方を借りれば、《ぐいと心の向きを変え、良い面が外側に、悪い面が内側にくるよう》になぜならぬのかといういらだちが人びとにはあった。アンネの日記は、まさに人びとの心の、その良い面にハッシと励ましの矢を射込んだのである。加えて、八人もの人間が二年以上も隠れ家生活をつづけていたという事実への好奇心があり、床にほうり出されていた日記が奇蹟ともいうべきいきさつを経て出版にまで至ったということへの興味もあって、『光ほのかに』は書物の質の高かった二十八年のベストセラーのトップに立った。そして現在もなお売れつづけている。皆藤幸蔵の訳で三百万、深町眞理子の訳（一九八六年十一月）で二十五万五千というから、これはもう時代を超えた新古典といっていいだろうし、世界がアンネのあの素朴な問いに答えを出せずにいるあいだは――ということは悲しいけれどたぶんほとんど半永久的に――こつこつと読みつがれていくにちがいない。いや、むしろこう云うべきか。わたしたちがアンネの日記を読みつぐかぎり、世界の未来に『光ほのかに』さす希望もなくはないのだ、と。

　このように筆者は相当アンネに入れこんできたので、三十六年（一九六一）の秋、それまでの脱脂綿製にかわる紙製の生理用品が「アンネ」という商品名で売り出されたときは大いに面喰った。しかもその新製品は爆発的に売れて、まもなく宣伝文案も、「私たちはこれから生理日を〈アンネの日〉と呼びます」になった（最初の宣伝文案は「40年間お待たせしました！」）。アンネは隠れ家の少女を指し示す言葉ではなくなり、生理の代名詞になってしまったのである。そのときの掌中の珠を奪われたような腹立たしさを筆者はいまでも憶えている。このネーミングは社長坂井泰子（当時二十七歳）から出されたもので、宣伝課長渡紀彦以下の男性陣は、はじめのうちはあまりピンとこなかったらしい。しかし社長は譲らない。そればかりか彼女はアンネの日記を開いて、ここを読みなさい、と云う。その個所は四四年一月五日の分で、こう書かれていた。

《わたしの身に起こりつつあることは、すばらしいことだと思います――たんに表面的な体のことだけでなく、内面に起こっているすべてのことも。ほかの人とは、自分自身のことや、こういったことについては、いっさい話しあいません。ですから、わたし自身と話すほかないわけです。メンスがあるたびに――といっても、まだ三回あったきりですが――面倒くさいし、不愉快だし、うっとうしいにもかかわらず、甘美な秘密を持っているような気がします。ある意味で厄介なことでしかないのに、そのたびに、その内なる秘密がふたたび味わえるのを待ち望むというのも、そのためにほかなりません。》

宣伝課の男たちは右の文章に惹《ひ》かれて日記を読み通し、熱心に話し合い、こう決意をかためる。

《生理という成人した女性の健康体ならば必ず月に一度起こる現象が、ただ不潔であり、不浄であり、口に出すことさえはばからねばならない現状。（略）人のいやがる商品、人がオックウがる商品であっても、誰かが、いつの日にか手がけなければならない宿命の商品。（それでも社会への、女性の奉仕になるなら――井上補）この女性生理用品こそ、私に与えられた生涯を賭ける宣伝の仕事となるかも知れない。いや生涯を賭ける仕事としなければならない。》（渡紀彦『アンネ課長』日本経営出版会）

なるほど、とこの本を読んで気持がおさまったが、「アンネ」という商品名にこだわっていちいち腹を立てたりするのも、筆者がアンネ狂だからだろう。

アンネ狂徒のよろこびの一つに、新資料による日記の再発見がある。たとえば日記に、《わたしは（自分に）こう言います――「外へ出るのよ。野原へ行って、自然と、日光の恵みを楽しむのよ。（略）あなたのなかと、あなたの周囲にまだ残っている、あらゆる美しいもののことを考えるのよ。そうすればしあわせになれるわ！」》と書いてある。最初は、隠れ家に閉じ込められた少女がただ一心に戸外に憧れている、という浅い読み方で通りすぎてしまう。だいぶたってシュナーベルによる父オットーの証言が届けられてくる。《（収容所へ向う汽車の中で）アンネは窓のところから動こうともしません。外は夏でした。牧草地や刈り入れのすんだ麦畑や村落が、どんどんうしろへとんでいきます。》

また収容所でアンネと一緒だったある婦人の話。

《（収容所での）アンネはたのしそうでした。（略）ここでは彼女はあたらしい人にあえるし、話もできるし、大声でわらうことだってできるからなのです。》

アンネと同じように、わたしたちもまた「死」という名の終着駅をめざしてひた走る列車の乗客であるが、そう気づくたびに不機嫌になったりしていやしないか。アンネのように、自分の内部《なか》と、自分の周囲にまだ残っている美しいものについて考えることができるだろうか。新しい証言にふれるたびに十五歳の少女が人生の達人にみえてくるのだ。今度、上梓されたミープの『思い出のアンネ・フランク』（文藝春秋）を読み、筆者はまたもやアンネの日記へたちもどった。オットーのことがよく書かれていたので、彼のことを調べてみようと思ったわけだ。彼が隠れ家に閉じこもったのは五十三歳のときである。偶然、筆者もその年齢《とし》になるが、アンネが描く父親のあの若々しさやそれでいて沈着な態度はどうであろう。彼の爪の垢でもあったら煎じて飲もうというつもりになったのだが、「この人は五十六歳で二人の娘と、妻とを失ってしまったのだ」と思うと、たちまち胸が塞がって先へ読み進むことができなくなった。いずれにもせよ、このように、読者の期待にどのようにでもこたえてくれる本なのである。一生かかっても読み切れそうにない深い奥行きをもっている。十三、四歳でこれほどのものを書くとは、筆者などはただ絶句するばかりだ。

昌益先生の辞典

今回はいつもと少し趣きを変えて、江戸中期の思想家である安藤昌益《あんどうしょうえき》（一七〇三？―六二）の作った漢字辞典とおつきあい願いたいとおもう。

昌益先生については全二十一巻別巻一の全集（農山漁村文化協会）も刊行されたので御存知の方も多かろうが、それにしてもこれぐらい不思議な人物も少いのではないか。立派な全集が出ているのにその経歴の大部分が不明なのである。判明している経歴上の事実はたったの二つ。まず延享元年（一七四四）から三年間、八戸《はちのへ》城下（青森県八戸市）で町医者をしていたことはたしかで、藩の重役を診《み》たりしているから、ヤブ医者ではなかった。また、天聖寺という名刹《めいさつ》で連続講演をしたり、代官、祐筆《ゆうひつ》、神官、藩の御用商人などを十余人、門人にしていたことも判っているので、学者としても少しは聞えていたらしい。

次に判明しているのは、昌益先生が晩年、出羽《でわ》国秋田郡二井田《にいだ》村（秋田県大館《おおだて》市）で、なにか「村おこし運動」のようなことを始め、少くない共鳴者を得たこと。そしてそこで死没、同村の温泉寺《おんせんじ》に墓所のあることが確かめられている。

――若い頃、京都にいた。

――長崎でも勉学した。

――禅坊主だった。

――京の出版社の身内の者を妻とした。

――全国に信奉者を持っていた。

――その信奉者のネットワークを利用して体制転覆を企てていた。

いろんな説があるが、どの説にも確証がない。みんな憶測の域を出ない。ひところは、

――安藤昌益などという人物は実在しなかった。昌益が著した書物は明治になってからの偽作だろう。明治政府に不平不満を持つ者が、安藤昌益という名を発明し、その名にかくれて過激な言を弄したのだウンヌン。

という説を唱える学者さえいたほどである。この説は、八戸藩の『藩政日記』に昌益先生の名が明記されていることや墓所が発見されたことで霧散し去ったけれども、謎があまりに多すぎるから、こんな説も流れたのだろう。唱えた方に罪はないのである。

さて、昌益先生の思想であるが、ひと言《こと》やふた言では言いかねる。

――世界で最初に「働かざる者は喰うべからず」と喝破した。

――世界で最初に「男女同権」を唱えた。

――世界で最初に「万人平等」を説いた。

――世界で最初に「開発の害」に言及した。

――世界で最初に「環境保護」を訴えた。


どれも正しい。だが、ここでは話題を昌益先生の漢字論に絞ることにしよう。

《人間は天地自然の申し子であり、大自然の営みの中から、それこそ自然に生み出された存在である。さて、その自然であるが、自然の運行法則のどこに私利私欲があるのだろうか。日はエコヒイキなくあらゆるものを照らす。月だって同じである。風にしても、あるものに強く吹き、あるものに弱く吹くということはない。自然のすべてがたがいに恩恵を与え合って、私心なくこの世をつくっている。人間もこの自然の一部であるから、天の下の万国の人びとすべて、男は耕し女は織り、善と悪の色分けもなく、上と下の区別もなく生きていていいはずである。》

これが昌益先生の理想とする「自然《しぜん》ノ世《よ》」である。ところがこの「自然ノ世」にとんでもない「怪《アヤ》シキ倫《トモガラ》」（曲者）があらわれた。

《文字制度などというふとどきなものを作った連中がその曲者どもである。文字のせいで支配と反乱の歴史が始まった。インドでは迷える大衆と、悟った仏というでっちあげの宗教が出現し、日本ではイザナギ、イザナミなどの神話が捏造されてしまった。それからというものは、支配と反乱、迷いと悟り、ありもしない神々が入り乱れ、世の中は

混迷して安らぐこともない。》（安藤昌益研究会訳。以下同じ）

　文字と権力とは同時に発生した（寺尾五郎）と昌益先生は説くのである。学問などというものは、ただ自分を他人より有利な地位におくための詐術だ。文字を扱うのは禄を食《は》み、田畑を耕さずに楽に生きようという魂胆があるからだ。釈迦は過去《かこ》七仏《しちぶつ》をでっちあげ、自分もまた仏となった学者の親玉、老子は自然の法則にうといたわけ者の学者である。以後、どこもかしこも、でっちあげの教えや書物に魂を奪われた学者で溢れている。ああ、文字も学問も欲にかられた行いだ。

　では、そういう自分がなぜいま、この『私《し》制《せい》字《じ》書巻《しょかん》』（全集第二巻）という辞典を編もうとしているのか。一に、連中の武器である文字のからくりを知るためである。二に、連中が文字というものをいかにでたらめに考えているかを暴《あば》くためである。三に、連中の文字の覚え方はまったくなっていない、文字はこの昌益の方法による方がずっと覚えやすいことを説くためである。たとえば「日」について昌益先生は次のように言う。

《天地間にあってただひとつ丸いものだから㊀と作ったのである。》

　なるほど、旧来の「太陽の形にかたどる。中の一は充実しているさまを表わす」といった字源考よりずっとはっきりしている。

《食。𠆢は人である。良《よし》は正しい、良《よ》いの意である。人にとって食以上のものはないから、人に良《よし》と作るのである。》

これもそれまでの「亼は集の本字、皀は米粒がモミの中にはいっている形。つまり食はモミを集めたもの、すなわち飯の意。転じて、たべるの意」とされていたものにくらべると、昌益先生の説の方がはるかに明快である。

《臣。口《くち》が工《たくみ》の意。口の字の左の|を長くして卩とし、工の字を上下に分けて丅丄とし、そこへ卩を入れて臣とした。口が工《たくみ》ということは、上《かみ》や君《きみ》にへつらい、民を口工《くちたくみ》にたぶらかすこと。》

こじつけもここまで徹底すると芸になる。そして芸になっているから、「臣は、目の字の変形。目を見張って君を見上げているということ」などと説明されるより、ずっとよく頭に入るのである。

《失。過《あやま》ちのこと。矢が的を射そこなって先へ飛んで行ってしまったのである。》

こうなると、もう頓智《とんち》だ。「手をもととし、乙《イツ》が音。手から物を取り落す意」と説明されるより断然おもしろい。

《朕。月が天に並ぶ（ソ）との意に作り、天子や皇帝が自らを呼んで朕としている。これは皇帝が民衆の上に君臨しているさまが、月が天に輝いているさまに似ているとしてのものであろうが身ノ分ヲ知ラザル蒙罪ナリ。月は天上から万物を照らし育んでいるが、皇帝は人びとから貪《ムサボ》リテ食衣ス。何ヲ以テ月ニ比スベケンヤ……。》

文字を憎み、学者をあげつらい、支配者を批判する。その一点から漢字を征伐しているうちに、昌益先生の辞典はいつのまにか漢字習得のためのすばらしい教材になってしまったようだ。そこのところが愉快であり、ふしぎでもある。答は逆に出てしまったが、とにかく昌益先生は、

——最初の「漢字制限論者」。

でもあったようである。

接続詞「ところが」による菊池寛小伝

作品からその作家の実人生を推し量ろうとすること、べつに言えば、いやらしい出歯《でば》亀《がめ》となって作品を読むことは、わたしたち十八番の御家芸であり、この「覗《のぞ》き・覗かれる」関係を文学的に制度化したものが、私小説であったことはいまさらいうまでもない。わたしは娯楽作品の書き手であり、そのせいもあって「私小説ぎらい」を標榜《ひょうぼう》しているので、作品からその作家の実人生を覗き込んだり、逆に、コレコレの作家の実人生がカクカクだからシカジカの作品が生まれたのだなどと書くことを厳重に戒めているつもりだが、菊池寛の作品を読むたびに、どういうわけか彼の実人生についてウンヌンしてみたくなる。となると、ほんとうは覗きが好きなのかもしれない。いや、有名作家についての出歯亀風評伝劇をいくつも書いているところをみると、ただの好きではなく、その上に「大」の字がつくほど好きなのだ。……と、こう居直っておいて、菊池寛の実人生と作品との関係をちょっと追跡することにしよう。

菊池寛はテーマ主義者であるといわれている。なによりもまず、明確なテーマを設定する。そしてそのテーマを、無造作な表現で、率直かつ端的に、読者にぶちまける、これが彼の方法だというのである。たしかにそれはその通りだが、テーマを展開し、押し通した末に、彼が決まって辿《たど》り着く「結末の明るさ」に注目したい。いくつかの例外はあるけれども、彼の作品は、たいてい明るく締め括《くく》られている。なぜだろうか。

彼は、自分の作品を享受しようとしている人たちがごく普通の生活者であることを知っていた。当時の日本は軽工業から重工業への移行期、それにともなって農村から都市へ大量に人口が移動し、サラリーマンという名の新しい階層が生まれていたが、これらの「教育を受けた大衆」こそが、自分の作品の読者だということを、彼は充分に承知していたのである。生活者は文学青年とはちがう。「ぼくは人生に悩んでいます。メチャクチャに悩んでいます。こんなに悩んでいるぼくってすてきでしょ」式の自然主義文学などとはいっさい無縁である。彼らは「おもしろい物語」にだけ、自分たちのお金と時間を消費しようときめている。彼らは都会の新開地にただよう根なし草、そこは別名「涙の谷」、つらい話や悲しい話など売りに出したいほどある。田舎出の坊ちゃんがたの「こんなに悩んでいるぼくってすてきでしょ」式の物語など願い下げなのだ。だからどんなにつらくて悲しい物語でもおもしろく語られていて、そして結末では一条の光明がさし込んでくる菊池寛の作品を彼らが好んだのは、考えてみれば当然だった。一面、彼らはなんの理由もなく「そのうちになんとかなるだろう」と、ぼんやり信じ込んでもいた。神経が太いというのか、たいへんな楽天家たちでもあった。太い神経がなければ、涙の谷で根なし草などやっていられやしないのだ。菊池寛の提供する物語の結末の明るさは彼らの好みに合った。

ここまでをまとめて言えば、彼は、生活にたいする基本的態度、すなわち、「生活第一、芸術第二」という考え方と、「そのうちなんとかなるだろう」という処世訓とを、読者と共有していたのである。

まったく、菊池寛の前半生は、「そのうちなんとかなるだろう」の連続だった。危機に陥るとかならずどこからか助け舟があらわれるのである。たとえば、教科書写本事件なるものがある。

「私の家は、随分貧しかった。／父は、小学校の庶務係をしていたが、月給は八円位であった。／私が高等小学校の三年のとき父が教科書を買うのを億劫《おっくう》がって、私に写本をしろと云うのである。／情けなく思いながら写本を始めたが、私は今と同じようにルーズであったから、写すために友人から借りていた本を紛失させたのである。それで、仕方なく、新しい本を買って返すことになって、新しい本を買うと、失くなったと思っていた友人の本が出て来たのである。写本のことは、『父帰る』の中に使ってあるが、けだし私の体験から来た文句である。」（『半自叙伝』）

この三年後に次兄退学事件がおこる。そのころ、菊池寛は高松中学に入学していたものの、学資がつづくかどうか危ぶまれていた。次兄もまた高松中学に通っており、父の安給料と田んぼから上がる年に六俵の米では、二人も中学に出るのは無理だったからである。「市内の商店で小僧修業か」と覚悟をきめた。ところが、次兄に放縦な行動があって退学を命じられるという事件がおこり、彼は学業を続けてもいいことになった。

中学時代の最大の幸運は、テニスの選手になったことであった。

「そのために、私は一時文学の方を遠ざかった。それから、中学を出てから二年間もまた文学を顧みる暇がなかった。／私は、三四年文学に遠ざかったために、その当時文壇を風靡《ふうび》していた自然主義の影響をほとんど受けなかった。私がもし、その三四年間、文学に執心だったら、きっと自然主義の使徒になり、到底《とうてい》文壇に出ることは出来なかったと思うのである。青年時代に、その時の文壇の影響をあまりに受けすぎると云うことは、その時代の文壇のスワン・ソングになっても、次の時代の文壇には出られないような気がする。」（同前）

彼の行く手に現れる助け舟は、ますます大型になって行く。すなわち、上級学校への進学を諦めかけているところへ、東京高等師範学校が推薦入学制度を発表したのだ。授業料がいらないどころか、学資給与の特典もある。中学の校長の推薦を得て無事入学を果たした。がしかし、授業を怠けてテニスをやっているところを生徒監に見つかって、除名処分。こうなったら短期間で法律の知識を身につけて、弁護士か司法官の試験を受

けようと志すが、肝腎な学資がない。ところが、……まったく菊池寛の前半生は、この「ところが」の連続なのであるが、

「私の伯母（と云っても血のつづかない伯母だが）がそのとき結婚した老人がいた。伯母が四十近くでした晩婚の相手であるから、五十以上の老人であろう。この老人が、私がその老人の養子になれば、それだけの学資を出そうと云い出したのである。」（同前）

だが、明治大学法科に入学したとたん、志を文学に求め、明治は三カ月で退学、一高の受験準備をはじめた。これが養父に知れて離縁になる。ところが、こんどは実家から助け舟がやってくる。父が借金をして学資を送金してやるといってきたのである。

明治四十三年（一九一〇）九月、菊池寛は三番か四番の成績で一高に入学した。道草をくったせいで、二十二歳になっていた。同級となった芥川龍之介より四つも年上だった。一高時代の「ところが」は、卒業間際に発生する。佐野という親友に頼まれてマントを質屋に持って行ったのであるが、そのマントは盗品だった。つまり親友がどこかからちょろまかしてきたものだったのである。そのころ寮内でひんぴんと盗難事件が起きていたから、大きな問題になった。入質した菊池寛に疑いがかかった。

「彼の父は、文教と関係のある職業に在り、／彼は四人兄弟の長男であり、郷党《きょうとう》の模範学生であり、彼に万一の事があっては彼の父も晏如《あんじょ》として、その職にいられないのだった。彼は悲鳴を上げて泣きしきった。私は泣きしきっている彼に、寮務室に行って、私

の冤罪《えんざい》を雪《そそ》いでくれとは云えなかった。その上、私は一高を出ても、大学へ行く学資の当ては全然なく、やや自棄《やけ》的な気持にもなっていたし、青木（佐野のこと）が自ら行くと云わない以上、彼を無理に寮務室へやらせる気持にはなれなかった。私は到頭青木の代わりに学校を出る決心をした。」（同前）

さて、ここで菊池寛の生涯で最大の「ところが」が、つまり助け舟があらわれる。

「ところが、自分が一高をよすと、自分と同じ級の成瀬正一《なるせ》が、心配して彼の父に話してくれた。彼の父の成瀬氏は当時、十五銀行の支配人をしていた。成瀬は、僕が退学した事情などは、ちっとも話さずただ『菊池は学資がないためによした』と云うように話したのである。／成瀬の父は自分をその家に寄食させた上、将来の学資を出してくれると云ってくれたのである。自分が、人の罪を引き受けたについては、将来の学資がないと云うヤケもあったのであるが、ところが今度のことが機縁になって学資の保障を得ることになったのである。」（同前）

こうして、彼は京都大学へ進むことになるが、京都でも、幸運の「ところが」は彼を見放さない。京大文科図書室には、英国の近代劇の資料が東大よりも揃っていた。劇作家としての基礎を、彼はその京大文科図書館で培《つちか》ったのである。また、こんな「ところが」もあった。京都の明治座で芝居を観ている最中に、成瀬氏から送られてきたばかりの金を掏《す》られてしまった。次回の送金まで二十日以上もある。その間、どうやって食べようか。
「ところが、その翌日の日曜、『万朝報《よろずちようほう》』を見ると、私の投稿した小説が当選しているではないか。それは、もう、二月も前に出して、出ないので、スッカリ忘れてしまっていたものであった。その懸賞金は十円で、とられた金を差し引いても、まだ四円残るのである。私は、うれしかった。なんだか天の摂理と云うものがあるようにさえ感じたのである。」(同前)
彼の「ところが」は、まだまだ続くのであるが、もはや与えられた紙幅を超えてしまった。彼の「ところが」に興味のある読者は、『半自叙伝』や自伝的小説からどうかご自分でお探しいただきたい。ところで、このように幸運な体験をした人間が、自作の結末を暗いままで終わらせるなぞは、とうていできない相談というものである。この作家の作品の根底にある「そのうちなんとかなるだろう」という明るさは、これらいくつもの「ところが」で養われたものであり、涙の谷にただようわたしたちは、彼の作品を読みながら「ところで自分たちの『ところが』はいつくるのだろうか」と、ふと夢見顔《ゆめみがお》になったりすることもあるのである。

昭和二十二年の井伏さん

一九五五（昭和三十）年の春、井伏さんは東北方面へ鮠《はや》釣に出掛けられた。四泊五日の小旅行、宿泊地は、第一夜、第二夜が宮城県は白石川渓谷のホテル鎌倉、第三夜が（おそらく）山形県の上《かみ》ノ山《やま》温泉、そして第四夜が最初に戻ってホテル鎌倉である。このへんの事情は、井伏さんの随筆「還暦の鯉」（昭和三十年執筆、三十一年七月、『暮しの手帖』発表）に詳しく書かれている。

〈私は白石川の釣を諦めて、翌日は県境の向うへ出て最上川の上流に行つた。ここでも釣は諦めて、川西町小松といふ物淋しい町の井上さんといふ旧家を訪ね、美術館の古陶器を見せてもらつた。個人蒐集のものである。町は淋しいが、ちやんとした美術館で然るべき品が五百点以上もそろつてゐた。／この町は丁字路の両側に家が並んでゐるだけで、裏手は田圃である。話によると、ここでは田圃に豆を順序ただしく蒔くと山鳩が来てみんな食べるので、わざと不規則に蒔くのだといふ。海の魚も、腐りかけて臭くなくては魚らしくないとされてゐるところだといふ。一年のうち何箇月かは、見渡すかぎり

の雪野原だといふ。こんな町に立派な美術館がある。／その翌日は、上ノ山温泉の近くの長谷川さんといふ旧家を訊ね……〉

その長谷川家の池で六十歳になる大鯉を見て、その随筆に「還暦の鯉」という題が与えられることになるのだが、初めて読んだときはただ茫《ぼう》となってしまった。

ここに出てくる「川西町小松といふ物淋しい町」は、ぼくが生まれ育ったところである。さらに「井上さんといふ旧家」とは樽平《たるへい》という造り酒屋のことで、ぼくの家にとっては本家に当たっており、叫べば声が届くぐらい近くにあるその「旧家」の庭がぼくらの遊び場だった。この物淋しい町を昭和二十四年の春に去って、それからは東北各地を転々とすることになるが、じつは昭和二十二年の冬に井伏さんを見たことがある。

「本家に東京から井伏という偉い小説家の先生が見えてござる」という噂にさっそく駆けつけ、座敷の障子の隙間から覗き見した。ふっくらとした丸顔の人がにこにこしながら盃をゆっくりと口に運んでいた。なんだかほとけさまを拝んでいるようだと思ったのを今でもはっきりと覚えている。そのときの井伏さんは夜行で上野を発って朝早くぼくらの町にお着きになり、美術館を御覧になってから、お酒を傍らに夕方まで町の文学青年たちが旧家の主人に預けた原稿を丁寧にお読みになっていたという。そしてそれらの原稿に、慈顔にふさわしからぬ厳しい批評を与えて宵口に上ノ山温泉に向かわれた。

ところが「還暦の鯉」を読めば、井伏さんが「川西町小松といふ物淋しい町」を訪れたのは、昭和三十年の春が初めてだったことがよくわかる。それ以前にこの町においでになったことはなかった。となると昭和二十二年の井伏さんは何者か。それで茫となってしまったわけである。

あるとき機会があって旧家の御主人にそのときの事の次第を聞くことができた。

「昭和二十二年の井伏先生は偽者だったんですよ」

「やっぱり……」

「あの時分は、東京から大勢の先生方がお見えになっていた。小林秀雄、川端康成、尾崎士郎、太宰治、中山義秀、伊馬春部といった先生方が白い御飯とお酒が目当てでひっきりなしにおいでになっていたんですな。東京は食べ物が不足していましたから、田舎の米と酒、それから米沢牛が魅力だったんでしょう。けれども皆さんが偽者でした」

「知ってて御馳走をなさったんですか」

「偽者と分かるときもありましたし、分からないときもありました。昭和二十二年の井伏さんは一目で偽者と分かりました。戦争前に、うちの直営店の新宿樽平で何度も井伏先生のお顔を拝見していましたからね」

「門前払いを食わせてやればよかったのに」

「そんなことできやしませんよ。『わたしは井伏鱒二という物書きです。お宅の古陶器の噂を聞いて来ました。なんでもこちらの美術館には中国の陶器の良いものが揃っているそうですな。毛沢東が日本に攻め込むとしたら、イの一番にこちらを占領するだろうという噂さえあります。それぐらい良いものが揃っているらしい。ぜひ見せていただきたい』とこう言われたら、見ていただくしかないではありませんか。身分証明書を拝見、というわけにも行きませんしね。舌を巻いたのは文学青年たちが持ち込んだ原稿にたいする批評がすこぶる的確だったことです。わたしも若い頃は、あなたのお父さんと一緒に同人雑誌をやったりして文学を齧《かじ》っていましたから、批評が当たっているかどうかはおおよそ分かる。昭和二十二年の井伏さんはみごとな批評を残して行きました」

「……偽者とはいえ大物だったんだ」

「その通り。本物と偽者とは比例の関係にあります。本物が立派であれば、それに比例して偽者も質が高い。逆に、つまらぬ小説家の偽者は、やはりそれに比例してつまらない。長年の経験からわたしはそう法則化しています。昭和二十二年の井伏さんは立派なものでしたよ、本物が立派なようにね」

井伏さんの訃報に胸を塞ぎながら、ぼくは「旧家」の主人がしてくれた話を思い出していた。

性生活の知恵　謝国権　昭和三十五年

昭和三十五（一九六〇）年と聞いて真ッ先に甦《よみがえ》ってくるのは、ラジオ関東（今のラジオ日本）アナウンサー島碩弥《ひろみ》の、あの声である。この年の六月十五日、安保改定阻止第二次実力行使に全国で五百八十万人が参加したが、東京では、午後七時すぎ、全学連主流派の学生八千人が国会突入をはかり、これを規制しようとする警官隊と激突した。そして折から降り出した雨の中、国会南通用門の乱闘で、デモ隊の先頭近くにいた東大四年生の樺《かんば》美智子（22）が死亡した。この最初の衝突のあと、学生たちは再三、突入をはかり、ついに四千人が国会構内に入ることに成功、占拠した中庭で抗議集会を開いたが、午後十時すぎ、実力排除を始めた警官隊とまたもや激突、警官隊は逃げる学生を追い、うしろから警棒を乱打、滅多打ちにした。重傷四三、負傷五四六。学生と警官隊との衝突はなおも深夜に及んだが、この現場の生なましい状況を中継放送していたのが島アナウンサーだった。

《こちらは現場のＦＭカーです。先ほどから雨は横なぐりに激しく降り続いています。

青いヘルメットが、報道陣のフライヤーに不気味に光っております……。いま目の前で警官隊が突進しました。コンボウをふりあげています。ふりあげています。》

この放送を筆者は、当時、日比谷公園の西隣にあったNHKの放送会館で学校放送用のラジオドラマの台本を書きながら聞いていた。午後五時まで、新劇人デモ隊の尻尾にくっついて参議院第二通用門の前に座り込み、それから締切があったのを思い出してNHKに戻っていたのである。

《アッ、今、首をつかまれました。今、放送中でありますが、警官隊が私の頭をなぐりました。（涙声で）そして、……私の首ッ玉をつかまえました。（ウーッという救急車のサイレン。「検挙しろ、検挙しろ」という警官の声）向こうの方で「検挙しろ」といっております。これが現状であります。すごい暴力です。この状態、法律も秩序も、何もありません。ただ憎しみのみ。怒りにもえている警官と、そして学生たちの憎しみあるのみ――》（「誌上録音――血にそまった国会」『週刊朝日』昭和三十五年七月三日号）

この島アナウンサーはやがてプロ野球の実況放送に転じて、綿密な取材力と的確な状況描写力とでいわゆる「島節《しまぶし》」を確立、大勢のファンをラジオの前に釘付けにした。現在もなお現役である。ちなみに彼は高校出のアナウンサーであり（鳥取県立根雨高等学校）その意味でも珍しい存在だ。

いまから振り返ってみると、島アナウンサーの絶叫と共に歴史の歯車がカチッと音をたてて回ったことがよくわかる。そのときまで押されに押されていた一種の理想主義が渾身の力をふるって現実主義に対して最後の戦いを挑み、そして完敗したのがあの瞬間だったのだ。

なにしろこの年は前後三年にわたる大型好況「岩戸景気」の真ッ最中《ま》だった。この好況は、日本経済を、それまでの労働力過剰という慢性疾患から完全雇用という健康体へと転換させた。一言でいうと失業の心配がなくなったのだ。さらに巷には、自民党政府が「所得倍増計画」なるものを経済審議会に検討させているという噂も流れていた。誤解をおそれずに云えば、現実主義のほうにかえって夢があったのである。人びとの視野から、「民主主義の原理」だの、「国際的中立をいかにして貫くか」だのといった大状況が消え去り、会社とその周辺という中状況、そして家庭という小状況が拡大されて映り出した。六月二十四日、日比谷公会堂と野外音楽堂で樺美智子を悼む国民葬が行われ、翌二十五日、池田書店から謝国権の『性生活の知恵』（三二〇円）が出た。大状況の葬式の翌日に小状況へのまたとない指南書が現われたわけで、これはなかなか皮肉な話である。

周知のように、この本はじつによく売れた。筆者が調べたところでは、アメリカ、フランス、スウェーデン、デンマーク、オランダ、中国などの各国語で訳されたものまで含めると総計四百万部に届くのではないかと思われる。たとえば英語版は四十一年十一月に『ア・ハッピアー・セックス・ライフ』という題で出版され、一年間で三十万部も売り上げた。原作《オリジナル》が日本語で書かれた本で、これほど世界中の人びとから読まれたものはほかにないだろう。もちろん島アナウンサーと同じように依然として現役である。どこの書店の書架にも並んでいるし、筆者は三年前、ニューヨーク市五番街のバーンズ・アンド・ノーブル書店の書架で、この英語版と対面した。台湾の人の書いた日本語の本が、日本人のどんな著作家の本よりも広く世界中で読まれているというのは、これまた皮肉な話である。

そんなに売れるものなら自分もひとつ、と文筆業者ならだれでも一秒から三秒ぐらいは考える。がしかし謝国権の生い立ちを調べてみると、ベストセラーがそんな安直に生まれるものではないことがよくわかる。著者は、あるインタビューに答えて、

「この本に着手したのは三十三年の初め、書き上げたのは三十五年の一月、つまり丸二年かかりました」

と云っているが、じつはそうではない。この本の仕込みは、大袈裟にいうと日清戦争あたりから始まっているのだ。

謝国権の家系は、台湾に広大な土地を持ち、代々、清朝の高官を輩出した名家である。だが、日清戦争で謝家の運命が変った。台湾は日本に支配されることになり、国権の父

鯉魚《りぎょ》は台湾に大きな養魚場を開き、自身は東京に出て台湾人青年たちの世話に当たった。太平洋戦争は謝家をさらに窮地へと追い込む。養魚場をはじめ家産のほとんどを大日本帝国の軍部に没収されてしまったのだ。この頃、国権は独協中学から東京慈恵会医科大学へ進む。帝国の崩壊を間にはさんで二十四年に大学を卒業、翌二十五年に日赤広尾病院産科医局の無給研究員に採用された。生活は苦しかったようである。吉祥寺の病院で夜間診療のアルバイトをしながら、研究と施療をつづけた。

《(日赤病院での)仕事は分娩だけではない。中絶手術もしなければならないし、中絶手術のあとには避妊指導をすることが義務づけられていた。こうして妊婦と人間的に接触するようになって、彼女たちの悩みもわかってきた。中でも最大の悩みがセックスなんだ。当時の一番の悩みは、『どこまでが正常なのか』ということなんです。亭主が足を持ちあげた、足を絡めろといった、私にはとてもできないと云って真剣に悩む。『後ろから犬あつかいをされたのが逆子の原因ではないか。亭主に意見をしてやってください』というわけです。あるいは、『女性上位で快感のあった自分はアブノーマルではなかろうか』というんですね。さらに、こんな言葉自体はなかったんだけど、フェラチオ、クンニリングスともなると、もはや地獄に堕ちたほどの罪の意識です》(『週刊現代』でのインタビュー、昭和五十四年一月十八日)

これを「日本人はなんて無知なんだろう」と嗤《わら》ってはいけないのであって、たとえばカトリック教会は百年ぐらい前まで後背位を禁じていた。それでもあえて行った場合は指導神父に告白しなければならないし、そのとき罪のつぐないとして「十日間、パンと水だけですごしなさい」と申し渡されることに定まってもいた（ジャン＝ルイ・フランドン『性と歴史』宮原信訳）。理由は「この方式は自然が動物たちに命じたものだから、それを好む男は動物に似る」というところにあったらしい。

三十年、肺浸潤におかされた体をいたわりながら『絵でみる痛くないお産』という無痛分娩法の啓蒙書を書いた。この本の中から彼は七面倒な医学用語を追放した。「分娩をお産」、「骨盤位を逆子」、「頭位を正常な入り方」、「娩出期を生れ出る時期」というようにやさしく、そして正確に云いかえてしまったのである。もうひとつの新工夫は巻末にマンガによる図解を入れたことで、こうして『性生活の知恵』で用いられるであろう方法が、テーマがひそかに準備されてゆく。とりわけ謝国権が日本生れで（東京文京区竹早町）日本育ちの台湾人であるということが決定的に重要だ。日本語は日本人以上によくできる。だが心の奥底に、「できるとはいっても、本当のところは日本人にかなわないのかもしれない、こまかなニュアンスを捉え損ねたり、格助詞の使い方がおかしかったりするかもしれない」という、自分の日本語の能力に対する謙虚な断念があったのではないかと思われる。そこでなにがなんでも日本語で表現しなければならぬと力み返る必要はなかった。日本語で説明するのがむずかしいと思えば、また、言葉だけでは読者の理解が得られにくいと思えば、その大事な勘所《かんどころ》をマンガや写真で表現してちっとも構わない。こういう心の軽みが、『性生活の知恵』の、あの写真によるアルファベット式性交態位分類法の発明を引き出したのではないか。

話の筋が少し先潜りをしてしまったようだから元へ戻して、当時の日赤病院はどうも給料の安いところだったらしく、三十二、三年当時、「給料は手取り二万円。六畳一間のアパートに妻と子と三人で住み、家賃が五千円」という有様、しかも結核かもしれないという不安もある。そこで謝国権は婦人雑誌にたくさんの啓蒙的文章を書いて帆待ち銭にしたが、そのうちの一つが彼を池田書店に結びつける。

《『性生活の知恵』が出版される三年前、昭和三十二年当時、私は池田書店の編集見習いでした。謝国権先生を掘り出した（という言い方を謝先生、お許しください）のは、私の母でした。母、即ち当時の池田書店社長（井上注＝池田敏子）は、ある日、知り合いのお医者さんの紹介状を持って、「安産の本」の執筆依頼の目的で、都内の有名病院に某先生を訪問しました。そこの待合室で、ふと目にした婦人雑誌の無痛分娩の記事が、あまりに懇切丁寧、しかも平易に書かれていたので、「この人に頼んでみよう」と、紹介状はハンドバッグの底に押し込んで、早速にお勤め先の日赤本部産院に押しかけてお逢いしたのが、謝先生だったのです。》（池田菊敏「〝人形〟で苦心した謝国権『性生活の知恵』」『文

藝春秋』昭和五十五年九月号）

こうして『お産』という本が出版されて大好評、謝＋池田菊敏のコンビは二冊目のテーマをセックスに絞る。

《セックスそのものは、元来ウエットなものです。それをウエットに表現したのでは、清潔で美しいイメージの表現がむずかしくなります。……ある晩、（先生が）眠られぬままにふと気付いたのが、当時、神経痛の薬のＰＲ（井上注＝テレビ）にＦ製薬で使っていたモデル人形でした。これならいやらしくなく、具体的な表現ができるのではないか、と早速に買い求めたピノキオ人形（木製のためこんなニックネームがつけられていました）でしたが》

撮影がまた大変な作業で、

《もともと、自分の態位をこうだああだと正確に考えながらという人はないのですから、謝先生自ら「まてよ、男がこうすると、女はこう足を挙げて」などと、ひっくり返ったり、片足を挙げたりしてポーズを確定したものです。そのポーズを人形に移してから、撮《と》るのがズブシロのカメラマン（私）》

題名の選定にも苦心したが、

《『性生活の知恵』と決まったとたん、新鮮な感じもあって、もう迷うことはありませんでした。多分「性生活」という熟語は、新語であったはずです》

まったく関係がないが、「性交」は生物学者で政治家の山本宣治《せんじ》の造語である。

《「当局」は何というだろうか？……「……万一のことがあったら俺が責任をとればい
い」と、心に言い聞かせはしたものの、昭和三十五年六月、初版部数五千部出版、それもおそるおそるというのが本音でした。……「当局」の態度は、完全な沈黙でした》

山本宣治は産児制限運動の草分けだったが、昭和四年三月、議会で治安維持法に反対したため、右翼に暗殺された。

《六月に出た五千部は、あっという間に消えてしまいました。その年の月平均生産が九万五千部。これは三日に一万部を作ることで、もう生産の限界であったといえます。読者からの反響はすさまじいものでした》

筆者が受けた衝撃もすさまじいものだった。それまで山本宣治が発明した言葉を実行した経験がないではなかったが、こんなに沢山の実行方法があるとは知らなかったのだ。いや、ヴァン・デ・ヴェルデの『完全なる結婚』を新約聖書よりもはるかに頻繁に繙《ひもと》き、雑誌『夫婦生活』を学生生活の友とし、浅草六区の暗がりで四十八手の写真（明るいところで見ると、これが栃錦と若乃花がガップリ四つに組んだ写真）を好んで買い求め、楽屋で男優諸君の仕《し》方《かた》話に啓発されてもおり、いろんな実力行使の方法があることに勘づいてはいた。しかしこのときまでだれも、「人間が二人いれば、ほとんど無限に近いほど可能になることがある」とこれほど明るくはっきりとは教えてくれなかった。しかも、

この本は、
《一たび行われた性器の結合を通して、オルガスムスに至るまでの間に、どのような態位が相互に移行的に利用されうるものか》（傍点は当然井上）
をあきらかにしていた。つまり、ある態位ではじめてもその態位にべつに操を立てなくてもよい。相手と相談の上で、そしてたがいに筋ちがいを起したりしない範囲で、どんな態位へ移行して行ってかまわないし、それどころか、そうすることが日常を豊かにするであろうと説いてくれていたのである。あらゆる態位は別々にあるのではなくじつはオルガスムスによってひとつに結ばれているのだというこの発見は、新大陸に向って出帆するときのコロンブスの心境を筆者に理解させた。彼もまた、あらゆる陸地は海によってひとつに結ばれているのだと信じていたのではなかったか。自分もコロンブスにならいさっそく帆を立て船出をしたいものだ。

それにしてもなんという喚起力のある文章で書かれていたことだろう。たとえば「陰《いん》嚢《のう》」の説明を見よ。
《女性に対しては、性交時に特殊な打擲《ちょうちゃく》刺戟を与えるものとして価値がある。》
ただダラダラしている居候者と思っていたが、とんでもない誤解であった。はやく自分も常打ちの打擲家になりたいと熱望した。また、たとえば、男性における運動に三種

あって、その二番目の「密接回転運動」は、

《……一種の攪拌《かくはん》運動である。》

攪拌などという言葉は化学の教科書にしか出てこないと信じ込んでいたから、とてつもなく新鮮であった。さらにまた、次の記述。

《(コンドームの使用法だが) 摩擦運動により、どうしても根部の方がずれやすく、これが気になるという男性……は、コンドームを装用後、根部を細いリボン紐などで、蝶結びにしておくとよいのである。……ずれなくなるばかりか、……結び目を上にしておけば、これが女性の陰核にあたることになり、女性の性感を強める……》

リボンを蝶結びにした己がもの。なんという鮮烈なイメージだろうか。祭の手拭を細く裂き、向う鉢巻にしてやったら一層威勢よくなるのではないかなどと連想は限りなくひろがり、自然に口が乾いてくるのであった。

——と、このように謝国権は、先に『お産』で試みた医学用語の追放をここでも徹底し、文学的表現を一切避け、言うまでもなくエロ本やワイ本の紋切型の表現を排した上で、簡潔で平明な文構造 (短文にする、主語と述語をできるだけ近づける) に、まだ手垢のついていない言葉をちりばめ、さらに思いがけないイメージを埋め込んだ。もっといえば、それまでの類書の文章にいつのまにかこびりついていた陰微な影や淫靡な匂いをすっかり拭い去ったやり方で性の知恵を説いたのである。

大評判を呼んだピノキオ人形による写真についても同じことが云えるだろう。ピノキオ人形は絡み合ったり、もつれあったりして「痴態」を演じていない。同じ態位であっても、男性の姿勢と女性の姿勢が別々に掲げられている。一枚一枚を眺めれば公明正大、日本晴れといったふうである。しかし買って帰ってゆっくり時間をかけてそれらを組み合せると、ダイナマイトが炸裂する。読者が、血走って息が上る。謝国権は読者の想像力にかなり信頼をおいていたようである。それもこの種の本をずいぶん長いあいだ敬遠していた女性がその信頼にこたえた。同時に、謝国権の「日赤広尾病院産科医長」という発行時の肩書が、彼女たちを書店に走らせたところもあったかもしれぬ。

ところでこの本のもっとも重要な個所は、

《思いやり——それは決して、常に男性が女性に対してのみ持ち合わせるべき性質のものではなく、女性もまた男性に対してこのような態度を失ってはならないのである。》

というくだりであろうと思われる。右をひとことで云えば、セックスは男女双方の責任だということになる。さらにいえば、謝国権は「ベッドの上の男女平等」を主張している。この考え方が世に迎えられないはずはなかった。というのは、ヴァン・デ・ヴェルデ流の「男性よ、ベッドの上ではとくに騎士であれ！　フェミニストであれ！」という教えに、男性は疲れ果て、女性は不満を抱いていたフシがあるからだ。外国で大いに迎えられたのも、ピノキオ人形による写真の効果もあったろうが、なによりもこの「ベッドの上の男女平等」というテーマに訴求力があったからではないか。そしてこの小状況の指南書が、この年の六月十五日に完敗した「一種の理想主義」のうちの大事な眼目であった男女平等を訴えているのは――たとえそれが小状況の中の小状況ともいえるベッドの上に限られているとしても――非常に興味深い。小状況の改善に徹すれば大状況もまた動かされるかもしれないからである。

おしまいに、『性生活の知恵』が出版されて間もなく、謝国権は喀血して入院、右肺葉切除と胸廓整形の手術を受けた。だが、治療費や生活費の心配をする必要は、もうなかった。天はときどき味なことをする。

先生が汽車をとめた話

北陸への講演旅行の帰り、井上靖先生を団長とする私たちの一行は、飛騨高山の駅長室で、接続列車を待つことになった。先客に地元の弁当業者のおやじさんがいて、この人がよく喋る。

「弁当屋で成功するコツは、職人を大切にすること、これに尽きます。たとえば、職人が卵焼を、一ミリ厚く切ったとしてごらんなさい。私どもでは、一日三千個の弁当をつくりますが、一ミリ厚く切られてしまうと、卵焼が、三メートル余分に必要になります。一カ月では、百メートル近い卵焼を余計に焼く勘定になる。これは大変な欠損ですよ。だから、私どもは職人に気を使うんです」

駅長さんが呼びにきてくれたので、私たちは腰をあげた。だが、先生だけは動かない。それどころか、ぐっと膝をつめて、

「蒲鉾の場合は、どうなりますか」

と、弁当屋のおやじさんに質問を呈しておられる。

こうして、先生が、話をあらかた聞き終えて立ち上がられたとき、列車はホームに五分以上も待ちぼうけを喰わされていた。先生の真剣な表情に、誰もなにも言えず、駅長さんが発車を延ばしてくれたのである。プロの小説家の取材というものはずいぶん劇《はげ》しいものだと、そのときの私は、ただふるえながら見ていた。

私たちが列車に乗り込もうとしたとき、おばさんが二人、ばたばた駈けてきながら、土地のことばで言った。

「よかった。間に合った」

「うん、この汽車、あたしらを待っててくれたんだよ」

天才アカボン――赤塚不二夫

天才バカボンの第一作「わしらはバカボンだ」を読んだとき、わたしは思わず立ち上ってこう叫んだものだ。

「バカボンは天才だ。しかし、赤塚不二夫は天才の総元締めだ」

と。

とくにわたしは、バカボンのおやじ（この人物は、ソクラテスに、アウグスチヌスに、カントに、ショペンハウエルに、そしてバトランド・ラッセルに、充分に対抗し得る。むろん、そのひたむきさに於て、だ。同時に彼はまた、キートンにマルクス兄弟にダニ・ケイにピエール・エテにルイ・ド・フネスに軽々と対抗し得る、むろん思想的に、である）が、銭湯でたちの悪い連中の、

「こんどはだかで（風呂に）はいると死刑だそうですよ。きのう国会でそうきまったの」

というだましにあって、

「日本もすみにくくなりましたな」

と、ぶつぶつ呟きながら、服を着たままでそろそろと湯槽に足を突っ込んで行く場面でほとんど笑い死にをしかけたのだった。

〈民主主義〉などというものを心から求めもしないのに、それを「配給」されたために、ただその形式のみを遵守する日本国の国民と議会に対する、これはなんという悪罵であり、揶揄《やゆ》であり、批評であるだろうか。この銭湯の場面の十四枚の絵は、やがて歴史学者や社会学者たちが著わすはずの数十巻の「戦後思想史大系」などというものに、はるかに勝るのである。

むろん、現在《いま》はやりの「死刑！　死刑！」とわめく少年警官を主人公にしたマンガを描くマンガ家は、死刑ということばを持ち出すことにおいて、十年近くも赤塚不二夫に遅れており、原案料ぐらいはこの天才的先輩に支払うべきかもしれない。

さて、銭湯の場面は、バカボンのおやじの服を着たままの入湯で終るのではない。この直後、洗い場に入ってきた警官によって、さらに思いもかけぬ方向へ発展してしまうのである。

すなわち、警官に、

「およよ、人をだますのは」

と、注意されて、たちの悪い連中が、

「ごめんよ」

と、詫びるのに、バカボンのおやじはこう怒鳴るのだ。

「わしより、せんたく屋にあやまるべきだ。この服、せんたくに出そうと思っていたのに、（服を着たまま湯に入ったおかげで）きれいになってしまったではないか。わしは洗濯屋にあやまってくる」

せんたく屋の場面はただの一枚である。

「このたびはどうもすみませんでした」

と、バカボンのおやじが謝るのに対して、せんたく屋は次のように応える。

「なんだか知らないけど、これからは気をつけろッ！」

これまたなんという二人の心のやさしさであろうか。

わたしは文部省がこのシリーズをなぜ「道徳」の副読本に採用しないのか、また、日教組がそうすることをなぜ文部省に迫らないのか、理解できない。

この調子で天才バカボンをほめたたえると際限《きり》がないが、ここでひとつだけ言っておけば、赤塚マンガがすばらしいのは吹き出しのなかの文字（すなわち登場人物たちの台詞《せりふ》）が、一級品であるというところにもある。

飯沢匡《いいざわただす》氏が、

「いつか赤塚不二夫のマンガを、戯曲にしますよ」

と、張り切っておられるが、これもやはり氏が赤塚マンガの台詞の見事さを買っておいでだからであろう。ほんとうに台詞に練達のマンガ家は数がすくない。赤塚不二夫はその意味でも「天才的」という称号を受けるに価するはずだ。

カントとフロイト

カントが時間について病的といってよいほど正確だったことは、ケーニヒスベルクの町の人たちが彼の散歩する姿を時報がわりに時計の針を合わせたとか、ある夜、就眠時間には三分早すぎるといってその時刻のくるまでベッドの端に腰をおろしてじっと待っていたとかの逸話によっても、よく知られているところだが、このカントとまったく正反対なのがフロイトである。

三十歳になるちょっと前、フロイトはさる製薬会社からコカインを手に入れ生理作用実験に没頭していたが、そのころの彼には婚約者がおり、月に一度ずつウィーンに出て逢っていた。

ところがあるとき、そのコカインに局所麻痺作用のあることを発見し、彼は、（この作用を手術に使えれば病者を苦しみからいくらかでも救うことができるかも知れない）という思いつきにすっかり熱中してしまった。そしてある日、研究が一段落してふと気がつくといつの間にか時間は二年、経過していた。

つまり彼は二年間も婚約者を放りっぱなしにしていたことに気がついたのである。そこでフロイトは大急ぎで休暇をとり恋人のいるウィーンへ向ったのだが、ウィーンでは婚約者に夢中になり、今度は研究のほうを忘れてしまっていた。

このふたりの偉大な学者の「時間」に対する処し方は、彼等ほど極端ではないにしろ、わたしたちのそれと同じである。わたしたちもまた大切な人と逢うときは一分一秒の遅れにも気を使うと同時に、麻雀に熱中すれば家に口うるさい女房と腹を空かせた子どもの待つことを忘れてしまう。これを極言すればわたしたちは、時計の必要なときと、時計のいらないときとをちゃんぽんに混ぜ合せながら生きているのだろうか。

もとよりどちらの生き方がよりよいかはまた別の問題に属する。時間に対して、カント的な処し方をしないと仕事が成り立たぬ人もあろうし、たとえばわたしたちのように「時間を忘れる」ほど原稿用紙に熱中できればそれ相応に成果のあがる生業につく者もあるからである。それぞれが己れの職業にもっとも適した時間に対する処し方を見つければよいのだろう。どちらも時間を大切に扱っていることでは同じなのだから。

とは言うものの、所詮はどう生きようが同じではないか、という自棄《やけ》におそわれることもあるので、それはわたしたちが限られた時間軸に沿ってしか生存を許されていないという、おそろしくもきびしい真理に思い当るからであるが、結局のところ、時間について人間はなにひとつ、まともなことは言えないだろう。時間についてまともなことを言えるほど利口に人間は創られていないからである。

時は人間を超えて流れつづけて行く。わたしたちは言うまでもなく、カントやフロイトのような大天才もまた同じように、カチカチと時を刻む音をただ茫《ぼう》として聞いているよりほかに方途はないのだ。

最前衛を突っ走った夷斎先生

作家に向かい「なにを書くのか」と問うことはあっても「それを言葉でどう書くのか」と訊くことのたえてないのがこの国の常識、この常識こそわれわれの文学を貧相貧寒この上ないものに仕立てあげてしまった第一の張本人であるが、なかにこの常識を外して流血の文学を成す作家もあって、結局のところはこういう作家たちが言葉の宇宙や物語の領土を、さらに深くそして広く、切り拓く仕組みになっているのだけれど、旧臘《きゅうろう》二十九日、八十八年の生涯を閉じた夷斎《いさい》先生・石川淳氏はこの派の代表格、その大頭目であった。

夷斎先生の文学は「なにを書くか」はつねに内証に置かれ「言葉でどう書くか」を花として撒き散らしながら、紛々たる浮世の塵人情の滓《かす》の中で悠々と遊んでいた。花霞のみごとなけしきにまぎれて夷斎先生の正体がみえにくいが、なおも目をこらせば悠暢《ゆうちょう》なけしきの中に突然真ッ二つに背景が割れて不逞のもの異形のものが内証から立ち現れるのが見えてくる。よく吟味されよく磨き抜かれた言葉の花けしきが屋台崩し、引き抜き、ぶっ返りで、がらりと一変してしまう物凄さ。夷斎先生の真骨頂はここにあった。文学が言葉の列を尖兵に受け手のふところへ入って行く以外に手がないことを考えれば、言葉でどう書くかをもっとも重んじた夷斎先生の態度は疑う余地もなく正当であるが、この態度は、まず翻訳の仕事によってやしなわれたにちがいない。

夷斎先生にジッドの『法王庁の抜穴』（一九二八年刊）その他の名訳があることはよく知られているところ。ところで翻訳では「なにを書くか」は問題にならない。そんなことは原作者がとうの昔にやってのけてしまっている。訳者はあたかもハムレット、言葉、ことば、コトバ、頭の中を母語と異国語で占領されてしまう。そして訳者の最大の関心事は異国語を母語でどう書くかということにしぼられるが、このとき文体ということに心を向けぬ訳者がいるとは思われない。さらに彼がすぐれた訳者であれば彼我の文学をくらべながら、母国の文学に何が欠けているか、あるいは母国の文学のうちで採るべきは何かを思案しはじめるだろう。

夷斎先生が採ったのは近世の俳諧俳文、そして近世後半およそ百年間の江戸戯作であった。いまさら喋々《ちょうちょう》するまでもなく、明治以後の文学者が近親憎悪した化物がこの江戸戯作であって、こいつからどれだけ遠く離れることができるか、それが当時の文学的営為のほとんどすべてだったといっても決して言い過ぎにはならないだろう。思い切って江戸戯作から親離れしなければ清新の文学は生まれないとする当時の文学者たちの覚悟には心を打たれるものの、これはずいぶん無茶な冒険である。江戸戯作の根本は表現第一主義にある。なにを書くかは二の次三の次、言葉でどう書くかに作者たちは苦心する。言葉の使い方ひとつで立ちどころに黄金の雲を起こして天下を取ってみせるの気概、夷斎先生は、見立て、吹き寄せ、なぞりなどの戯作技法ともにこの気概をも受けつぎ、近世の作物にまだ莫大な遺産が眠っていることをわれわれに教えてくれた。すくなくとも筆者などにとっては夷斎先生はそういう大先達であったのである。

たとえば『普賢』(三七年刊)、この小説のノリは明らかに京伝の粋と諧謔、三馬の活写、春水の人情剔出《てきしゅつ》術など江戸戯作の表現技法を夷斎流に仕立て直したところから得られたものだが、ここに不思議なのは、日本語の文の宿痾《しゅくあ》ともいうべき「……た」「……だった」「……だ」「……のだ」「……ある」「……である」ぐらいしかない単調な文末がほとんど姿を消していることで、これは驚倒するに足る文体革新である。前衛も前衛、最前衛を突っ走る企てなのだ。伝統と古典をふんまえつつ最前衛を行く。ここにも夷斎先生の偉大さがある。

「おとしばなし堯舜」(四九年発表)は敗戦後の人心の荒廃をえぐる鋭さにおいてこれ以上の作品はないとされる名編だが、ここで採られている仕掛けも江戸名残の「竪《たて》筋・横筋」である。夷斎先生は竪筋(世界)を敗戦東京にとり、そこへ横筋(趣向)として堯と舜という中国の理想的帝王を、しかも小料理店主や闇屋の親分にしてほうり出す。たちまち滑稽味横溢。しかもその中から人心の荒れ果てたさまが浮かび上がってくるという、手品でもみているような傑作。

このように夷斎先生の手にかかると、後衛が一気に前衛になってしまう。おまけに言葉の卓絶した使い手。これほど読者に小説のたのしさ、おもしろさ、そして凄さを贈りつづけた作家は珍しいのではないか。

おしまいに夷斎先生は「なにを書こうとしたか」であるが、おそらく、絶望しても小ぢんまりした諦観に入りこむな、ということではなかったかと思われる。「希望をはらまぬ絶望はない。絶望のうちに希望をみつけよ」——これが後期の長編から筆者が感じとった夷斎先生のメッセージである。

これからもしばしば夷斎先生が遺された花の山を訪ねることになりそうだ。なにしろわれわれは人間、人間とは絶望することが商売みたいなイキモノなのだから。

こんな生活

開高さんと一つ家で寝起きしていたことが二度ばかりある。もっとも下宿が一緒だったとか、同じアパートに住んでいたとか、そういった「気の利いた一つ家」ではなく、缶詰になったところがたまたま同じというだけのことだが。

初めが昭和四十年代の末、場所は新宿区矢来町七六番地の新潮社クラブ。一階に広い和室、二階に洋間に和室という間取りで、階下と階上に一人ずつ書き手が閉じ籠るという仕組みになっていた。「二間もある二階はもったいないから一階の和室がいい」という当方の希望は、「二階には三カ月前から籠っておいでの方がありますから」と退けられ、二階に放り込まれた。なお、一階の横に世話役のおばさんの居室と、台所や湯殿があった。

その時分のクラブでは、朝食はおばさんの作ってくれたトーストと卵焼きを食べ、昼と夜は出前、コーヒーとお茶は望み次第ということになっていたが、次の日の朝、おばさんが階下からの伝言を運んできた。

「よろしかったら朝食を御一緒にと、開高先生がおっしゃっています」

昭和三十年代前半、わたしのような小説好きの青年は、大江さんと開高さんの書かれたものが載る文芸誌の発売日だけが楽しみで生きていたといってもいいぐらいで、天井がたべたいと思いながら、その天井より値の張る文芸誌を買い込むほど、お二人のお書きになるものに熱中していた。小説誌に夢中になったのはあのときと、十年後、五木さんと野坂さんが登場してこられたときの二回しかない。その開高さんのお招きだから火掻き棒でも呑んだように固くなって階下に下りたが、開高さんはどんな男でも三十分で兄か弟に（あるいは、どんな女でも十五分で姉か妹に）してしまうことができる話術と温かさとを持っておいでだったので、あっという間に時が過ぎ、二階に戻るとすでに正午近くになっていた。これではなんのための缶詰かわからないが、それはとにかくその後はほとんど毎朝のように食事を御一緒するようになった。

世話役のおばさんのことが、とくにしばしば話題に上った。おばさんの名誉のためにひと言しておくと、彼女は一点の非も瑕《きず》もない完璧無比な世話役だった。ただ完璧さが極まると滑稽になる。たとえば朝、おばさんは籠り人の眠りを妨げないように襖の隙間から十分も十五分もかけてそろりそろりと新聞を差し入れてくださる。おばさんのこの気づかいが判らないと、これは籠り人にとっては気味の悪い、いわば超自然現象のように見える。なにしろ、ある気配でふと目を覚ますと、厚いカーテンで朝日を遮った薄暗い部屋の襖のあたりになにやら白いものが見え始め、その白いものが次第にひろがって新聞紙ぐらいにまで大きくなっていくのだから、だれだってびっくりする。「ここには原稿用紙のお化けが出ると言って、家に帰ってしまった作家もおりますぞ」と開高さんは仰しゃっていた。

わたしの経験ではこんなことがあった。仕事に集中しているからとおばさんのお掃除を断って机にへばりついている。煙草に火を点けてから尿意を催し、煙草を灰皿の縁《ふち》に乗せておいて隣接する雪隠《せっちん》へ入る。小用を足して机に戻ると、一分も留守にしていないはずなのに灰皿はすっかりきれいになっていて、その縁に、今し方点けた煙草が静かに煙を上げている。つまりおばさんは、こっちが小用に立っている間に部屋へ入ってきて灰皿を取り替え煙草を元のところへ戻して消えるのである。もっといえば、おばさんはその職務に忠実なあまり、どこかから絶えずこっちを観察しつつ灰皿を掃除する機会を窺っているらしい。仕事熱心なのには感服するものの、なんだか薄気味が悪い。そのことを開高さんに言うと、

「おばさんは別にわれわれの行動を覗き見しているわけじゃない。ただ、彼女に編集者たちの念力が転移しているのです」

と教えてくださった。

「つまりおばさんの心のスクリーンに被缶詰人であるわれわれの一挙手一投足が自然の

うちに写って見えているのです」

　それから急に声をひそめて、

「それよりも、このクラブの壁という壁が夜になると、にわかにじっとりと濡れてくるのに気がつきましたか。しかも、ただ濡れるだけではなく、妙にニコチンくさい、けむったい匂いをたてたり、さまざまなアルコールの匂いをたてたり、しばしば吐息の音や、キリキリと歯ぎしりの音をたてたりする。これは原稿が書けなくて七転八倒した老若男女の作家や評論家たちの行方知れない念力が転移したものなんですな。こんど注意して見ていてください。それにしても、お互いにこんな生活から早く足を洗わなくてはいけませんぞ」

　わたしはなんだか怖くなって、その日のうちに原稿を書き上げてクラブを出てしまった。

　二度目は昭和六十年代の初め、ところは港区白金台の都ホテル東京。戯曲を書きあぐねて夜を明かし、一階の食堂へ下りて行くと開高さんが一人で食事をなさっていた。

「ここへ入って十日になります」と言うと、「ぼくもそれぐらいになる」と仰しゃってから、急にわたしを睨みつけるようにして、

「こんな生活から早く足を洗わなくてはいけません」

　クラブのときの「こんな生活」には冗談めかした明るい響きがあったが、ホテルでの

開高さんの言い方は真剣そのものだった。そこで、あなたもせっかく再婚して出直したのだから、それを潮に缶詰とは縁を切って家でこつこつ仕事をしなさいと言ってくださっているのだと直感したが、なにしろ咄嗟《とっさ》のことだったので、

「頑張ります」

訳の判らない返事をしてお別れした。そしてそのときが最後になった。わたしの方は相変わらず「こんな生活」を続けているが、しかし以前とちがって、「こんな生活は早くやめなきゃならない」と呟やきながら「こんな生活」に入るようになったから、進歩と云えば云えなくもない。

解説にかえて──『あちゃらかぱいッ』

色川武大さんとはさまざまな集まりで二十回以上も顔を合わせているが、ほとんど言葉を交わしたことがない。軽く会釈をすると互いにアサッテの方角へ歩き出す。それが二人のあいだではきまりの儀式のようになっていた。「色川さんとなにかあったのですか」と訊いた目聡《めざと》い編集者もいた。「殺気のようなものを感じましたが」

殺気は、あったかもしれない。たとえば、わたしは色川さんの書く浅草ものが気に入らない。一年間もみっちり浅草の劇場の下手袖から楽屋と舞台を観察してきたという自負があるから、役者から聞いた受け話で成り立っている色川的浅草がどうも嘘っぽいものに見えた。現実の浅草はあんなものではない。銀行や役所と同じこと、仕事を大事にする役者や踊り子たちがほとんどで、そうでなければ曲りなりにも興行など成立するわけがない。色川さんは例外的な存在ばかり取り上げて、それが浅草であると強弁しすぎているところがある。ましてや役者の語る受け話などは特殊の中の特殊、そういうもので浅草を描かれてはたまらない。

そう思う一方で、色川さんにはとてもかなわないと感じていたのもたしかである。昭和十四年あたりから始まった浅草びたり、絶好調のときのキートンやシミキンを飽きるほど観ていた見巧者への尊敬の念は溢れんばかりであった。

事情は色川さんにも同じだったはずだ。すなわち、おれはあいつの何十層倍も役者を観てきているという自負、その蓄積に受け話を投げ入れて発酵させたおれの小説にたしかに浅草が表現されているはずだという自信、そして、しかしおれは幕内は知らないからなという微かな弱味。

二人を招《よ》んで浅草の話をさせようとする雑誌企画が何度も立てられたけれども、そのたびに不景気な立ち消え方をした。それはおそらく互いに「あいつの浅草はおれのとはちがう」と張り合っていたせいであり、同時に互いに「おれの弱点に攻め込まれてはまずい」と逃げたせいもあった。こうしてたとえ行き会っても無言のまま目礼を交わして右と左へ分れてしまうという妙な儀式が生まれてしまったのである。

色川さんの訃音《ふいん》に驚いてしばらくしてから、一関市の仕事場で線香を上げる機会に恵まれた。写真の掲げてある居間を退《しりぞ》いて玄関へとつながる細長いホールへ出たが、そのとき、片側の壁をいっぱいにビデオ映画が埋めているのに気付いて足がとまった。二千本近くもあったろうか、その大半が喜劇だった。子細に見て行くうちに、目の前が涙でぼやけ出した。わたしの棚とじつに似ていたのである。つまりわたしたちは、こと喜劇については、ほとんど同じものを集めていたのだ。アメリカから取り寄せた『エミー賞ドラマ全集』が十巻ばかり大事そうに並べてあったが、そんなところまで同じだった。――わたしは舞台の袖から、色川さんは客席から、浅草を見ていた。しかしちがうのはそのことだけで、二人は同じものを見ようとしていたのだ。

勝手といえばまったく勝手な感慨であるが、そのときはたしかにそう思って、しばらくのあいだ棚の前に突っ立っていた。

――口論になろうと構わずに色川さんと浅草のコメディアンについて話をしておくべきだった。色川さんはまず、「彼等はコメディアンではなく、ボードビリアンである」と反論してきただろうが、そのことについてでもいい。とことんまで突っ込んで喋っておけばよかった。

そうも思った。しかしなにを思おうと、なにもかも後の祭の、馬鹿の後智恵である。わたしにできることは、自分の取るに足らぬ幕内体験など隅田川へでも投げ捨てて、虚心に色川さんの浅草もの（たとえば本書）をじっくりと読み解くこと、そうして色川さんの浅草を受け容れること、つまり一介の素直な読者になること、それしかない。

Ⅱ カナシイ夜は「賢治全集」

言語遊戯者の磁場――平賀源内

身の程を知らぬというのか、怖いもの知らずというのか、平賀源内（一七二八？―一八〇）を肴に「表裏源内蛙合戦」という二幕の歌入り芝居を書いたのは、ちょうど一年前で、書き上げた途端、やれやれこれで源内先生とは永久にさようならだ、と清々した気分で、三年かかって集めた資料や書抜きをダンボールの大箱二個に詰めて押入の中に放り込んだのだが、清々してたのはせいぜい四、五日のことで、一週間も経つと、にわかに源内のことが妙に気になり出し、再びダンボールの箱を引き出して来、何となく資料を眺めて暮すようになってしまった。どうも平賀源内は奇妙な魅力と不可思議な謎を湛えた人物である。

ただぼんやりと資料と睨めっこしているのも能がないので、メモ帳にいろいろ気づいたことを書きつけて行くのだが、このあいだ、杉田玄白の文に「我ガ方知ラレザル所ノ薬物及ビ火浣布之類、自ラ発明スル者百有余種」とあるのを読み、急に思いつき、源内の全仕事の中から「本邦初演」というにふさわしい仕事を書き出してみた。

それを羅列すると、まず、阿蘭陀渡りに似せた陶器を焼いたこと。羅紗《らしゃ》を織ったこと。砂糖黍《きび》の栽培。太白糖（白砂糖）の精製。磁針器の製作。朝鮮人蔘の栽培（師の本草学者田村藍水《らんすい》と協同）。物産会（万国博のはしり。これも藍水との協同）。ロートアールド（石筆に用いる蠟石）の発見。芒硝《ぼうしょう》（硫酸ナトリウム。ガラス製造に使用する）。スランガステイン（アンモナイト＝菊石のことで、腫物の膿を吸い出すのに用いるものらしい）の発見。黄明礬《きみょうばん》の発見。コバルトの発見。本邦はじめての物産分類書『物類品隲《ぶつるいひんしつ》』の出版。江戸戯作・軽文学の創始と確立（と云い切ってしまうのは乱暴かも知れないが、大田南畝《なんぽ》、平秩《へづつ》東作、桂川中良などの源内の門人連が、師の死を悼み源内の断片文を集めて出版した『飛花落葉』小本の天放山人の跋「筥根《はこね》から此方に何やらのなきこの方、狂文戯作《おもしろほん》の弘まりしは此風来子に止めたり、首創は功をなしがたく、因循の業は致しよく」を、わたしは信じる）。平線儀（水準器）の製作。石綿の発見と火浣布（香敷）の製造。畑苗代（焼き土）農法の考案。寒熱昇降器（寒暖計）の製作。江戸コトバによる最初の浄瑠璃「神霊矢口渡」の上演（当時まだ幼稚な段階にあった江戸の文芸に新風を吹き込み、上方の文芸から独立する気運をつくり出した、と岩波小辞典に書いてある）。日本油絵の始祖（と断定したのは「森銑三著作集」第一巻〔中央公論社刊〕所収の「平賀源内研究」によれば、藤岡作太郎である）。「うぬぼれ鏡」の考案（ガラス板に水銀を塗った懐中鏡で、これは大いに売れたらしい）。金唐革の考案（紙を渋もみにして形を打ち、彩色の上、金銀の箔をおいて、胴乱や文庫を作る。これも大した売れ行き)。「源内櫛」の考案(伽羅木《きやらぼく》に銀で縁どりし、大型の歯は象牙、小型のものには銀の歯を付けたもので、これまた恐しいほどの売れ方で、新吉原の太夫にはひとりで、五個も六個も持っているのがいたという)。そして、最後がエレキテルの復元。

調べ落した事実はまだあるはずだが、これだけでも大したものだ。むろん、わたしはこれらの「本邦初演」の発見、考案、製作の意義についてこれから述べようとする心算はなく、仮に心算はあっても力量がない。わたしがこれから書きたいと思うのは「言語遊戯者」としての源内のことなのである。

昭和二十三年に発行された『玉石集』(アサヒグラフ編、朝日新聞社刊)に、源内のエピソードが掲載されている。

「我が国の夜明けを告げる頃、当時のモダンボーイだった才人、平賀源内は早速自家考案の風車式蚊取器に『マアストカアトル』という新名を附したところ、それが評判になって陸続と珍横文字が現われた。『スポントワースル』はものおぼえの悪き人。『ヨウトホエル』が泣上戸」

白状すると、わたしは長い間、これは当時、アサヒグラフ編集部所属の隠れた才人のとばした根も葉もない与太ばなしに違いない、と信じ込んでいたのだが、最近、「森銑三著作集」第一巻を読むうちに「源内の頭の働きの如何によかつたかは、風流の蚊取りといふ、廻して蚊を取る道具を作つて、それに『マアストカアトル』などいふ擬似洋名を附したなどいふ手際にも察せられる」（「平賀源内研究」）なるくだりにぶつかって、あれは事実だったのかと少なからず驚き、目玉をかっとひん剝《む》いて源内の著作を虱《しらみ》つぶしに当るとあるわあるわ。「チュートル」が猫、「サイテヤーク」が鰻、「シリヒカール」が螢、「グルリアン」がおはぎ、「アンクルーム」が大福と、どんどん出て来たから、また仰天した。ひとつやふたつなら笑って済むが、二十個三十個とふえると、源内の鬱積のほどが思われて、なんだか悲惨な印象を受ける。六年間も苦心して復元に成功した自分のエレキテルを自作「放屁論」をもじってヘレキテルとふざけるに至ってはもう何ともいいようがない。

阿蘭陀語の単語の音韻を模したこれらのコトバ遊びは、享保五年（一七二〇）の将軍吉宗の「御禁書のうち、西洋説なりとも、邪法教化の記事にあらざる書物は、自今お構ひこれなし」という蘭学解放令によって始まる蘭学揺籃期の世の中を如実に写す鏡でもあるが、じつは平賀源内という「早く来すぎた青年」の荒廃した心象を写す鏡でもあったのではないか。

源内が藩主松平頼恭《よりたか》の命によって長崎へ出かけたのは、二十五歳の秋だった。長崎に於ける源内の仕事は、内外の物産に旺《さか》んな興味を持つ頼恭のために長崎で手に入る海外の書籍の中の鳥獣草木魚虫介貝金石の絵を写生して送ることだった。源内の写生画は現存しているが、それを仔細に眺めると、学者らしい正確さの中に雅味が溢れ、後年の

「天下の一大奇人」を窺わせるような影は殆ど見当らない。

長崎で約一年過し、高松でまた一年、二十七歳になった源内は、再び、頼恭の許可を得て、江戸に出て、当時の本草学者の第一人者藍水田村元雄の門を叩き、本格的に本草学を志すことになるが、ここで重要な事実は、高松を去るに当って、源内が従弟の権太夫を妹の婿に迎え、彼に家督を相続させていることである。つまり「松平家の家臣としての境遇をのがれるために源内は家督相続を忌避した」（細田民樹記述・共同研究『続偽らぬ日本史』中央公論社刊）のである。大名のお家断絶は将軍にとって最大の切り札であり、家臣の家をつぶすということが藩主にとっての最高のおどしの方法であった当時の封建制の下で、嫡男としての務めをぽいと放り出し、家督相続を忌避したこの行為が、高松藩全体に与えた衝撃は計り知れないほど大きかったろうと思われる。だれにもおそらく理解できなかったはずだ。このあたりから世人の源内を見る眼に色がつきはじめたのだろう。それは「奇人」という色である。

そして、八年後、高松藩はさらに驚くべき申し出を源内から受けることになる。有名な「禄仕拝辞願」がそれだ。源内の気持は「浪人の心易さは、一箪のぶつかけ、一瓢の小半酒《こなから》、恆の産なき代りには、主人といふ贅《むだ》もなく、知行といふ飯粒が足の裏にひつ付かず、行きたき所を駈けめぐり、否《いや》な所は茶にしてしまふ。せめては一生、我が体を自由にするがまうけなり」（「放屁論後篇」）というものだったが、高松藩士の反応は「鳩渓

(源内が陶器を焼くときに用いた号)は原小吏の子たるによりて、其身登用せられても同僚の者、彼を侮慢することやまず、又其中には君寵を得たるを妬殺の意味もありしゆゑ」(後に高松藩家老となった木村黙老の「聞くままの記」)ではないかというのだから、蟹は甲羅に似せて穴を掘るというたとえ通り、愚か者は己れの愚かさに似せてしか判断しないということがよくわかる。この「禄仕拝辞願」に対する回答は「この節昼夜手につけ、踏込修業つかまつりたき存意の趣、(中略)御内々お耳に達し、格別の思召をもつて、御扶持切米召上げられ、永の御暇下され置候。尤《もつと》も御屋敷へ出入の儀、只今迄の通り相心得、但し他へ仕官の儀は御構なされ候」という大した封建悪。辞めるのはいいが、他藩へ仕官はさせないぞという最高の意地悪。

『森銑三著作集』第一巻所収「平賀源内研究」には「袴も大小も、一切を脱し去つた裸百貫となつて、手一杯力一杯の働きがして見たかつたのであらう。牛を馬に乗り換へんがために、旧藩を脱したと見るは、真に源内を識るものではない」とあるが、わたしには必ずしもそうとのみは受けとれぬ節がある。源内の自由になりたいという気持のなかには、師の藍水にならって幕府に仕官し、つまり牛(高松藩)を馬(幕府)に乗り換え、幕府の力を利用して、全国の山野を駆けめぐり、本草学者としての研究活動に一層拍車をかけようという傾きがすくなからずあったと思われる。本草学の研究にはそれが絶対に必要なことなのだ。その鼻ッ先にこのパンチ、そして、間髪をおかずもうひとつのパンチ。それは、簡単にいえば、陶器を焼き、羅紗を織り、さまざまな草や石を発見し、物産会を開くという企てが、本草学者としては当然の仕事にもかかわらず、当時の大衆には摩訶不思議な幻術師の奇天烈な金儲け仕事としか受けとられず「古今の大山師に相成り申し候」(讃岐の桃源宛の書簡)と源内を嘆じせしめたことだった。封建悪と世人の無知、その中で、この早く来過ぎた青年は、飯粒を稼ぐつもりもあって最初の戯作「根《ね》南志具佐《なしぐさ》」を書き出すのだが、ここに言語遊戯者の一生が始まる。

言語遊戯者とは事物や事件や人物の裏を見て、そのことによってコトバの音韻の裏の音を聞くことの出来た者のことである。たしかに時代は源内のような人物を望んでいた。が、時代は彼を暖かく迎えはしなかった。高松藩は彼の禄仕拝辞願を承認した。が、他藩への仕官は許さなかった。彼は本草学者として天下に名を挙げた。が、先鋭的な本草学者になるということは山師というレッテルを貼られることであった。師の藍水は本草学は民生と直結すべきであると、源内に教えた。が、藍水は幕府が人蔘座を設けるや三百石の俸禄でその仕事についた。人蔘座は病人から金をしぼり取って少数の大商人の利益をふやすだけである。民生と直結すべきであるという師の表向きの発言はどうなるのか、などなど、源内は短期間のうちに、すべての表と裏を同時に直視することを強いられたのだった。しかも、だいたいが、この時代に家督相続を忌避すること自体が「家を大切に主君に忠節を励む」という武士として当然の考え方の裏を行く発想だったのだから、源内が武士のたしなむ和歌・和文ないし漢詩文などのいわば硬文学の裏を取り、文学を慰みものとして、町人相手の軽文学・戯作者と自らを呼んだのは、当然の成り行きに違いない。「浮世三分五厘店の寓居」（「風流志道軒伝」自序）で、つまり、世を軽く見ての安価な借家住いをしながら、世の中を斜《はす》っかいに眺める源内に、世間世情の表と裏が同時に見えて来、それを文字で綴って行く過程で「ことだま」やら「文は人なり」やら、約束の記号に過ぎぬコトバがやたら尊いものとして祀り上げられているのを裏にとり、逆にコトバを可変のものと意識して、ありとあらゆるお節介や悪戯をコトバに対してやってのけ、コトバを凌辱しつくすとき、そこに、日本語に対する最初の言語遊戯者が現前現成したのだった。たとえば「風流志道軒伝」自序の冒頭で述べられる卓抜の表裏言論を見よ。

《夫《それ》馬鹿の名目《みやうもく》一ならず。阿房あり、雲津久《うんつく》あり、部羅坊《べらぼう》あり、たはけあり、また安本丹の親玉あり。但同じ詞《ことば》にて兄ィといへば、少しやさしく（余り賢明でない男をおだてて呼ぶ時などに「兄ィ」とよぶ）、利口にないといへば、人めつたに腹を立てねど、つまるところは引つくるめて、たはけは同じたはけなり。（後略）》

また、「放屁論後篇」自序における狂気とさえ思える語呂合せを見よ。正しい表向きの音韻の裏をかい潜って近似の裏音を模索する孤独な言語遊戯者の姿が彷彿するではないか。

《倭学先生曰《わがくせんせいいはく》、夜はおよるの上略にて、昼《ひる》とは諸人目を寤《さま》せば、小便をたれ屁を撒《ひる》故、夜昼《よるひる》の倭訓《わくん》起れり。或は鯨浅き所に寝入りたる内、潮引きて洲《す》となる時は、大に困りて無術⿱穴氣《じゅつなべ》を撒《ひる》故に潮の引くを干《ひ》るといふ。此道《みち》を好《この》ませ玉ふ御神《おんかみ》を、蛭子《ひるこ》といひえびすといふ。えびすはへびすの間違にて、あいうえを、はひふへほの通韻《つういん》より誤り来れり。又日本武尊《やまとたけのみこと》東夷《とうい》征伐の時、夷《えびす》ども草に火をかけ、大勢一度に尻をまくりて撒《ひり》ければ、焰、尊の方へ吹き靡《なびき》、御身に火かからんとする時、御剣をぬいて投付《なげつけ》給へば、夷の臀をしたたかに切られ八方へ逃し故、逃《にぐ》ることをへきえきといひ始め（へきえきとは屁消益なり、屁消えて尊の為に益あるをいふなり）十《と》束《つか》の御剣を改めて臭薙《くさなぎ》の宝剣と号《なづけ》玉ふ。臭き物を薙《なぎ》ちらせしといふ詞也。太政入道清盛は火の病を煩ひ、初は居《すゑ》風《ふ》呂《ろ》桶に水を入れて体を浸せば、即時に湯となる故、後は大いなる池を掘り、加茂川の水を堰入れ這《は》入《い》られけるに、水火激して頻りに屁を撒《ひり》しにより、屁《へ》池《いけ》の大将と異名せられ、記せし記録を屁池物語といふ。後世平家と書くは当字《あてじ》なり。また兵衛佐頼朝卿伊豆の国へ左遷の内、貧乏にて常に芋飯を喰《く》ひ、好んで放屁なされける故、其所をひるが小島と号《なづけ》たり。野にて放《ひる》を野辺といひ、山にて撒《ひる》を山辺といふ。（後略）》

ここで、この小文をもっと鹿爪らしくもっともらしく見せるため、カントの『判断力批判』を持ち出せば「笑いは緊張された期待が突然無に変ずることによりおこるものだ」ということになる。「平家物語」という古典（表）が、突然、同じ音を持つ「屁池物語」（裏）と並べられることによって、なにもかも茶になってしまう、そこに滑稽味が生れると、源内とカントは云っているのである。

リップスは「滑稽の感情はひとつの認識・表象・思考の内容がひとつの明白なる威厳を要求し、また要求するように見えるとき、そしてそれと同時に、要求することが出来ず、或いは要求することが出来ないように見える場合に成り立つものである」と言っているが、日本武尊の宝刀「草薙の剣」というコトバがそれ相当の威厳を要求して乗り出して来たその眼の前に（ここまでが表とすると）、同じ音を有する「臭薙の剣」（裏）が突然、突きつけられ、その威厳を要求できなくなる。そこに滑稽な感情が生れると、源内とリップスは言っているわけである。

「美しい顔で楊貴妃豚を喰ひ」（『柳多留拾遺』）も、この概念（表）と実体（裏）との背反が滑稽味の源になっているのだが、源内はさらに表と裏とを繋ぐものとして、音の要素を導入して来る。そして、それを狂ったように並べたてる。ひとつやふたつなら単なる駄洒落だが、それがこう立て続けに並んでいるのを読むと、悲惨であり、陰惨であるが、やがてそれはついに、非常に美しいものに思えてくる。そこに平賀源内の栄光があるのではなかろうか。

源内という人物は、いまもって「奇人」「奇才」という形容で呼ばれて居り、本草学者・自然科学者としての評価も、どちらかというと否定的であるようだ。その代表的な批評は、たとえば源内は「じつに多種多様な仕事をしたわけだが、(中略)彼の仕事には、当時の民衆の生活と直結したようなものは、ほとんど一つもないのであった。エレキテルにしろ寒暖計にしろ、あるいはまたラシャとか輸出陶器とか、まだ文化の水準のそこまで達しないわが国の民衆にとっては、彼の仕事の多くの部分は、一見まことに縁の遠いものであった」(細田民樹)ということになるわけだが、これはこれで至極妥当な批評であることは百も承知ながら、性急に「源内の限界」を持ち出すのはどんなものだろう。歴史の中の人間に、こちら側から限界を押しつけるのは、実にたやすい仕事なのだから。

別の云い方をするならば、源内はむしろ、江戸コトバによるコトバ遊びの創始者として最大級の評価を受けるべきではないかと思われる。その方がわたしには正解のような気がするのだ。語呂合せが「表」と「裏」とのふたつ、あるいはふたつ以上の視点を持たねば完璧でない、と前に書いたが、現在こそはすべての事象が、その威厳ある表としての表象と、まだ定かではないが薄ぼんやりとその裏を見せはじめている時代である。

文明の進展は疑いもなく人類に幸福をもたらすと信じられていた(表)が、核兵器や公害や交通戦争がそんなことは眉唾だよと、わたしたちに告げる(裏)。日比谷高校は日本一の高校である(表)、ところが今年は十三番目(裏)。進歩的な東大教授は革新の味方である(表)が、マイクロフィルムを駄目にされて学生を暴徒と罵った(裏)。四人は刑務所から脱獄したがるものである（表）が、こないだは答案を盗みに刑務所へ忍び込んだ豪の者がいる（裏）。銀行員は品行方正の石部金吉氏ぞろいである（表）はずだったが、このごろやけに悪事を働くではないか（裏）。民主主義バンザイ（表）だったのが、このごろは民主ファッショくたばれ（裏）。農村は自民党の票田である（表）が、三里塚の農民はサトウくたばれ、トモノウいんちきと叫ぶ（裏）。テコでも動かぬように見えた威厳ある概念が、ちょこちょこちょこちょこ新しい実体にひっくりかえされるという態の時代は滑稽に満ちた奇妙の場所、言語遊戯者の磁場であり、源内に負けずに駄洒落・地口・語呂合せを連発することにより、もっとも威厳に満ちて聳《そび》え立つコトバという城をゆるがし、崩すことも可能になるのではないかと思われる。すくなくとも、いわゆる新劇コトバというあの築地以来の生硬な城を。

道元の言語世界

道元の、教えを説く言葉はむずかしい。それは並大抵のむずかしさではない。注釈書をかたわらに置いて読んでも分らないむずかしさである。いや、現代語の訳を読んでも道元には歯が立たない。わたしたちは、たとえば寺田透、水野弥穂子両氏による、じつによくできた注釈書（日本思想大系『道元』上下、岩波書店）を持っているが、この最良の手引書のたすけをかりても、やはり道元はチンプンカンプンなのだ。これはいったいどうしたことなのだろうか。わたしにおぼろげながら見当がつくのは、道元は言語の壁にまともにぶつかったのではないかということである。

言葉は不完全なものである。言葉をつくったのは社会だ。つまり社会共通の慣習の最たるものが言葉なのである。言い方をかえれば、人間は言葉の「外」へ生み落され、何十年もかかって言葉を学びながら、すこしずつその使い手になるのである。つまり言葉というものは、個人の側から見れば「出来合い」なのだ。中古の、おさがりの、約束事である。ごくごく大雑把な、古くさいものなのである。じつに保守的なしろものなのだ。

一例をあげよう。なぜ、わたしたちは「日がのぼった」、あるいは「日が沈んだ」というのか。わたしたちは、太陽が動くのではなく、地球が自転しているのだということをよく知っている。だからたとえば「日が見えてきた」、あるいは「日が見えなくなってしまった」と書くべきであるのに、依然として天動説時代の言い方を捨てようとしない。「筆記用具」にしても事情は同じで、だれもかもシャープペンシルやボールペンを用いているのに、そして筆を日常で使う人はだれもいないのに、字を書く道具は、あいかわらず筆記用具と総称されているのである。このように言葉というものは驚くほど保守的である。

これに対して、道元が書こうとしたのは、心の生活である。内的体験である。彼は自分の心のなかに起った精神の劇を書こうとした。精神の劇は、具体的だ。人間の心の生活はどんな人のものであっても特殊だ。そして微妙で、流動的で、生き生きとしており、おまけに不合理なものである。

このように混沌未分の内的体験を、保守的で、出来合いの、ごくごく大雑把な言葉で表現しなければならぬのだから大変である。とくに道元が言葉にしようとしたことは、それまで日本国でだれひとり思いつきもしなかった新しいホトケの道だった。それを従来の、ありきたりの言葉で掬《すく》い上げることができるだろうか。できやしない。それは不可能なことだ。だが、道元はその不可能事にあえて挑んだ。こうして道元の文章は読解不能の難文字《なんもんじ》となった。

つまり道元の文章は、少くとも半分は社会的形成物ではないのである。道元の言語世界の内側に属する、道元にしか分らない言葉の羅列であって、そのことがわたしたちの感動を誘う。この偉大な先達はそこまでしても、自分の心の裡に起った大発見を言葉にしたかったのかと思うと、なんだか胸が切なくなってくるのである。もとより道元は、自分の心の生活に訪れた感動を、他人にも伝えようとして文章を綴ったのではなかった。心のなかでぴかと閃いた真理の光、それをよりはっきりと摑むために言葉の力をかりて文章という形に成し、この作業を積み上げながら精神の荒野を耕しつづけたのだろう。

書物を読むという行為は、言葉から入って、文章を仲立ちに、書き手の心の生活にたどりつくことだ。書き手の心の生活に訪れた感動だの発見だのをつきとめることだ。そしてその感動だの発見だのを、自分の心の生活にも起ったこととして、読み手側もやはり己《おの》が精神の荒野を耕すのである。書き手の精神の劇を、読み手側も体験すること、それが読書という行為だろうと思う。だが、道元の言葉は難解で、わたしたちを容易に彼の心の生活へ踏み込ませようとしない。だからこそ逆に、道元の言語世界だけに通用するルールや語釈法を、注釈書を手引きによく究め、一カ月もかかって彼の文章の一行の意味を理解するとき、すなわち、その一行を書かずにはいられなかった道元の心の生活を覗き見たとき、わたしたちのよろこびは途方もなく大きい。

キク月水

小林一茶を主人公にした戯曲を書くために年末年始は『一茶全集』にしがみついていた。全集を通読するのはこのたびが三回目だが、今回は「七番日記」でつまずいたきり、一歩も先へ進めない。日録を兼ねたこの俳句帖に「キク月水」という記述がどうしてこうも多いのか。そのことをあれこれ考えて先へ進めなくなってしまったのだ。キクとは、ごぞんじのように一茶が五十二歳にしてはじめて迎えた妻の名である。月水とはメンスのことだ。この「七番日記」は、妻との交合回数が克明に記されていることで名高い。たとえば妻を迎えて三年目の文化十三年（一八一六）八月は、「六日　キク月水／八日夜五交合／一二日　夜三交／一五日　三交／一六日　三交／一七日　夜三交／一八日夜三交／一九日　三交／二〇日　三交／二一日　四交」と、都合三十回も、キクと共寝をしている。この前後には野山に出かけて行き、強精薬になる草や根を摘んだり掘ったりしているし、前二回は「五十四歳にしてはじつにお盛なことだ。きっと女の軀《からだ》というものが、一茶には珍しかったのであろう」と考えて、すらすら読み過してきた。がしかし、ほんとうにそうだったのだろうか。やるのが好き、というのであれば、交合の回数を記すだけでよい。なぜ、妻の月水にそうこだわるのか。

散々に考えた末、これこそ一茶の正統意識というやつではあるまいか、と結論をだした。壁ひとつへだてて弟の仙六一家が住んでいる。仙六は、一茶が捨てざるを得なかった小林家を継いでいる。だが仙六は、父親こそ自分と同じ小林弥五兵衛であるが、母親がちがう。弥五兵衛の後妻さつが仙六の母親だ。この仙六を小林家の正統といい得るか。断じて否である。小林家の正統は、先妻くにの子どもであるこの自分だ。一茶はこう考えたのではなかろうか。そして小林家の正統である自分の血を、キクの軀をかりてのこそうと交合にはげんだのではないか。

となると「キク月水」と記すときの一茶の顔色は、はなはだ冴えないものであったに相違なく、これまでわたしがそのときの一茶を〈女の生理がもの珍しくて仕方のない、ぎとぎと脂切った初老の男〉とみていたのは皮相な見解にすぎぬものとなる。「キク月水」の四文字に、（やれやれ、あんなに励んだのに、わたしの血がまた流れてしまった）という一茶の悲しみが滲み出ているわけで、こういう小さな発見のあるあいだは、とても怖くて一茶の戯曲に筆をおろすことなぞなかなかできるものではない。

カナシイ夜は「賢治全集」

十年ばかり前、オーストラリア国立大学の日本語科に招かれて教師のまねごとをしていたことがあるが、そのとき学生諸君のなかに宮沢賢治の愛読者が大勢いるのを知ってとてもうれしかったのをおぼえている。

さっそく注釈をつければ、彼等は自分たちの眼力で賢治を発見したのではなかった。現在は日本に居を定めて作家活動をしているロジャー・パルバースさんがそのころ日本語科の助教授で、じつはこの人が賢治のすぐれた読み手だったのである。

つまり賢治は、はじめは教材として学生諸君に与えられたのである。しかし賢治はすぐさま外国の若者たちの心をとらえた。それもじつにしっかりと。なにしろ、「賢治はわたしの新しい聖書です」と、きっぱりいう学生が何人もいたぐらいだから、これはナミタイテイな読まれ方ではない。いうまでもなく日本の若者のあいだでも賢治は熱っぽく読みつがれている。

ではなぜ賢治はこれほど若者に愛読されているのだろうか。いや、「若者」という枠を設けて語るのは不正直というものだ。筆者のような中年おやじにも筑摩書房の全集を枕許に並べてからでないとなんだかカナシクテ寝つくことのできない夜があるのだから。

なによりもまず賢治は一個の宗教者だった。それも宗教イデオロギーを独善的に振りかざすたぐいの分からず屋ではない。また手前勝手に超越者をつくり上げて、その超越者にしたがわない人間はみんな愚者、ときめつけてかかるような不寛容でコワモテの宗教家でもない。むろん宗教業者でもない。賢治はそういった宗教家たちのはるか彼方にいる。宇宙の生命と交わるところにいる。永遠とかさなるところにいる。

生化学者のオパーリンは「生物と無生物とのあいだにはまったく基本的差異はない」といったが、賢治が立っているところはまさにそのあたり、だから彼は作品のなかで銀河だの星だの石だの秋の山だのシグナルだのと語り合ったり、親しい感情を交換し合ったりすることができるのである。賢治は、宇宙のすべてのものと交信可能な、個という制約をかるがる飛びこえた、そのような宗教者だった。

同時に賢治は科学者でもあった。これまた「科学こそ世界を救う」と云い立てて二十世紀のキリストを気取るようなアツカマシサは爪の垢ほどもない。専門という名のタコツボに立て籠って自分の研究成果がどう悪用されようと知ったことではないと澄ましているような無責任さとも無縁である。まして企業家に仕えるタイコモチ科学者ではない。熱力学第二法則（エントロピーの法則）だけが唯一たしかだと信じていたことからもわかるように、賢治は科学の進歩の限界を察知していた。べつにいえば彼は顕微鏡の下の世界から天体望遠鏡のかなたの世界までを、いかにもまっとうな科学者らしく冷静にひとまとめにして眺めていたのである。

しかも彼の場合、宗教者賢治と科学者賢治とがたがいにツノを突き合わせ足をひっぱり合って泥仕合、というふうにはならなかった。それどころか霊感を科学的文脈で鍛えてだれもがわかるものにし、科学お得意の冷えた分析的な見方を天啓で熱くした。そこに稔ったのが彼の作品群である。

彼の作品では例外なく、なんだか奇妙に熱い飛躍と、なんともいえない奇体な冷静さとが同居しており、この相反するものが二本の柱となって、ある構造をつくる。すなわち極端にちがうものが柱となって両極となるのだから、その構造はほとんど全宇宙を覆ってしまうほど巨大である。こんな力業ができるのも詩人のなかで宗教と科学とがたがいにたえず練磨し合っているからこそだろう。

詩人をはじめとして小説家や劇作家の運命はたいていきまっている。ほとんどがその死によって忘却がはじまるのである。賢治はその例外のひとつで、ときがたつにつれて読者がふえてゆく。がしかしその理由はこれまで書いたところでもあきらかだろう。

かつて宗教が人間に幸福をもたらすとさかんに信じられていた時代があった。むろん現代でも宗教を頼みの杖に世間という涙の谷をどうにかこうにか渡り切ってどこかにあるらしいやすらぎの園へたどりつきたいとねがう人は多い。だが人びとは、独善的で、不寛容で、どこか業者風な宗教に疑いの念を抱きはじめた。若い人たちは宇宙まで勘定に入れているから、とりわけこの傾向がつよい。相当しっかりした地球論や宇宙論の用意がないと若い人たちはついてこない。そこで若い人たちは、宇宙の生命と交わるところにいる賢治を愛読するのである。

この数百年、人びとは科学に期待をかけてきた。科学こそが人間に幸福を贈ってくれるだろうと信じていたのである。そしてごく最近までその信仰はみごとにむくわれてきていた。

ところが現在ではどうか。科学とはひょっとしたら〈地球規模の土木工事技術〉の別名ではなかったか、と考える人がすくなくない。地球で生きる時間を余計に残している者ほど、つまり若ければ若いほど、そのように考えている。科学の指数関数的な発達がやがて地球をこわすのではないかと直観して、その地球の上で生を営む人間というもののあわれさを見つめる心を持った賢治に、若い人たちが信頼を寄せるのは、だからアタリマエなのである。

もっとも賢治は人間の営みのあわれさを乗りこえる手段をいくつか読者にのこしてくれたように筆者には思われる。紙幅に限りがあるので一つだけ書いておくと、たとえば法華経による世界認識がそれで、一滴の水、一輪の花、一本の樹木のうちに全宇宙がそっくり写しとられている、と賢治は作品のいたるところでささやいてくれる。

とすれば筆者の、さして上等とは思われぬこの身体も全宇宙の写しであるにちがいない。それなら、たとえ何歳で死のうと、全宇宙と同じだけ永く生きたということになる。ゴーギな話じゃないか、それならまあ死んでもしかたがないな――、そう思うと、どこかで大鎌をときながらこっちの隙をうかがっているにちがいない死神がさほどおそろしくなくなってくる。だからなんだかカナシイ夜は枕許に「賢治全集」を並べておくのである。

百年の日本人「夏目漱石」

漱石は、『坊っちゃん』を書くことになる年、明治三十九年（一九〇六）の『中央公論』新年号に、次のような談話を掲載している。題は「予の愛読書」。

《愛読書は何だと聞かれると困る。僕には朝夕巻を措かずといふやうな本はない。》

三カ月後の『文章世界』には、右とは一見して矛盾するような談話が載せられている。題は「余が文章に裨益せし書籍」。

《スヰフトのガリバー・トラベルスが一番好きだ。多くの人はこれを名文と思はないが、これは名文の域を通り越してゐるから、普通人には分らぬのである。実に達意で、自由自在で、気取つてゐない、ケレンがない、ちつとも飾つた所がない。子供にも読めれば、大人も読んで趣味を覚える。誠に名文以上の名文であると自分は思ふ。》

漱石のこの談話を、筆者はそのまま『坊っちゃん』に捧げたいと思うぐらいだが、愛読書というものは別にないと言っておいて、わずか三カ月足らず後にガリバー旅行記を絶賛するところがおもしろい。こういう漱石が好きだ。もちろん一方は「愛読書」。片方は「文章鍛練に役立った本」。主題がちがう。それを筆者が勝手に同一線上に並べて「一見して矛盾するような……」と言うのは軽薄な所業だが、しかし筆者には漱石がちぐはぐを言っているような気がして仕方がない。そして繰り返して言うと、このちぐはぐさ加減が筆者には楽しいのだ。

『坊つちやん』を読み返すたびに、筆者はこのちぐはぐを発見するのであるが、紙幅に制限があるので、その例を二つだけあげておこう。冒頭のあの親譲りの無鉄砲のくだりの次に、《庭を東へ二十歩に行き尽すと、南上がりに聊《いささ》か許《ばか》りの菜園があつて、真中に栗の木が一本立つて居る》という文章がくる。つまり坊っちゃんの家の母屋は、その敷地の西に建っている。そして母屋の東に庭があって、その庭の南は小さな菜園である。その菜園は南に向かって爪先上がりの勾配になっており、まんなかに栗の木がある。こ

こまではなんの矛盾もない。ところが間もなく読者は《菜園の西側が山城屋と云ふ質屋の庭続きで、此質屋に勘太郎といふ十三四の忰が居た》という記述にぶつかる。ここで分からなくなる。

筆者はこれまで何回となく坊っちゃんちと山城屋との関係を地図にしてみた。その地図をお見せできればいいのだが、もし坊っちゃんちの敷地が四角なら、菜園の西側が山城屋ではあり得ない。菜園の西側はどうしたって坊っちゃんちの家屋である。漱石の文章の条件を満たすのは、坊っちゃんちの菜園が山城屋の庭に突き出しているときに限ら

れるが、その場合は、だれだって「おれの家の南隣りに山城屋と云ふ質屋があつて」と書くはずである。

このあたりの場所関係はすこぶるあやしい。おかげで『坊つちやん』狂いの筆者などは地図を描きながら読むという仕合わせにめぐまれるのである。

親譲りの無鉄砲で損ばかりしている坊っちゃんは、数学主任の山嵐と組んで教頭などの俗物奸物に天誅を下したあと、在職一学期にも満たぬうちに東京へ舞い戻るが、そこからがまた妙である。《其後ある人の周旋で街鉄《がいてつ》の技手になつた。月給は二十五円で、家賃は六円だ。清《きよ》は玄関付きの家でなくつても至極満足の様子であつたが気の毒な事に今年の二月肺炎に罹つて死んで仕舞つた》とあるが、四国から戻った後の坊っちゃんは、とても大人しいのだ。二十四歳の半ばまでの、あの親譲りの無鉄砲は、どこへ行ってしまったのだろう。街鉄という会社にも赤シャツや野だいこのような俗物奸物がいるはずなのに、坊っちゃんはもう無鉄砲はやらない。まるで人が変わってしまったようだ。

長い間、おかしい、これはちぐはぐだ、矛盾していると考えていたが、ちかごろでは「坊っちゃんは四国の中学校で一生分の無鉄砲を全部使い果たしてしまったのかもしれない」と思うようになった。そしてそう思った途端、この物語が、しみじみと悲しいものに感じられはじめたのである。漱石の研究者、片岡良一は、かつてこの小説を「面白いが、浅い」と批判したが、いまの筆者には「悲しくて、深い」小説のように思われてならぬ。

親譲りの無鉄砲ぶりをみごとに発揮して、四国の中学校の数学教師の職を棒に振った坊っちゃんは、東京の清《きよ》のもとへ戻って市街鉄道の技手になり、以後は生気のない大人しい男になってしまう。ここに重点をおいてこの小説を丁寧に読み返すと、教師時代の坊っちゃんが、たった一ト晩だけ夜空を華やかに飾ってあとは無に還る打ち揚げ花火のように、さびしくわびしく見えてくる——とそのように筆者は述べた。

このような悲しい読後感を抱かせられるのは、小説を底流している「よき日本人は絶滅した」というメッセージのせいだろう。べつに言えば、この小説での東京とは、すでに滅びてしまった理想世界であり、中学校の所在地である四国の都市こそが現世なのである。小説の中で田舎および田舎者は、坊っちゃんの毒舌でさんざんにからかわれているけれど、田舎というのはじつは明治末期の日本のことであり、田舎者とは、その濁世で「他人《ひと》は悪かれ、我よかれ」というちっぽけな処世訓を後生大事に生きている日本人のことなのである。

ちかごろ、都会に住む人間（といっても、三代前をたずねればたいてい地方出なのであるが）のあいだで、「田舎者」とか「ダサイ」とか「イモ」とかいう言い方で、地方在住者や地方出身者を罵る風潮がある。彼らの啖呵《たんか》の切り方がどことなく坊っちゃんの口調と似ているのは、笑止千万を通り越して噴飯物である。

坊っちゃんは江戸ッ子ということをさかんに言うけれど、じつはそのような《真つ直でよい気性の、気の利いた、卑怯なことの嫌ひな、長く心配しやうと思つても心配が出来ない、さつぱりとしてゐて無頓着な、陰でこせこせしない、世の中に正直が勝たないで外に勝つものがあるかと信じてゐる、純粋で単純な、竹を割つたやうな、人のよい、そそつかしいが妙な所へこだはらない、計略《はかりごと》は下手でも喧嘩となるとすばしつこい、人情に厚い、勇み肌で弁解嫌ひの（すべて『坊っちゃん』の本文から拾った）》江戸ッ子＝よき日本人は、もう四国の都市＝現世にはいない、と言っているのだ。

つまり漱石は、濁世へまぎれ込んだよき日本人の運命を描いてみせてくれたのである。だから江戸ッ子だの東京人だのを自称する連中が坊っちゃんの行動に快哉を叫ぶとしたら、それらの人びとはこの小説を甘く見すぎているし、読み取り能力に大いに欠ける。これはそれほど単純な構造の作品ではないのである。

筆者に右のような読み方を強いる鍵は随所にあるが、一つだけ例をあげると、例のイナゴ騒動（坊っちゃんから見ればバッタ騒動）の後始末がついたのちに、坊っちゃんの次のように述懐するところだ。

《生徒があやまつたのは心《しん》から後悔してあやまつたのではない。只校長から、命令されて、形式的に頭を下げたのである。商人が頭許《ばか》りさげて、狡い事をやめないのと一般で生徒も謝罪丈《だけ》はするが、いたづらは決してやめるものでない。よく考へて見ると世の中はみんな此生徒の様なものから成立して居るかも知れない。……もし本当にあやまらせる気なら、本当に後悔する迄叩きつけなくてはいけない。》（傍点井上）

このように漱石は「視点ずらし」の手法を多用して、四国の二十五万石の城下町が、じつは日本国そのものであることを、読者に示唆し続けているのである。東京へ戻った後の坊っちゃんが大人しい上に生気に乏しいのは、現実＝現世から退いて理想世界へ住み替えたからにほかならない。そしてその理想世界とは、死の世界だ。さらに死の世界の使いは、乳母の清である。物語の最後、清は肺炎で死ぬが、臨終の床での彼女の言葉はおそろしい。

《死ぬ前日おれを呼んで坊つちゃん後生《ごしやう》だから清が死んだら、坊つちゃんの御寺へ埋めて下さい。御墓の中で坊つちゃんの来るのを楽しみに待つて居りますと云つた。》

平岡敏夫氏（文芸評論家）は、これはもう下女の婆やの言うことではなく「恋人か愛妻を入れかえれば、もっとぴったりする」と書いておいでだが、筆者には死神からの愛のささやきのように聞こえて仕方がない。

『坊っちゃん』には二つのタイプの女性像が描かれている。一つは、那美（草枕）や藤尾（虞美人草）や美禰子（三四郎）、そして千代子（彼岸過迄）などの原型になるはずの遠山の御嬢さんである。《色の白い、……脊《せい》の高い、……何だか水晶の珠《たま》を香水で暖《あつ》めて、掌《てのひら》へ握つて見た様な心持ち》がするような不思議な魅力をたたえている、自我の強い美しい女だ。この遠山の御嬢さんは、英語教師の古賀（うらなり）から教頭の赤シャツ文学士に心を移す。古賀の送別会で、坊っちゃんの同志である山嵐は、彼女のことを《不貞無節》と批判する。

漱石は、このような美しい女が《ハイカラ野郎の、ペテン師の、イカサマ師の、猫被《ねこつかぶ》りの、香具師《やし》の、モヽンガーの、岡つ引きの、わん／＼鳴けば犬も同然な》男どもの権力や金力で、不貞無節な肉体になってしまうのが現世の定めだと言っているかのようだ。現役の肉体がもっているすさまじいばかりの自己主張。それからできるだけ遠ざかったところにいたいという漱石の基本姿勢がうかがわれる。

これとは正反対のところに清や、下宿の萩野家のおばあさんがいる。二人とも現役の肉体をもっていない。だから自己主張はせず、たった一つ残された心を大きく開いて他者を迎え入れ、あたたかく包み、そして世間知を授けてくれる。

これがやがて小夜子（虞美人草）や静（こゝろ）へと発展して行くのだが、それにしても坊っちゃんの清への傾倒ぶりといったらどうだろう。《何だか清に逢ひたくなつた。清はおれの片腕だ。どう考へても清と一所でなくつちや駄目だ。清が好きだ。清は矢つ張り善人だ。あんな気立のいゝ女は日本中さがし歩いたつて滅多にはない。……どう考へても清と一所でなくつちや駄目だ。どうしても早く東京へ帰つて清と一所になるに限る。清の身の上を案じてゐてやりさへすれば、おれの真心《まこと》は通じる……》。そしてこの清が《御墓の中で坊つちやんの来るのを楽しみに待つて居ります》と言い残してはかなくなってしまうのである。

現役の肉体をもっていない女性への憧憬が『坊つちやん』にはあふれている。もちろん『坊つちやん』だけを振りかざして、漱石の恋愛観はどうの女性観はこうのと言い立てたりしては、間違うにきまっている。後の作品群で漱石が、恋愛を通して人間関係の本質をより深く、さらに鋭く凝視しつづけたことを、われわれはよく知っているのだから。

ただ、漱石が二つのタイプの女性像をつくり出して、日本の男女の結びつきをヨーロッパ系の文化直輸入の「愛」で片付けることができるかどうかという大問題を、さり気なく提出しているところに注目したい。

筆者は子どものころ、カトリックの修道士から「対等なるものは、対等なるものにたいして、支配権をもっていない」というラテン語の諺《ことわざ》を教わった。ずいぶんルーズな諺だと思ったから、「それでは世界がてんでばらばらになってしまいませんか」と質問すると、答えはこうだった。「対等なものをまとめてくださるのが神ですよ」

つまり神が「他者と対等に結びつくように」と強制し、その強制的命令によって愛は、からくも実現するのである。信仰行事や告白行為が、現役の肉体の自己主張のエネルギーを制御するわけである。しかしわれわれに、そのような都合のいい装置があるのか。それがないかぎり、男女の現役の肉体の自己主張は、かりそめの性のたのしみをむさぼり食らうだけになってしまうよ。さもなければ現役の肉体は金や地位を得る道具にすぎないものになってしまうよ。漱石は、現役の肉体から遠ざかってみせることで、「愛」という記号の輸入に首をかしげているのである。

そして漱石は、後の作品群で、現役の肉体がもっとも壮絶に自己主張を仕合う場が夫婦関係であると見定めて、そこでの愛の在り方を繰り返し扱うことになる。現役の肉体がたがいにどう折り合えば安定した関係をつくり出すことができるか。つまり愛は可能か。漱石のこの問いに、われわれはまだ答えを出せないでいる。じつに現役の肉体というやつは厄介だ。

明治の流行語の一つに〈神経〉があったのではないかと気が付いたのは、演劇評論家の渡辺保氏の「円朝と黙阿弥との同時代性を調べるには神経という言葉を手掛りにすればよいかもしれない」という趣旨のエッセイを読んだせいであるが、以来、それとなく注意していると、明治の文学者がこの語にこだわっていたらしいことがわかってきた。言葉として単に神経を多用しているだけではなく、その意味を作品の主題に据えている文学者が多いのである。

たとえば樋口一葉も神経を多用した。彼女の小説『うつせみ』の主人公は雪子といって、《顔にも手足にも血の気といふものは少しもなく透きとほるやうに蒼白《あをしろ》きがいたましく見え》る病美人だが、神経を病んでいて、《一月《つき》と同じ処に住《い》へば見る物残らず嫌やになり》、そこで東京中を目まぐるしく引っ越して回っているのである。

この語はオランダ語 zenuw の和製翻訳語で、杉田玄白らの『解体新書』にはじめて公にあらわれたことは周知のところだが、荒尾禎秀氏（東京学芸大助教授）の研究によれば、文政五年（一八二二）にはもう、〈神経衰弱〉〈神経質〉〈神経病〉〈神経熱〉といった語ができていたという。もっとも、そのころはまだ蘭学者の術語だったが、文明開化とともに一般にもひろまった。当時の欧米は「徹底した機械至上主義」で「傲慢なほど楽天的」だった。だが、東洋はそうではなかった。傲慢なほど楽天的な欧米人の後をちょこちょこ走りして追いかけながら、可哀想になるぐらい緊張していた。この語を多用せざるを得なかった文学者たちの気持ちが分かるような気がする。

漱石もまたこの語をよく使った。『坊っちゃん』の文章を評して「せっかちな神経病みの啖呵」と喝破したのは、国語学者中村明氏である。そのせっかちな神経病みの啖呵が、ではなぜ、われわれ読者の気持ちをさっぱりと洗い上げてくれるのか。ここでわれわれは物語の効用という問題に突き当たる。

文明開化をちがう角度から見れば、それは名詞の氾濫である。そしてその名詞とは、じつは情報のことである。この情報の氾濫は、現在に至ってもまだ終わっていない。それどころか、それは大の字のつく氾濫になりつつある。情報の過剰は人間を変える。現に筆者は、一軒おいて隣の家の間取りは知らないのに、北島三郎氏や江川卓氏の家の間取りはよく承知している。また、斜め向かいの家のご主人の顔はよく知らないのに、長嶋茂雄氏やレーガン大統領なら五十メートル先からでも判明できるだろう。自分の身の回りにはうといのに、サンフランシスコなら猫の通り道まで知っているというのは、どう考えても異常である。異常が言いすぎなら、自然ではない。

情報は身の回りが濃く細やかで、遠くになるにつれて薄く粗くなるのが自然なのだ。だが、過剰な情報は、われわれをそうさせてはくれない。情報は、われわれとわれわれの身の回りとの間に流れこみ、やがてわれわれを身の回りから切り離してしまう。つまりわれわれは情報の粒子に持ち上げられて、空中を頼りなくただようはかない漂流者なのだ。これは不安定で心細い神経病みの状態である。そういう状態では、なにを頼りにして生きればよいのかもわからない。

ところがそこへ物語という名のたのもしい援軍がかけつけてくれる。おもしろい物語には二つの特徴がある。まず情報が精選されている。次にその情報がよく整理され、効果的に配列されている。情報の精選と配列については、作者の人間にたいする洞察力や知的な貯えがきめ手になることはことわるまでもないが、とにかく読者は作者の提出した物語に導かれて、自分の周囲に立ちこめている情報の粒子を整理するのである。

その結果、身の回りが、足もとが、よく見えてくる。なにが大事で、なにが大事でないかが、たとえ一瞬であっても判然としてくる。神経病みが治るのである。筆者にとって『坊っちゃん』は神経病みの妙薬だ。読むたびに「もっと単純に生きられないのかね」と力づけられるのである。

一葉の財産

その女《ひと》は近眼である。それもよほど近くに寄らなければ相手が誰だかも判らないぐらいひどい。外出するときは二つ違いの妹を伴い、脇からたえず街の様子を教えてもらっていた。月夜の晩は人に手を引かれて歩いた。月夜だとなまじ少しは見えるから、かえって水ッ溜りに落ちたりして危ないのである。歌がるたを取るときは、畳の上のかるたに噛みつくように目を近づけているので、彼女の頭が邪魔になり他の人たちが取りにくくなる。そこで歌がるたのたびに女友だちから「眼鏡をかけてちょうだい」と文句を言われた。

近眼の女性の常で瞳はいつもキラキラと朝露のように輝いている。一重瞼の目元にぱらぱらとそばかすが散っていた。口もとはきゅっと締まって小さく、その口から調子の高いきれいな声で江戸弁が飛び出す。言葉使いは明晰だ。口の利きようは四通りあって、少し隔てのある女性にはお世辞がよくて、待合いのおかみさんのように人を逸《そ》らさず客《きやく》待遇《あしらい》が上手である。人に擦《す》り寄るようにしてものを言い、ときおり万事について皮肉な寸評を発して相手を笑わせるのが得意だった。笑うときは「ほ、ほ、ほ、ほ」と声を区切った。親身の女性には快活にしかし行儀よく喋り、他人の悪口は決して言わない。勝気なくせによく泣いた。尊敬する男性の前に出ると、ものやさしく、哀れっぽく、恥ずかしそうにし、そうでもない男性には突然、天下国家を論じたりして煙に巻いた。

髪の毛はとても薄く、おまけに赤茶けている。その薄い髪の前髪《け》を小さく取って銀杏《いちょう》返《がえ》しに結い、いつもきれいに梳《と》きつけていた。肩こりがひどかった。背中がいつもゴッゴッと石のようで、よく文鎮で力まかせに肩を叩いていた。命取りの結核が進むにつれてこの肩こりが嘘のように消えて行った。

歌塾《かじゅく》「萩《はぎ》の舎《や》」では、しばしば師匠の代稽古《だいげいこ》を務めた。教場は十二畳の座敷、表に俥《くるま》を待たせた名門の姫君令嬢たちが紫の矢筈《やはず》や黄八丈《きはちじょう》、お召しや糸織などその頃としては立派な身なりで、色とりどりの座布団に坐っている。その前で彼女は源氏物語や枕草子の講義をした。普段は鼻筋の通った瓜実顔《うりざねがお》にまるで白粉気《おしろいけ》もなく過ごしているのだが、講義のときは小さな口にちょいと紅を引き、一張羅《いっちょうら》の真青な紬《つむぎ》の羽織を着た。両手を袖口にすっぽり引っ込めて、その手を胸元できちんと掻き合わせ、いくらか前かがみになって講義を進めた。退屈しながら講義をしているときは髪の毛の一二本ほつれたのを眼の先でいじり、それを見つめながら「只今の言葉で申し上げれば、まあこうでもございましょうか」などとやっていた。が、熱が入ってくると、肩のあたりをびくびく震わせながら澄んだ声をさらに高くした……。

二十四歳六カ月の短い生涯のあいだに二十二の短編と四十数冊に及ぶ日記と四千首をこえる和歌の詠草《えいそう》をのこした樋口一葉の肖像を、彼女と実際に交際のあった人たちの証言を集めて忠実に再現すれば右のようになるだろう。

中に歌塾「萩の舍」というのが出てきたが、これは水戸藩士未亡人の中島歌子が小石川の安藤坂に開いていた私塾で、後世の研究家はこれを指して「明治の宮廷サロン」と称した。試しに門下生の名簿を調べてみると、たしかに権門の令嬢令閨《れいけい》がずらりと並んでいる。旧佐賀藩主鍋島家夫人とその令嬢、旧上総《かずさ》喜久間藩主水野家のお嬢さん、旧越《えち》後《ご》高田藩主榊原家のお姫様、旧肥前唐津《からつ》藩主の妹御、もと元老院議官田辺太一の娘など、石を投げれば爵位持ちの夫人や令嬢に当たるという具合だ。平民の娘たちもいないではないがいずれも家は金持だ。一例を上げれば一葉の親友だった伊東夏子は日本橋の鳥問屋「東国屋」の娘である。しかも中島歌子は加賀前田家や佐賀鍋島家へ出稽古に赴くが、そこには皇后がお出ましになっていることも多い。「明治の宮廷サロン」は誇張ではなかった。

書店の書架に並ぶ一葉の評伝にはたいてい萩の舍の発会《はっかい》の記念写真が掲載されているが、一度その写真を念入りにお眺めになることをお薦めしたい。例えば明治二十年二月の発会記念写真では師匠の中島歌子は二列目に立っている。明治二十四年のそれでは三列目にいる。普通は最前列の真ん中がお師匠さんの指定席のはずだが、萩の舎の場合はお師匠さんが後ろに下がっているのである。つまり中島歌子は教え子に遠慮しているわけだ。それだけ教え子の身分が高いのである。

では当の一葉はどうか。士族の娘とは言うものの、その父は「生れ故郷の甲州中萩原村を妻のあやめとともに出奔し、蕃書調所《ばんしょしらべしょ》の小使をふりだしに八丁堀《はっちょうぼり》同心に成り上がった、いわば農民の身分を自ら否定した流民」（前田愛）だった。しかもその父を失ってからは戸主に祭り上げられ、一家の命運を担って世間の荒波に揉まれることになる。肩も凝るはずだ。初めは売り食い、次いで小説で生活の糧を得ようとするがそれも成らず、とうとう吉原近くの貧民街龍泉寺町で「乞食相手の荒物屋」（一葉）を開くことになる。一家の一月の生活費は十円前後、それなのに店の売上げは月十五円、仕入れ代を勘定に入れればまったくの赤字である。この赤字を借金で埋め、その借金をまた新しい借金で返すという無謀な離れ業の毎日、揚句の果ては「銘酒屋《めいしゅや》」という最下層の私娼窟《ししょうくつ》の集まる新開地の湿った家を借りて、界隈の軀《からだ》をひさぐ無筆の女たちのために客寄せの恋文を代筆するところまで身を落とす。後世の読者は、この一葉の年譜を見て「あの天才作家がかわいそうに」と涙を流すが、じつはこれがよかったのである。

一葉は明治の女の最上層から最下層までを知っていた。つまり「一葉は垣間見《かいまみ》ではあるけれども明治のトップを知っている。それから明治のいちばんどん底のところも知っている」(前田愛)わけで、これが一葉の財産になった。いや、知っていたというのもあるいは正確ではないかもしれない。前田愛さんの指摘に寄りかかってもう一押しすれば彼女は最上層と最下層の女を同時に生きていたのである。女たちの喜びや悲しみを描くのにこれほどよい位置につけていた作家を外に知らない。もちろん一葉の文学の特色はこれだけではない。和文というものが消滅する寸前に、それまでに現れた和文のすべてを総括《オーケストレート》するというチャンスに恵まれたこと、あるいは生きているうちから自分に戒《かい》名《みよう》をつけて「死者の目」からこの世を見ていたことなど、彼女の文学を解明する鍵はいくつもあるが、ここでは一葉が明治の女性の全体を見はるかす位置に立っていたことを特記しておきたい。もちろん自分が特別な位置に立っていることを直感し、その直感を充分に生かした彼女の巨《おお》きさにはやはり脱帽する外はないが。

「なあんちゃって」おじさんの工夫——ある三文小説家の講演録の抜書き

……でありますから、彼の実人生と、彼の作品とは、常に微妙に反映し合う関係にあったと云い切ってよろしい。もちろんこれは彼自身も認めていたところでもあって、たとえば、「苦悩の年鑑」の一節を援用しましょうか。

〈私は市井の作家である。私の物語るところのものは、いつも私といふ小さな個人の歴史の範圍内にとどまる。〉

すなわち、太宰治もまた「私小説」の書き手の一人だったのであります。

ちえっ、太宰の小説の一節を借りて月並みをしゃべってやがら、と白けた方もおありとおもうが、じつはこの先にわたくしの論の核心がある。

たしかに彼は常に「私」について語りつづけた。しかし、その語り方は他とは大いにちがっていたのです。太宰は、それまでのように、鹿爪らしく「私」を語る方法を採《と》らなかった。読者の同情を惹《ひ》こうとして、ことさら悲劇的に「私」を語る手法をおのれにたいして禁じた。どうです、このぼくったらこんなことまで考えていたんですよと、読者より一段高いところに立って偉そうに「私」を語ることもしなかった。そんな語りは品がない。だいたいがゲスである。太宰は、それこそ月並みな、それらの手垢のついた方法を一切拒絶して、おのが「私」を、語り物の呼吸《いき》で語りつづけたのです。そこで、彼の文章は、それまでにない新鮮な果実を日本語にもたらすことになった。その工夫に手柄がある。そこに新機軸がある。そこに彼の真骨頂があるのであります。

どうして語り物だったのか。証拠は山ほどあります。まず第一の土台に、お経の語り節《ぶし》があったことはたしかでしょう。さきほど引いた「苦悩の年鑑」に、彼はこう書いている。

〈女たちは、みなたいへんにお寺が好きであつた。殊にも祖母の信仰は異常といつていいくらゐで、家族の笑ひ話の種にさへなつてゐる。お寺は、浄土眞宗である。親鸞上人のひらいた宗派である。私たちも幼時から、イヤになるくらゐお寺まゐりをさせられた。お經も覚えさせられた。〉

第二の土台は、実の母親だと信じ込んでいた叔母きゑから、毎晩聞かされた昔噺《むがしこ》の旋律。第三は、お寺の地獄極楽の御絵掛地の前で女中のたけが語ってくれた無間奈落の説明の、おそろしい口調。さらに旧制中学時代から高校時代にかけてしきりに唸っていたという義太夫の調子。もう一つ付け加えるならば、青年作家時代の太宰の盟友だった檀一雄が、「太宰はたいへんに落語に凝っていた」と証言しています。

〈(太宰の座右の書をあげるなら)……円朝全集。太宰の初期から最後に至る全文学に落語の決定的な影響を見逃したら、これは批評にならないから、後日の批評家諸君はよくよく注意してほしい……〉(『小説太宰治』)

太宰はいつも、こういった日本の語り物のもつ独特の文法に則って考えを進めていた。また、文章を書くときの彼の耳にはいつも、日本の語り物の旋律やリズムが聞こえてもいたのです。

ちょっと待て、落語は語り物かよ、あれは喋り物じゃないかという疑問をお持ちの方もあるでしょうが、いまのところは日本の口承文芸を一括して語り物と呼ばせていただいております。さらに、「日本の語り物のもつ独特の文法」と云ったのは、たとえば、落語のオチのことです。西洋の短編小説にもオチのついたものがあるが、落語の方がずっと深く企んでいるし、その方法論も完成されている。その落語に強く影響されて、太宰は小説にオチをつけようとしてずいぶん苦心をしました。そこから次のような発音も出てくるわけです。

〈……太宰治はオチ作家と称《よ》ばれ、坂口安吾のごときは、「太宰の作品は、落語として後世にのこるだらう」と言ひ放つたといふことだ。〉(青山光二「太宰治と織田作之助」)

もとより彼は近代に生きていますから、明治以降の文学者たちが作り上げた近代散文(書記言語)の恩恵に与《あず》かっております。そこで、原稿用紙に向かうたび、彼の内部では、その近代散文と、永いあいだ民衆によって練り上げられてきた日本語の粋《すい》、語り物の口《くち》言葉とが烈しい衝突をおこしていた。そして彼の栄光はたぶん、近代散文の前に全面降伏をしなかったことにあるでしょう。すなわち彼は、近代散文の分析力と経済性を受け入れながらも、その上に、語り物の文法を、旋律やリズムを再生させたのです。

ところが、ここにもっと重要なことがあって、太宰はとても演劇と親しいのですね。日常でもしばしば芝居口調でものを云っていたと、彼を知る人が何人も証言していますし、それよりなにより「思ひ出」の一節を読めば、それがよく分かります。

〈……村の芝居小屋の舞臺開きに東京の雀三郎一座といふのがかかつたとき、私はその興行中いちにちも缺かさず見物に行つた。その小屋は私の父が建てたのだから、私はいつでもただでいい席に坐れたのである。學校から歸るとすぐ、私は柔い着物と着換へ、端に小さい鉛筆をむすびつけた細い銀鎖を帶に吊りさげて芝居小屋へ走つた。生れて初めて歌舞伎といふものを知つたのであるし、私は興奮して、狂言を見てゐる間も幾度となく涙を流した。その興行が濟んでから、私は弟や親類の子らを集めて一座を作り自分で芝居をやつて見た。私は前からこんな催物が好きで、下男や女中たちを集めては、昔話を聞かせたり、幻燈や活動寫眞を映して見せたりしたものである。そのときには、「山中鹿之助」と「鳩の家」と「かつぽれ」の三つの狂言を並べた。山中鹿之助が谷川の岸の或る茶店で早川鮎之助といふ家來を得る條《くだり》を或る少年雑誌から抜き取つて、それ

を私が脚色した。拙者は山中鹿之助と申すものであるが、――といふ長い言葉を歌舞伎の七五調に直すのに苦心をした。……〉

三十六の断章からできた短編の「葉」、これは例のヴェルレーヌの「叡智」から引用した「撰ばれてあることの／恍惚と不安と／二つわれにあり」というエピグラフでよく知られていますが、この『葉』のなかに、ドキッとするような一行があります。曰く、〈役者になりたい。〉と。

この「葉」は、彼の第一創作集『晩年』の巻頭を飾っている。ちなみに、この『晩年』の初版部数は六〇〇部でしたが、それはとにかく、「文学的遺書」ともいうべき、この大事な一冊の、しかも巻頭の一篇のなかで、太宰は右の一行をもって一断章としているのですから、彼がよほど芝居と親しかったことがわかるではありませんか。いや、親しいどころではない。太宰という人は、「役者になりたい」を通り越して、子どものときからすでに役者でした。そして亡くなる日まで演劇人だったのです。

ひとまずここまでをまとめると、太宰治という作家は、「私」という存在を、語り物の呼吸で語ったのでした。しかも舞台で演じるように。こんなふうに「私」を語った作家は空前でしょう。

もう一歩踏み込んで云うならば、太宰は一人芝居の役者、それも作者を兼ねた名優だったのです。しかも、その一人芝居で扱われる主題は、イエス・キリストの受難劇でした。ということは、彼は、おのれの苦悩を、ゴルゴタの丘に登るイエスの肩の重い十字架になぞらえていたことになる。つまり太宰治はイエス・キリストであった。だからこそ、「撰ばれてあることの／恍惚と不安と／二つわれにあり」と書き付けもしたわけです。なんという野心でしょう。

ばか云え、太宰が演じたかった役はユダじゃないのか、「もの思ふ葦」というエッセイで、太宰は、「ユダ。君、その役をどうか私にゆづつてもらひたい」と、そう書いているんだぜと反論なさる方もあるでしょう。もちろん太宰がユダを演じようとしたことはあった。でなければ、「駆込み訴へ」という傑作が生まれるわけがない。しかし、彼は主《おも》にイエスを演じようとしていたのです。いちいち出典をあげることはしませんが、作品のあちらこちらで、「われこそ神の寵兒」だの、「私は神のまま子」だのと書いていることからも、それは明かです。

傍証もある。

『斜陽』のなかで、旧華族の長女かず子が弟の文学の師、無頼派作家に書く愛の手紙の宛名の「M・C」は、「私のチェホフ」、「マイ・チャイルド」、そして「マイ・コメデアン」などの意味であると、作中で種明かしされています。しかし、これは当然、「マイ・キリスト」と読み解くことができるはず。したがって、手紙の受取人の無頼派作家上原二郎＝太宰治はキリストでなければならない。正確には偽《にせ》キリストでしょうけれども。

もう一つ、筆名のことがある。津島修治がなぜ太宰治という名で小説を書かねばならなかったか。定説はありませんが、ここでは関良一説に注目しましょう。その説によれば、ドイツ語のDasein《ダーザイン》（現存在）をもじって、太宰を名乗ったのではないかというのですね。

この説に、わたくしがつたない付録をつけますと、現存在とは、太宰が旧制の弘前高校に在学していたころ、例の『存在と時間』によって世界の思想界に衝撃を与えたハイデガーの用語で、「存在《ザイン》が問われる場《ダー》」（木田元）、つまりは人間のことです。人間は、死の可能性を見定めることによって初めて自分の日常性の内面に立ち返ることができるが、他の動物にはそれができない。死の可能性を見定める場をもつ存在は人間に限られるというわけです。

第一創作集『晩年』の巻頭を飾った「葉」の、最初の断章は、周知の通りで、こうです。

〈死なうと思つてゐた。ことしの正月、よそから着物を一反もらつた。お年玉としてである。着物の布地は麻であつた。鼠色のこまかい縞目が織りこまれてゐた。これは夏に着る着物であらう。夏まで生きてゐようと思つた。〉

この断章そのものが、現存在の解説になっています。そして、「現存在《ダーザイン》＝人間＝その代表としての人の子となったキリスト＝太宰」と、横滑りさせて、太宰治と名乗った。そう類推してもいいのではないでしょうか。

しかし、いくら図太い太宰でも、舞台の上で、自作自演のキリストを気取るのに照れるときがある。格好よくポーズをきめる、偉そうな警句を口にする、なにか美しいことを云う、貧者や弱者を庇って正論を吐く、そのたびに照れて含羞《はに》かんで、「なあんちゃって」と崩す。これが太宰の文体の、いや彼の文学の基調なのです。

〈役者になりたい……なあんちゃって。〉
〈夏まで生きてゐようと思つた……なあんちゃって。〉
〈私は市井の作家である……なあんちゃって。〉

太宰の文章だったら、どれでもよろしい。彼が格好よくきめたら、そのあとに「なあんちゃって」を付けてみてください、奇妙によく付きます。そしてうんとおかしくなる。たぶん彼も、そうやって読む者を歓迎するはずです。というのも、太宰は、読者に読んでもらうのが大好きだったからで、決して失礼にはあたらない。

さて、本日の演題は、「太宰文学の笑いについて」でありまして、余談はこれぐらいにして、このへんで本論に……

林芙美子のこと

　いま、林芙美子の評伝劇を書いている。全集を読んで資料にあたって、わたしなりの芙美子像を作り上げたが、その生涯には謎めいた断層がある。

　昭和十二年十二月、三十四歳の芙美子は毎日新聞から特派されて南京攻略戦を取材する。さらに翌年十一月には内閣情報部が組織した「ペン部隊」の一員として従軍、漢口攻略戦では従軍文士の一番乗りをやってのけた。こういった従軍体験は、すぐに『戦線』『北岸部隊《ほくがんぶたい》』の二冊にまとめられたが、その『北岸部隊』から、彼女の出で立ちを見ると次のようである。

　まず、なにより大切なのは鎌倉八幡宮から授かったニッケルの剣の入ったお守り。これを首に吊し、一米《メートル》五十糎《センチ》の短軀《たんく》を国防色のギャバジンのスーツで鎧《よろ》い、白いリュックサックを背負った。

　リュックの中身は、化粧袋、肌着、懐中電灯、写真機、水筒、茹で小豆《あずき》の缶詰二缶、バター一缶、ラッキョウ一瓶、角砂糖、塩、ドロップ、牛肉大和煮、海苔佃煮、手帳二冊、鉛筆二本、万年筆一本、丸善のアテナインキ一壜。ほかに薬袋。なかにはキニーネ、征露丸、メンソレータム、クレオソートが入っていた。

驚くのは、最前線部隊にまで新聞社の通信トラックがついて行っていることで、たとえば、

〈原稿に鉛筆を走らせながら、私は泣いた。……この国を愛する激しい気持は、私にとつて一つの大きな青春に思へるのだ。……もう東京へ帰らなくてもいい、あんな生活なんか、なんの未練もない。〉

こう書き上げた原稿は部隊参謀の検閲を経て通信トラックから電信で送稿される。すると彼女の文章が翌朝、日本の新聞に載るという仕組みである。

漢口に近づくにつれて、鉛筆にも力が入ってくる。

〈美食もなければ美衣もない、軀だけの兵隊が、銃を担ひ、生命を晒《さら》して祖国のために殪《たふ》れて行く姿は、美衣美食に埋れてソファに腰をすゑて国家を論じてゐる人達とは数等のちがひだ。〉

〈あらゆる道と云ふ道を行軍してゆく我が軍列をみてゐると、戦争の美しさ雄々しさを感じる。〉

そしてついに彼女はこう書く。

〈この戦場の美しさ。美しく、残酷で、崇高で、高邁である。〉

「いま」という歴史の高みから彼女を責めているわけではない。この話にはつづきがある。戦争が終わった翌年の昭和二十一年夏、雑誌『紺青《こんじょう》』に連載された「作家の手帳」というエッセイで、彼女は次のように書いている。

〈自由も希望もない灰色な戦争！　考へただけでも、もう戦争は沢山です。……未来の子供たちは、兵隊のゐない私達の国を不思議に思ふことでせう。その時にこそ、こんどの長い戦争がどんなに悲劇で苦しかつたといふ話を長老はしてきかせなければならないでせう〉

傑作『浮雲』（昭和二十四年十一月連載開始）では、〈戦争といふ大芝居〉とも書いた。戦後の小説に共通しているのは、その〈大芝居〉で傷ついた庶民たち――戦争未亡人、復員兵、戦災孤児たちを徹底して書くという態度である。心臓弁膜症という持病を口に売薬を放りこんで抑え、七、八本もの連載をこなしながら、戦争で不幸になった庶民を題材に名短篇をつづけざまに発表した。「反戦作家」これが当時の彼女の肩書きだった。

その仕事ぶりにしても壮絶である。力を込めて書くあまり机をぐいぐい体で押して行き、一晩に二米《メートル》も前へ動いてしまう。

「ああ、障子の桟《さん》が原稿用紙の桝目《ますめ》に見える」

と云って、母のキクを驚かせたのも、このころのことで、これは普通ではない。わたしは芙美子は体力の限界を超えた量を書くことで緩慢な自殺を試みていたと見ている。どうしてもそうとしか思えないのだ。

あの八月十五日を境に、「反戦作家」に豹変した文士たちが多かったことは周知のところであるが、芙美子の場合は、そんな安手な「反戦作家」ではなかった。

というのは、昭和十七年、まだ日本が勝ち戦さに沸いていたころ、陸軍報道班員として八カ月間、南方（仏印、シンガポール、ジャワ、ボルネオ）に派遣されているが、彼女はどうもそのころから、いうところの「支那事変」や「大東亜戦争」が〈戦争といふ大芝居〉ではないかと見抜いていたフシがあるのだ。

現に昭和十九年には、疎開先の信州の温泉で、「こうなったらキレイに敗けるのが一番です」と発言して、中央から駆けつけた警視庁の特高刑事に怒鳴られたりしている。

芙美子は南方や東京や信州で何を見たのだろうか。

この謎を解くために戯曲を書いているわけで、その解明は上演時までは内緒である。しかし、一つだけ種明かしをしておくと、ジャワ島から朝日新聞社の飛行機で南ボルネオのバンジャルマシンへ移動したとき、彼女は空中から見た運河の美しさに驚く。オランダの植民地経営では、開拓民を入植させる前に、まず運河を作り宿舎を建てる。つまり社会装置をしっかり作ってから開拓民を迎える。

ところが、かつての満洲開拓は、〈耕地もなければ、道すらもない、しかも家もない荒涼とした寒い土地々々へ無造作に人間を送り、その開拓民たちが、まづ、住む家をつくり、それから耕作して、何年目かにトラックの道をつけるのです。何の思ひやりもなく裸身のまゝの人間を送りこんで、長い間かゝつて、やつとどうにかなつた時にこの敗戦なのです。政府が、満洲の開拓民の人々にどれだけの責任を負ふのでせうか。……〉（『作家の手帳』）。

紆余曲折

吉野作造（一八七八―一九三三）を知らない人はまずいない。大きな書店には今でも岩波版の選集が飾られているし、毎年六月になると「中央公論」は彼の名を冠《かぶ》せた賞の受賞者を発表するし、彼の郷里の宮城県古川市には立派な記念館がある。それに彼の論文を集めた文庫本も書店に並んでいるから、どなたもどこかで吉野作造という名前を目にしておいでのはずである。

けれどもその吉野作造が何をして、何を説いた人物かとなると、これがほとんど知られていない……と偉そうに云っているが、わたしにしたところで、長い間、次に列挙する程度の貧弱な知識で間に合わせてきたのだから、あまり大きな顔はできない。

吉野作造は、わたしの出た学校（仙台一高）の大先輩であり、その旧制中学時代の同級生のひとりが真山青果《まやませいか》だった。旧制二高から東京帝国大学法科大学へ進み、卒業のときは優等生として恩賜《おんし》の銀時計を授かったが、ここまで一度も月謝や授業料を払うことがなかった。どこへ行っても特待生だったからである。

帝大卒業後、中国の天津に渡って、のちの洪憲朝《こうけん》（三カ月間しか成立しなかったけれど）の皇帝袁世凱《えんせいがい》の長男の家庭教師を、三年間つとめ、帰国して東京帝国大学助教授。さらに三年間のヨーロッパ留学を終えて帝大教授になり、「政治とは国民全体の幸福を中心に考えるものだ」という民本主義を唱え、そのために右翼団体からさんざん脅迫された。

それと同時に、「帝国憲法にもとづき帝国議会を通して政治を改善して行こうという吉野の主張は旧弊である。一挙に政府を倒して民衆のための政治を実現しなければならない」と唱える左派からも軽んじられた。

短い生涯の短い晩年に、明治文化研究会をつくり、今、古書店で一揃い二十万もする明治文化全集を遺した……と、この程度の知識ですませてきたのだが、ある日、突然、吉野作造を芝居にしたくなって、この五、六年、彼の論文をシラミつぶしに読んできた。そしてわかったことの一つはこうである。

彼は、近代国家であるなら、すでにあってしかるべきであるのにまだないもの、それをたった一人で実現しようとした人だったのではないか。

たとえば、貧しい産婦たちのための産院、親のない子どもたちのための保育所、朝鮮や中国からきた苦学生たちのための奨学金制度、医者にかかれない人たちのための病院、仕事の元手のない人たちにその元手を貸す相互金庫……このような、あって当たり前なのにまだない仕事を次つぎに始め、そして当然働きすぎて、最後は肺結核で亡くなってしまったのだ。でも、これでは、あんまりありがたすぎて芝居にはならない。

悩んでいるうちに、作造には、信次《しんじ》という十歳ちがいの弟がいたことを思い出した。この信次も秀才で、兄と同じように東京帝国大法科を優等で卒業、農商務省の官僚になった。

兄の作造が、不況下で生活苦にあえぐ庶民のために社会事業や慈善事業に全力を傾けていた昭和初年、弟の信次は、商工省の局長として、部下の岸信介や木戸幸一を叱咤《しった》激励しながら国家統制経済を強く推し進めていた。信次は、恐慌から脱出するには独占の強化と労働の強化による産業合理化しかないと考えたのである。兄は下から、弟は上から、世の中と取っ組み合っていたわけだ。この構造はなかなかおもしろい。芝居になるかもしれない。

信次は間もなく商工次官になり、商工大臣になり、そして戦後は運輸大臣にもなるが、それでは、国家や政府を批判しつづける兄と、国家や政府そのものになってしまう弟は、常日頃、どんな付き合いをしていたのだろうか。

ご存じの読者もおいでだろうが、作造夫人の玉乃《たまの》と、信次夫人の君代は姉妹である。兄は姉と、弟はその妹と結婚している。そのせいもあって、兄の家庭と弟の家庭との間にはうんと濃い付き合いがあったのではないか。

それが知りたくて、作造日記を丁寧に読んだ。すると彼は、昭和六年（一九三一）十二月二十一日（月）にこんなことを書いていたのである。

〈此日夕刊で信次が商工次官に昇進したことを知つた　異数の抜擢で喜ぶべしと雖《いえど》も……〉

信次は、官僚のトップに抜擢されたことを兄に知らせていない。少なくとも発表の前日あたりに、

「兄さん、次官になることに決まったよ。なにか忠告があったら聞かせてくれませんか」

と、電話の一つもかけてきていいはずだが、弟はそうはしなかった。信次夫人の妹も作造夫人の姉に知らせていない。

（この兄弟は仲が悪かったのではないか）

今度は、信次が戦後に書いた自伝や随筆集を片っ端から読んでみた。わたしの勘は当たっていたようで、信次は兄のことをほとんど書いていない。年が十も離れていたから、その分、兄弟の情愛が薄かったのだともいえようが、それでもこの弟の、兄についての関心のなさは普通ではない。この兄弟は、国家というものを挟んで烈しく対立していた

のではないか。こんな仲の悪い兄弟をそれぞれ夫に持った姉妹は、いったいどんなことを考えていたのだろうか……。

こんなふうに右に行き左に折れして書くものだから、なかなか期日に間に合わないのである。この吉野兄弟を書いた「兄おとうと」も、初日が二日おくれてしまった。

私のチェーホフ

滑稽小説家の登場

百年も前、演劇革命にめざましい成功をおさめた作家がいた。彼の方法はいまでもまったく新鮮で、これから百年先にも有益でありつづけるだろうといわれているが、むろん彼とはチェーホフのことである。

四十四年の短い生涯で、彼はどんな演劇革命を成しとげたのか。一に、主人公という考え方を舞台から追放した。二に主題という偉そうなものと絶縁した。三に筋立ての作り方を変えた。別にいえば、戯曲から物語性を追い出した。以上がチェーホフの新しい演劇の三原則といわれているものだ。三番目については多少の異論があるものの、右の意見に九割方は同意する。そして、「新しい内容なしには新しい形式を創造できない」というチェーホフ劇の登場人物の一人（「かもめ」のトレープレフ）の台詞《せりふ》を引くなら、彼の劇の新しさは、その内容の新しさが生み出したものということになる。このことを頭のすみにとどめておいて、初期のチェーホフの小品群に注目したい。

現存するチェーホフの小説は全部で五〇一編（中央公論社版全集第一巻解説）、その多くがいわゆるチェホンテ時代に書かれた小品群である。モスクワ大学医学部の医学生が一家の生活を引き受けざるを得なくなって、チェホンテのほかにも、「わが兄の弟」「患者なき医者」「短気な男」「脾臓《ひぞう》のない男」など、たくさんの筆名を使い分けながら書きまくった滑稽《こっけい》な読み物が、いうところの初期作品である。こんど片っ端から読み直して、この医学生が希代の小説読みだったことに気づいた。研究者たちは口を揃《そろ》えて、「医学部の予習や復習をすませてから、朝の五時まで読み物を書く毎日、とても小説の勉強などする暇はなかっただろう。つまり天賦の才が驚くべき数の小説を書かせたのだ」というが、とてもそうは思えない。

たとえば、ほとんど処女作といってもよい「小説の中で、いちばん多く出くわすものは？」では、「伯爵、かつての美しさの余香を宿した伯爵夫人、リベラリストの文学者……」から始まって、人びとに愛されている大衆娯楽小説の常套《じょうとう》手段を四十以上も列挙している。これはその手の小説を多読していなければできない芸当である。中にはいくつも傑作な手法があって、「おびただしい数の間投詞と、いい折をみて技術用語を使おうとする試み」や「わかり切ったことを、持ってまわった風に仄《ほの》めかす態度」などは、いまでも使われている。特筆すべきは、「大発見の端緒となる偶然の立ち聞き」という手法で、後年の彼は、戯曲の中でこの立ち聞きを乱用する。というよりは、チェーホフの戯曲はすべて立ち聞きで成り立っているといっていいくらいで、つまりチェーホフは大衆娯楽小説の嫡子なのである。

チェーホフはまたボードビルを愛していて、初期小品集にはこの手法が頻出する。たとえば、二十三歳のときの「感謝する人」はその典型で、どこの役所なのかわからないが、とにかくここに一人の長官がいる。その秘書が結婚式の費用を借りにくる。長官は、「家内に感謝したまえ。家内の口添えがなかったら、びた一文たりとも貸すものではないが、あれが頼むのだから仕方がない」と金を貸す。そこで秘書は長官夫人のところへ礼に行く。

小柄で美しいブロンドの夫人は、自分の書斎の小さな寝椅子《いす》に座って小説を読んでいたが、秘書が感激のあまり、「あなたのご主人は、黄金の心を持っておいでです。あなたは、天があんな立派なご主人を授けてくださったことに、感謝しなければなりません！　どうか、あの方を愛してあげて下さい！　お願いです」といいながら手に接吻《せっぷん》してくると、うっとりとなり、いつの間にか、秘書の、「あの方を愛してあげて下さい、……裏切ったりしないで下さい！」という声を聞きながら夫を裏切って寝椅子の上で抱き合ってしまう。ところがそこへ長官が入ってきて……そっくりそのままボードビルの舞台に乗りそうな段取りと会話である。

チェーホフの新しさはこのような、ふつうの人びとの好むものを自分の戯曲に取り込むことで、できたものだった。

笑劇の方法

いわゆる四大戯曲(「かもめ」「ワーニャ伯父さん」「三人姉妹」「桜の園」)を書く寸前の一八九五年、三十五歳のチェーホフは、十歳年下の詩人で作家でもあるブーニン(一八七〇—一九五三、のちにノーベル文学賞を受ける)と知り合った。そのブーニンによると、チェーホフはいつもこう洩《も》らしていたという。
「すばらしいボードビルが一編でも書けたら、そのときはね、もう死んでもいいんですよ」(中村融訳「チェーホフの回想」)

ボードビルはふつう、歌あり踊りあり滑稽な話芸ありの大衆向けのショー、あるいはそのショーに挿《はさ》み込まれている笑劇やコントやスケッチのたぐいを指す。好意的に喜劇と訳されることもあるが、もちろんチェーホフは笑劇の熱心な愛好家、自分でもこの形式で一幕物をいくつも書いているくらいだ。でも、彼がボードビルと言ったときは注意が必要、人びとの愛する笑劇の手を使って何気ない日常のなかに潜んでいる異常を見つけること、同時に異常のなかに普遍性を発見すること、これがチェーホフのいうボードビルだからである。

だいたいチェーホフの日常そのものが充分に笑劇風だった。たとえば、五歳年上の長兄のアレクサンドル（一八五五―一九一三、税関吏、のちに作家）の回想録から、モスクワ大学医学部の五年生だったころの、二十三歳のチェーホフのある夜を再現してみよう。一家の家計を一手に引き受けて一週に一編の割合で滑稽小品を書きまくっている彼が、いま、自室に籠《こ》もって、衛生学の講義録を必死になって読んでいる。次の日、卒業できるかできないかを決める大事な口頭試問があるのだ。ところが「蝗《いなご》の大群」が勉強の邪魔をする。蝗とはチェーホフの言い方で、同居する母や伯母や兄妹たちのことである。まず、伯母が部屋飼いの犬を探しに入ってくる。「ここに犬はいません。ほかの部屋を探してください。ぼくの勉強をじゃましないで」と言うと、伯母がすねる。「生きものを飢えさせたりしたら、神様の罰があたるんだよ」ようやく伯母を説き伏せて勉強を再開すると、青ざめた顔の母親がやってくる。「明日におまえが着るシャツを洗濯屋がまだ持ってこないんだよ。まったく神様はどこを見ていらっしゃるんだろうね」チェーホフは答える。「汚れたシャツで行きますから、ぼくに話しかけないでください」すると母親はいつもの繰り言をはじめる。「子どものために精も根もすり減らしている母さんに、なんてことを言うんだい。おまえのことで、どんなにわたしが気を使ってきたか……」耳を塞《ふさ》いで講義録に没頭していると、母親はぶつぶつ言いながら去ったものの、こんどは弟が「兄さんところにぼくの鉛筆が迷い込んできてない?」

「勉強中だというのがわからないのか」と一喝すると、弟は泣いて出て行き、伯母に言いつける。伯母はこんどもまくしたてる。

「こら、野蛮人。罪のない弟を泣かすなんて、おまえにはもう良心というものがないんだね」

伯母をなだめて部屋から出すと、妹が、「学校で、精神上の実体ということを習ったんだけど、どういう意味なの。兄さんはなんでも知っていなければならないはずだから、説明してちょうだい」と議論のようなものを吹きかけてくる。ようやっと妹を追い出すと、近くに下宿している次兄の肝臓が痛みだしたという報せ。駆けつけると、次兄はただの二日酔い。そこで、次兄に薬代わりにビールを呑ませ、寝床に寝かしつけ、脈を取りながら講義録を読みつづける……。

重要な試験を明日に控えて猛勉中という異常事態に入り込んでくる日常、あるいは助け合い頼り合って生きている家族の日常のなかに潜む狂気。笑劇の手法を利用してこれらを取り出し組み合わせて、人生の憂愁を微笑のうちに描くのがチェーホフのやり方だった。

笑劇から喜劇へ

チェーホフは笑劇の手法で、十九世紀の末に生きていたあらゆるロシア人を、そして彼らの生活のすべてを書きとめた。ロシアの作家で評論家のメレシコフスキー（一八六六―一九四一）は、こんなことをいっている。

「チェーホフはロシア文学における最大にして最高の生活作家である。もしも現代のロシアが地表から消え失せてしまったとしても、チェーホフの作品を読むとき、だれもが、十九世紀末のロシア人の生活の場面をその微細な点まで、生き生きと蘇らせることができるだろう」（中村融訳「チェーホフとゴーリキー」）

では、チェーホフの書いたロシア人群像のなかで強く印象にのこっているのはだれか。読み手によっていろいろだろうが、「勲章」の十四等官レフ・プスチャコーフなどは、わたしの好みだ。この名前には「つまらない男」という意味があるらしいが、とにかく幼年学校の教官である彼は、裕福な商人の豪勢な昼餐《ちゆうさん》に招かれている。その商人は「俗物で、えらく勲章が好きで……それにあいつには娘がふたりある」（池田健太郎訳）ので、友人から勲章を借り受け、胸にしっかりと縫いつけて出席する。

ところがテーブルの真向かいに坐っていたのは彼の同僚のフランス語の教官だった。「フランス人に勲章を見せることは、実に不愉快な問題を数かぎりなく引き起こすことであり、永久に恥をかいて名誉を失う」から、彼は食事中、つねに右手を胸に当てて勲章を隠し、おかげでご馳走を五皿も食い損なってしまう。左手で食事をするのは「しつけのいい社会」では禁じられているからだ。

ところが真向かいのその同僚も、右手をつねに胸へ当てている。おかしいなと思ったとき、破局がくる。乾杯のときに、どうしても右手を使わなければならなくなったのである……このあたりの会話と仕草は、そのまま舞台にのせても客席の爆笑をよぶはずで、とてもよくできている。そしてこの滑稽小品は、二人ともつまらない見栄から、貰ってもいない勲章をぶら下げて、おたがいにそれを隠し合っていたというオチで終わる。

笑劇では、悪者はその報いを受け、善人はご褒美をもらい、愚かな行為は罰をくらい、愛や恋はそれにふさわしい相手を得るというオチで終わるのが常套である。一言でいうなら、勧善懲悪という、人びとの永遠の願望をうまくオチを使って成就させるのが笑劇のドラマツルギーなのだが、やがてチェーホフは次第にこのオチから遠ざかり始める。そしてそのことで、彼の喜劇が成立することになった。

たとえば、「ワーニャ伯父さん」のワーニャは、四十七歳の今日まで、妹の夫の大学教授の学問のために「自分たちは食う物も食わずに一銭二銭の小銭から何千という金を積み上げ」（神西清訳）仕送りしてきた。「おれは、あいつ（教授）やあいつの学問が自慢で、それがおれの生甲斐《いきがい》でもあれば励みでもあった」からだった。

ところが今わかったことは、教授が「利口な人間にはとうの昔からわかりきったこと、馬鹿な人間にはクソ面白くもないこと」について講義をしたり、本を書いたりしていた

推薦のことば

ブレイディみかこ 日本の漫画は尖ったアートであり社会風刺であり文学でありながら、最高のエンタメでもあった。そのアクロバティックな表現形態が生み出してきた作品たちのなんと多様なことか。「MANGAはクール」とか言っている昨今の英国の若者たちにもぜひ読ませたい。日本のMANGAはアナーキーなのである。

武田砂鉄 生きていると、思ってもみないことが起きる。で、マンガを読んでいると、思ってもみないことだと思っていたことが平然と描かれていて驚く。マンガはいつも、想像力のその先で鎮座している。

刊行のことば

本選集は、1960年代以降半世紀にわたる日本の「現代マンガ」の流れを新たに「発見」する試みです。マンガ表現の独自性を探り、「本物」を選りすぐって、時代を映すマンガの魂に迫ります。8つのテーマに基づいて、決定的な傑作、知られざる秀作を集め、日本の社会と文化の深層をここに浮かびあがらせたいと思います。──**中条省平**

だけだったというおそろしい事実である。才能もなく、だれにも不必要な学者が安楽に暮らし、功績もないくせに大学者という贋《にせ》の名誉を博している。こんな人間はどこにでもいそうであるが、それはとにかく、そんな贋者のために半生を棒に振った自分はいったいどうすればいいのか。

劇の第三幕で一波乱おこるが、俗物教授はなにごともなかったように屋敷から出て行き、ワーニャはこの先、どうやって生きて行くべきかわからないまま残される。こうして、笑劇の手法を生かしながらもそのオチを排して、俗物の愚劣さが人びとの生活の美しさを征服した瞬間を書いたとき、チェーホフの新しい喜劇のドラマツルギーが成立した。

喜劇作者の祈り

ちゃんとした喜劇作者は、同じ時代を共に生きる普通の人たちの生活を凝視する。喜劇の題材は、普通の人たちの日々の暮らしの中にしか転がっていないからだ。さらに彼は（その度合いはさまざまであっても幾分かは）社会改革家にならざるを得ない。自分を含む普通の人たちの生活を見つめているうちに、たいていの人たちが、たがいに理解し合うことを知らないためにそれぞれもの悲しい人生を送っているという恐ろしい事実を発見するからだ。

万人に通じ合う大切な感情が共有できない、知っていながら知らんぷりをして結局は自己溺愛《できあい》の中へ逃げ込むしかない……そういった人たちの毎日が少しでもいい方へ変わってくれたらと、喜劇作者は私《ひそ》かに祈り始める。チェーホフもまた、この道を歩いていた。

一八九〇（明治二十三）年、三十歳の四月、汽車や船や馬車を乗り継いでシベリアを横断したチェーホフは、当時、最悪の徒刑地だったサハリン島で囚人調査を行った。徒刑地の悲惨な現実に知らんぷりができなくなったからだった。

炭鉱や木材伐採地を巡って囚人たちの事情を聞き一万枚もの調査カードを書くが、とりわけ心を痛めたのは、その地の子どもたちのひどい有り様で、彼は元老院控訴局の検事長のコーニィ博士にこう報告する。

「僕は飢えた子供たちを見ました。十三歳のめかけも、十五歳の妊娠した娘も見ました。少女たちは十二歳から、時には月経のある以前に、売春をはじめます。……僕にはどうすればいいかわかりません。しかし……僕に言わせれば、ロシアでは一時的な性格をもつ慈善に依存して問題を提起するのは禁物です。僕はむしろ国庫の援助を望みたいところです」（池田健太郎訳）

ちなみに、サハリン島からの帰途、チェーホフは日本に寄るつもりだったが、「われわれは日本を素通りしました。コレラがはやっていたからです」（ペテルブルグの出版業者で理解者であり援助者でもあったスヴォーリン宛ての手紙）……残念といえば残念である。のちに何種類もの全集が出版されて大勢の愛読者や崇拝者を持つことになるはずの日本を、彼に一目、見てもらいたかったのだが。

帰国後のチェーホフは、かなり大がかりなヨーロッパ旅行をしてから、モスクワの南七〇キロの小村メリホヴォに地所を求め、「医者は妻、文学は愛人」（スヴォーリン宛ての手紙）という二本立ての生活をはじめた。

「……夏になると、南からコレラが北上して蔓延《まんえん》し、セルプホフ郡の医師会が立ち上がって、二十五の村と四つの工場と修道院の一つが、チェーホフの受持ちになった。彼は助手なしで、不潔な農家を一軒一軒回って往診する。長身（一八〇㎝）の彼は、しょっちゅう貧しい農家の低い天井や壁に頭をぶつけた」（牧原純『越境する作家チェーホフ』東洋書店）。そのほかにも、いくつもの優れた小説を書くかたわら、自分の出資と設計で小学校をいくつも建て、サハリン島の子どもたちへ一万冊の本を送った。もちろん自宅へも、喉《のど》から血を出した男や木で腕を打撲した男たちが詰めかけてくる。彼は、自分の喀血《かっけつ》をハンカチで押さえながら、一切無料で患者たちを治療しつづけた。

サハリン島でなにがあったのか。手掛かりはある。たとえば、スヴォーリンにこんな手紙を書いている。

「神の世界は素晴らしい。ただひとつ、素晴らしくないものがあります。それは僕らです。……知識の代りに、度はずれの厚顔とうぬぼれ、労働の代りには、怠惰と陋劣《ろうれつ》、正義はなく……」だから大切なのは、「働かなければならない。その他はすべて、悪魔に食われるがいい。大事なことは、公正であること、その他は全部、つけたりです」社会は公正であること、個人は働くこと、しかしそれで人生の諸問題は解決するだろうか。わたしたちのチェーホフは、さらに悩まなければならないだろう。

人間は生きたがっている

「三人姉妹」（一九〇一年）の本読み稽古を、作者は気に入らなかったらしい。読み終えた俳優たちが議論をしているあいだに、チェーホフはこっそり退席してしまっていた。作者にそのつもりがないのに、俳優たちは筋立てをなぞって、これは悲劇だと思い込み、涙を流しながら読んだり聞いたりしていた。作者にはそれが気に入らなかったのである。「静劇」という厳かなレッテルを貼ってしかつめらしく上演される日本のチェーホフ劇を観たら、やっぱり作者は顔を赤くして退席するにちがいないが、それはとにかく、そのとき、芸術座の指導者の一人であるダンチェンコが、「わかった。これは作者の大好きな笑劇《ボードビル》なんだ。だから笑劇のように急テンポで演《や》る必要がある」と叫び、こんどは台詞を誇張して言いながら過剰な仕草で演じてみたが、それでもだめだった。試行錯誤の末に辿《たど》りついた結論は、もう一人の指導者のスタニスラフスキイによればこうである。「チェーホフの劇の登場人物たちは、生きたがっている。ただひたすら生きたがっている。チェーホフの主人公たちにたいする態度はこれでなくてはならない」（中村融訳「わが舞台生活」）。この瞬間に上演の大成功は約束された。

彼の時代の主調音は、流刑と流血と圧政《テロ》と暴動である。落胆と絶望がその主旋律だった。そしてこの二つから生まれた疲労と憂愁の歌が人びとの毎日を灰色に染め上げていた。その暗い一八八〇年代と九〇年代に、チェーホフはほがらかに現れて、笑劇や喜劇の方法で人びとの心の内に深く分け入って行き、医療や学校建設の仕事を通して人びとの願いを聞き、結局のところ、人間は生きたがっている、ただそれだけのことなのだという真実を発見したのである。

生きたいと思えばこそ、人間は笑劇じみたドタバタ騒ぎを演じ、ときには人生の落し穴に自分ではまっていやいやながらも悲劇の主人公さえ演じてしまう。そういった人間たちの生き方、死に方を冷徹だが温かくもある目で見つめながら、彼は人生の、その真実を書きつづけたのだった。

では、人間はどうしたらしあわせに生きることができるのか。「三人姉妹」の幕切れの末妹のイリーナの絶唱が、私たちに手がかりの一つを与えてくれているかもしれない。長姉のオーリガの胸に頭をもたせかけて、彼女はこう言うのだ。

「やがて時が来れば、どうしてこんなことがあるのか、なんのためにこんな苦しみがあるのか、みんなわかるのよ。わからないことは、何ひとつなくなるのよ。でもまだ当分は、こうして生きて行かなければ……働かなくちゃ、ただもう働かなくてはねえ！」（神西清訳）

もちろん、作者のチェーホフは、登場人物たちのように手放しに未来を信じていたわけではない。二百年後、三百年後には、地上の天国が訪れると、登場人物たちに言わせてはいるけれど、その天国の正体は、「桜の園」の新興成り金のロパーヒンが計画した「開発の天国」かもしれないからである。開発の天国がどんな地獄か、それは百年後の私たちがよく知っている。私としては、前回書いたように、万人に通じ合う大切な人間の感情をたがいに共有しあって、他人の不幸を知っていながら知らんぷりをしないと説いたチェーホフを信じ、ユートピアとは別の場所のことではなく自分がいまいる場所のこと、そこをできるだけいいところにするしか、よりよく生きる方法はないということを信じるしかない。じつを言えば、三人姉妹にはこの覚悟が欠けていた。彼女たちは別の場所モスクワに憧れるあまり、いまいる場所を軽んじ、ほとんどすべてを失ってしまうのである。

いずれにしてもチェーホフは、四十四歳の夏、ドイツ語で「わたしは死にます」と簡潔に言い、全集に無数の手がかりを遺《のこ》して、自作の中の登場人物のようにあっさりと世を去った。

（二〇〇四年五－六月）

Ⅲ　世界の真実、この一冊に

道化としての本庄茂平次

松本清張さんの作品群を、わたしは長い間、ひとりの愛読者として読んできた。しかし、メモ帖や鉛筆を備えた机前に端座して氏の作品を開いたのは、この小文を準備するために『天保図録』を読んだ今回がはじめてである。これまではたいてい横臥して気のおもむくままに頁を繰る、つまり自分のたのしみだけのために、氏の作品を読んでいたのだ。横臥して読むとは考えてみれば作者に失礼であるが、これはまた愛読者の特権でもある。

書架に並べてある氏の本の頁には、いたるところに脂が滲んで半透明になった、親指大の淡黄色の模様が付いている。これは書見中に睡魔に襲われ、本を開いたまま顔に載せて眠ってしまうのを習慣にしていたための模様である。鼻の両側の脂が本の頁に付着したというわけなのだ。考えてみれば失敬千万なことだが、おそらくこれも愛読者の特権だろう。

またわたしの家には犬がいる。この犬の名は去年まで「清張号」という名であった。

これは野良犬でいつの間にか家の玄関先に坐っているようになった、いわば押しかけ犬である。むろん、この野良犬は自分からわたしに、

「ぼくは清張号と申します」

と名乗ったわけではなく、わたしがそう名付けたのである。飼犬に好きな作家の名を付ける、これもまた愛読者の特権だ……、とはじめのうちは思っていたが、そのうちにやはりこれはすこし行き過ぎではないかと反省した。そこでひと月後から犬の名を別のものに変えたが、犬は「清張号」という名がとても気に入っていたらしく、しばらくの間は新しい名を呼んでも一向に尻尾を振る気配をみせなかった。

とまあこのような話はいくらでもあるのだが、つまり、わたしは犬に名を付けるぐらい清張文学に凝っていたのである。

したがって、氏の作品のひとつひとつにそれぞれ思い出がある。『点と線』を開けば、わたしの鼻の先に地下室に特有の、湿った、かび臭い匂いが立ちのぼるのを、現在《いま》でも感じる。『点と線』を読んだ昭和三十三年、わたしはアルバイトが本業で学生が副業、四谷駅の前にある小さな出版社の倉庫番をしていた。この出版社はカトリックの或る修道会の経営になるもので、朝八時半になると神父や童貞さん（修道女のことをなぜかこう称する）たちが出勤してきて、夕方六時になると引き揚げる規則《きまり》になっていた。彼等の居ない間、つまり、夕方の六時半からあくる日の朝の八時半まで、

その出版社の地下倉庫の横の小部屋で眠っているのが、倉庫番としてのわたしの仕事だった。

『点と線』をわたしに貸してくれたのは日本人の童貞さんのひとりだった。と書くと、戒律きびしき女子修道会の修道女が、チェスタートンやモーリヤックやクローデルや、あるいはベルナノスならいざ知らず、日本の作家のものなど読むはずはない、とおっしゃる方もあるかもしれない。しかしその女子修道会は、出版事業を通じてカトリック精神をひろめる、というのが会の主な目的で、童貞さんたちは仕事柄からも内外の出版物をできるだけたくさん読むことが会是にもかない、ひいては神の御旨にも沿うことだったので、みんな猛烈な読書家だったのである。

午後十時ごろからわたしは『点と線』にとりかかった。そのときまでのわたしは「松本清張」という作家は、その五年ばかり前に芥川賞を得た人だというぐらいは知っていたが、作品は一度も読んだことはなかった。童貞さんは「たいへんおもしろい」と推賞していたが、さて如何なものであろう、などと生意気なことを考えながら読みはじめた。が、読みはじめた途端に夢中になった。『点と線』の解説であれば、なぜ夢中になったかをここで書くのだが、そうではないのでそれは省くとして、とにかくわたしは途中で一度も本を置かず、一気に読み終えた。その間中、湿った、かび臭い匂いが地下室を支配していたが、その匂いが現在、『点と線』を読み返すと、はっきりと鼻腔によみがえってくるのだ。

たいへんに怖かったことも憶えている。そのころ、東京には、夜間、ビルに押し入って、警備員や宿直員を殴り殺すというような事件が続発していた。そのときまでは、自分の泊り込んでいるビル（と言っても二階建てだったが）にそういう賊が押し入ってくるはずはないと信じ込んでいたのに、『点と線』を読んだ後は、それが現実の恐怖になった。「われわれ自身がいつ巻きこまれるかわからないような現実的《リアル》な恐しさを、淡々と静かな文章で書いた方が、ずっと大きな戦慄を読者に与えることができる」（『黒い手帖』）と、氏自身が後に書かれたとおりの効果を、『点と線』は臆病な学生宿直員に与えたわけだった。

あくる日からわたしは、当時、近くの赤坂離宮の中にあった国立国会図書館に日参し、『オール讀物』や『小説新潮』や『文藝春秋』のバックナンバーを借り出して、「啾々《しゅうしゅう》吟《ぎん》」「菊枕」「張込み」「顔」「いびき」「陰謀将軍」「地方紙を買う女」などを読んだ。これらの名短篇をいま読むと、それを読んだときの自分の暮しぶり、それもじつに細かいことまでが、まざまざと脳裏に泛《うか》び上ってくる。

たとえば「菊枕」では茹でたキャベツの臭い。そのころ、わたしは醬油をかけた茹でキャベツを主食にしていた。キャベツが安く、しかも大好きだったのでそういうことになったのだろう。キャベツを大量に食べると胃の調子もよかった。大量のキャベツがなぜ胃にいいかについては、「キャベジン」という胃腸薬が出来るまではその理由は判らなかったけれども。

いま「張込み」を読むと、本物のバーバリ製のレインコートの、肩にずしっとかかる重味が思い出される。「張込み」がなぜバーバリのレインコートなのかというと、ちょうど国立国会図書館でこの名作を読んだ日に、わたしはバーバリのレインコートを入手したからである。むろん、茹でキャベツを主食とするアルバイト学生に本場のバーバリなど、正しい方法で手に入るわけはない。出版社へ出勤してくるイタリア人神父のバーバリのレインコートと、わたしの三千六百円のレインコートが外見だけはよく似ていたのに目をつけ、まず神父のコートのバーバリのネームを剃刀で切り取ってわたしのコートに縫いつけ、それを神父のハンガーに掛けておいたのだ。つまり、すりかえたのである。このすりかえは露見はしなかったけれども、いまでも「張込み」を読むと、ひょっとしたらあのとき、神父は気づいていながら黙っていたのではないかという疑いが頭を擡《もた》げてくる。そしてそのたびに顔が赤くなるのだ。

……こんなわけで松本清張さんの作品は、わたしにとっては「見出し」である。歌謡曲が、それの流行した時代の見出しであるとすれば、氏の作品は、それを読んだとき自分がどんな毎日を送っていたか、ということについての、わたし用の見出しなのだ。

この『天保図録』が『週刊朝日』に載り始めたのは、昭和三十七年の四月であるが、そのときわたしは結婚したばかり、新宿区弁天町のすし屋の二階から、小岩のアパートに移ったところだった。連載第一回は「筆のはじめに」で、それをわたしはそのアパートのダイニング・キッチンで読んだことを憶えている。それまでずっと一間だけの間借りだったのに、ついにダイニング・キッチンつき二間の住人に出世したのが嬉しくて、家人にお茶を運ばせていっぱしの亭主面《づら》をしながら、この「筆のはじめに」を読んだ。新しいアパートで新しい女と新しい生活、そして清張さんの新しい連載小説、……なんだかしらぬが「さあ、やるぞ」と妙に張り切りながら第一回を読み終えたものである。

この連載が完結したのは二年九カ月後の、昭和三十九年十二月だが、この期間、わたしは毎週、発売日のうちにこの小説に目を通した。発売日に読まなかったのは、ガス中毒で入院したときの一回だけだった。小説の終り近く天保改革の推進者であった老中水野越前守忠邦が已れの政策が失敗であったことを知り、また、そのために已れが失脚するであろうことも悟って日記に、

「風邪寒熱不参」

と記して役宅に引き籠るくだりを読むと、そのたびにわたしは目の前に数十頭の桃色の象が大きな耳を翼がわりにふわふわと飛ぶのが見えてくる。ガス中毒による昏睡から醒めてからも、数日間、わたしは桃色の象の空を飛ぶ幻覚に悩まされていたが、そのとき退院を待ちきれずに病床で読んだのが、この「風邪寒熱不参」のくだりだったから、

このあたりを読むと十年後の今でも桃色の象が現前するのである。

退院を待ち切れず、桃色の象の目の前にちらつくのも構わず、なぜそんなに『天保図録』を読みたかったのかと言えば、わたしがこの厖大な小説の主人公である本庄茂平次という男にすっかり惹《ひ》かれていたからだろうと思う。

むろん、主人公は本庄茂平次である、と言い切ってしまうのはすこし乱暴だということは承知している。明敏だが少し時代に遅れてやってきた政治家水野越前守忠邦。苛酷な監察のために世人に「妖怪」よばわりされて怖れられている鳥居耀蔵。眠っている間でも算盤を弾く夢を見ている利にさとい金座の後藤三右衛門《さんうえもん》。常磐津師匠の情夫の、気のいい怠け者の石川栄之助。栄之助の従兄で出世の糸口を鳥居耀蔵に求める石川疇之丞《とものじよう》。時代の先を見透す超俗の旗本飯田主水正《もんどのしよう》。煩悩を追い払うことができず女の股間の深みに嵌《は》まる大井村は教光院の院主了善。今様にいうならばただシコシコと兄の仇のあとを追い続ける熊倉伝之丞。長崎から三島、三島から江戸、江戸から下総花島へ転々とする、運命の遣う糸操り人形の丸山の女郎玉蝶……、などこの小説の主人公たちは他にも大勢いる。ひょっとしたら、明君か暗君かちっともわからぬ、小姓相手に碁ばかり打っている、そして魚の添物《そえもの》につく嫩生姜《めしようが》などいう妙なものが大好物の将軍家慶《いえよし》が実は主人公かもしれないいし、またあるいは、明治維新を二十数年後に控えた時代そのものが真の立役者かもしれない。

だがわたしにはこの本庄茂平次、外見は長崎弁をおもしろおかしく操るお道化者《どけもの》、そのじつ内部はお道化《どけ》どころか外道者《げどうもの》、この世の中をのしあがるためには、好きでもない女でも女房にし、栄進のためには剣の師を欺し討ちにし、飼主の意に沿うためには坊主にもなり、やっと築きあげた地位を守るためには一度は惚れた女でも殺し、蓄財のためには他人を脅しすかし煽《おだ》てあげて袖の下をひろげ、「身内の仇よ」とつけ狙うものが何人現われようが一向に平気で、そのたびに空《そら》とぼけ、長崎の一介の地役人からついには南町奉行としてひときわ時めく鳥居耀蔵の懐刀にまで成り上る、この小太りの背の低い眼玉の大きな男が主人公でなければならなかった。田舎から東京へどうやらこうやら上《のぼ》って来て、なんとしてでも「花の東京」にしっかりと腰を据えつけたいと願い、すこしでも権力《ちから》のあるディレクターに喰いつき、行く行くは放送ライターとして一家を構えたいと狂奔していた当時のわたしは、この茂平次をとても他人とは思えなかったのだ。

茂平次の重ねて行くのは殺人、恐喝、詐欺、横領などのれっきとした悪事、それにひきかえわたしのは、麻雀にわざと負ける、酒場の勘定を持つ、台本料の一部をそれとなく進呈する、いそいそと引っ越しの手伝いに行くなど吹けば飛ぶような小悪事であり、その規模は桁ちがいだが、すくなくとも動機は同じだった。茂平次もわたしも「同じ反物の切れっぱしで、似たりよったり」（シェイクスピア「尺には尺を」平井正穂訳）だったのである。

清張さんはこの物語に茂平次がはじめて登場するときに、次のように書く。

「……茂平次は（中略）べつに主取りをしているわけではないので、内実は苦しそうだったが、そんなところは少しも顔にも姿にも現わさず、いつも明るい表情を見せていた。この明るさは、茂平次の人を逸らさないひょうきんな性格と、長崎訛のおもしろさからも来ているようで、話題も珍しいものを豊富に持っていた。ことに長崎の紅毛人《オランダ》の生活ぶりのことではいろいろと変わった話をするなかに、異国人の性生活などに触れたりして門弟たちを興がらせる。」

この個所を読んだとき、わたしは「茂平次」を已れの名に、「長崎訛」を東北訛に、「長崎の紅毛人《オランダ》」を浅草のストリッパーに置き換えれば、そっくりに自分にあてはまるのではないかと考えたほどである。そのころのわたしも放送局の人たちに、その数年前に勤めていたストリップ小屋での見聞を、あれこれと語っては御機嫌を取り結んでいたのだ。

小説のかなり後になるが、茂平次は情婦のお玉（元は長崎丸山の女郎玉蝶）とたとえばこんな調子の会話を交している。

「……茂平次はうすい眼をあけて、

『おう、お玉か』

と、両手を突っ張って伸びをした。お玉はその横にぺたりとすわった。

『早く起きなよ。知らせたい話があって、早駕籠を飛ばしてきたんだから』

『早駕籠とは容易ならぬ、さてはお家の一大事か。それとも、お玉殿の恋の早打ちか。これ、もそっとこっちへ寄るがよい』

と、寝たままお玉の手を握った。

『まあ、茂平次さん、そんな呑気なことじゃないんだよ。おまえの一大事だよ。ちゃんと起きなよ』

『息せき切って、はて、何ごとじゃ？』

『まだ戯《ざ》れて、いやだよ、この人は』……」

茂平次の戯《ざ》れる個所はほかにもまだたくさんあるが、この手の戯れはお道化者の呼吸であり、そのころのわたしもまたこの種類の戯れ言を連発していた。こういうところも、また茂平次とわたしは共通しているような気がしてならなかった。

茂平次のようなやつが現在《いま》いたら、おそらく教室の人気者になるだろう、とわたしはよく思ったものだ。授業中にひっきりなしに教師に向って駄洒落を飛ばす。馬鹿《ばか》っ振《ぷり》はする。弁当は二時間目か三時間目あたりに喰ってしまう。しかも、小狡《こずる》いことに、これらの道化は教師に隠れ上手に弁当を平らげる技術（と言えるかどうかわからないが）を持っているにもかかわらず、故意に教師に見つかるようにするところにある。教師に見つかり、こっぴどく叱られ、級《クラス》の生徒に笑いの種子を蒔かぬうちは、道化の計画は完成しないからだ。女生徒に悪さの罠を仕掛けるのも茂平次の子孫たちの仕事である。その悪さが露見すると「いやあ、わるいわるい」などと謝りながら、またより小規模な悪さの発条《ばね》を巻くことも忘れない。そのくせ、試験などになると、一夜漬けながら、抜群とは行かぬまでも五十人の級《クラス》なら十五番以内になんとなく入っている……。

つまり道化はその級《クラス》全体のパロディなのである。秀才そのもののようには行かないが、秀才らしい点数はとる。正真正銘の悪童のように本格的な悪事は働かないが、悪童らしい行動をする。五十人中の五十番《どんじり》にいる生徒のように鈍ではないが、鈍らしく振舞うことはできる。といったような具合で、茂平次の行動がすべてその主人鳥居耀蔵の仕掛けることの縮小再生産であるように、茂平次の後継者たちも、ひとつの級《クラス》を構成する様ざまな本物たちのまがいものを演ずることによって、笑いをひき出し、道化者に成るのである。わたしが本庄茂平次に共感を覚えたのは、あ、この男はわれわれと同じ道化の仲間だな、と彼に自分と同じ匂いを嗅いだからであろう。

道化と叫べば滑稽というこだまが返ってきそうだが、道化は滑稽をいつもお供に連れて歩いているわけではない。それどころか道化はじつにしばしば悲しみの帽子をかぶり涙の外套を着込んでさりげなくわれわれの前を通り過ぎて行くことがあるのだ。多少強引な論じ方になるかもしれないが、清張さんの小説のなかには、この憂鬱な道化がたびたび姿を見せるように、わたしには思われる。

たとえば「或る『小倉日記』伝」の主人公田上耕作がこの憂い顔の道化である。森鷗外の小倉における生活を田上耕作は不自由な軀《からだ》を引きずりながら必死で追う。しかし彼がいくら万全の手を尽しても小倉に在住していたときの鷗外の生活のすべてを探り、掘り出すことはできない。神と鷗外自身の手によるほかは、だれにもその再現は不可能である。したがって田上耕作の流す血の涙は、あくまでもそれらしいまがいものを生み出すことにしか役には立たないのだ。しかも皮肉なことに彼が真実に近づけば近づくほど、彼の労作はさらにまがいものとしては完璧になる。「或る『小倉日記』伝」の深さ、そして恐しさはじつはここにあるのではないか。

『点と線』が地下倉庫のわたしを震え上らせたのも、時刻表に精通した犯罪の計画者と、その犯罪の実行者たちの関係だった。計画そのものは神であり、その聖旨に忠実に実行すれば犯罪は発覚しないはずだった。だが実行者たちがその計画をなぞるとき、小さな疵《きず》がいくつか生じる。その途端に、実行者たちは見せかけだけは堂々とした、だが内心おどおどの怯えた道化者たちに転落して行く。またもやシェイクスピアだが、「傲慢な人間は束の間の権威をかさにきて自分が何ものなるかも悟らず、ガラスのように脆い身の上とも知らず、まるで怒った猿のように天を前にして奇怪な道化を演じ」(『尺には尺を』平井正穂訳)ているわけで、その怒ったときの猿のような醜悪な表情の道化たちの背後に大きく口をあけている深淵を、作家の手びきで垣間見て、わたしは怖くなったのだ。

わたしもその傲慢な道化のうちのひとりなのだろうが、ちかごろ、この怒った猿のような道化が多いのではないか。

たとえば、人を攫《さら》っておいて真実のどこか一点を隠して素知らぬ振りをしている道化、さらにこのことを知っていながら戦前戦中に流行《はや》った「一視同仁・内鮮一体」を今度は武力でではなく経済力で遂げようというのかこれまた知らぬ顔をきめこむわれらの選良道化たち、さらにその選良道化たちに何もいわぬ一億の道化たち。真実をすこしでも隠した瞬間から、もっといえば真実から眼を逸らせたときから、ことはすべて「真実のまがいもの」に堕ち、関《かか》わった人間はみな道化になってしまっている。

これらの道化たちの末路がどこへ繋っているかは、この『天保図録』の終章に於ける、道化道のわれらが先達本庄茂平次の運命を見れば一目瞭然だろう。なにかのかたちできっと仇をとられてしまうにちがいないのである。

『天保図録』を読み返すたびに、わたしはこの小説の連載期間に起った出来事を思い出し、また自分が本庄茂平次と同様の道化であることに思い当り、そしてわが末路を思いやって、いつも慄然としてしまう。清張さんの作品には珍しく陽気な道化が登場するけれども、これはやはり怖い小説である。

二人の筆ノ人に感謝する――堀田善衞『定家明月記私抄』を読む

二年前に上梓された『定家明月記私抄《ていかめいげつきししよう》』（以下「正篇」と呼ぶ）を貪《むさぼ》るが如く読んだのは、たとえば次のような理由があったからだった。「源平が角逐し、群盗放火が横行し、天変地異もまた頻発した平安末から鎌倉初期の動乱の世に、余情妖艶な美のかけ橋を架けた藤原定家」（「正篇」の帯の惹句である）、その定家が、時に欠落の時期はあったとはいえ、蜿蜒《えんえん》五十六年間にわたって書きついだ厖大な漢文日記『明月記』が、著者の適切この上ない読解作業のおかげで、普通の読書人にも容易に扱える共通財産になったということへの感謝と感動。その読解作業によって明らかにされた定家像の新鮮さ、そのおもしろさ。定家が、この時代の群婚的多妻多夫制のせいもあって、生涯に二十七人の子女を得ていたこと、そのくせ日記には絶えず「病軀」だの「老屈」だの「衰老」だのと書きつけていたこと、さらにまた定家の宮廷官僚の仕事は、雨戸の開《た》け閉て碁の相手といったようなものであったことなど、これまでの国文学史上の大人物であったゴリッパな定家先生像と堀田定家像との間には千里も万里もちがいがあって、それが読者に新鮮な驚きを与え、「ここに本当の、生きた定家がいる」とおもしろがらせたのである。さらに読解作業のあちこちに著者が埋め込んでおいてくれた和歌論や王権論についての目映《まばゆ》く光る省察の数々が読者へのまたとない贈物になっていた。たとえば筆者は今でも、《個人の実情、実感とは切れているのであるから（そういうところで詩歌の制作を強いられるのだから）、詩歌が人工的、工芸品的になって行くのは当然である。》

という数行を忘れることができない。なにしろひどい世の中である。花鳥風月の実感などどこにもありはしない。つまり実感では歌は詠《よ》めぬ。いきおい歌は過去の蓄積を生かすか（本歌取り）、人工の極致へ向かうしかない。定家はこの双方に足をふまえつつ、《官能と観念を交錯させ、匂い、光、音、色などのどれがどれと見分けがたいまでの、いわば混迷と幻覚性とが朦朧模糊として、しかも艶やかな極小星雲を形成》したという指摘は、いわゆる〝新古今調の歌〟に対する、これまでになされた最高の注釈のひとつだった。——そして右のことを読者に手渡すための文章が上質、咲《え》みに溢れて、かつ正確だった。自分の愛するものをなんとかしてうまく読者に引き合せたいと芯から願うとき、文筆家はしばしばじつに機能的な、しかしじつに美しい文章を創り出すが、正篇はまさにそのような文章で綴られていたのである。

正篇のこういったすばらしさは残らずこのたびの『定家明月記私抄続篇』（以下「続篇」と呼ぶ）に引き継がれている。そればかりではない、時代は、定家の前半生よりさらに劇的、すなわち「和歌を通じて交流をもった源実朝の暗殺、歌壇のパトロンであり同時に最大のライヴァルでもあった後鳥羽院の、承久の乱による隠岐配流」(「続篇」の帯の惹句)、この乱によって一天皇三上皇が一瞬のうちに消えて、宮廷文化も、歌による共同体も消滅――という未曾有の乱世。当然のことながら続篇は、俗語でいえば、ハラハラドキドキワクワクの連続である。いや、こう書くと続篇が冒険小説かなにかのように誤解されるおそれがあるので次のように云い直そう。年表に太文字《ゴシック》で記載されるような重大事件が次々に定家の身辺に出来《しゅつたい》しつづけているにもかかわらず、彼の日記をたどる著者の筆にまったく力みというものがなく、平静にして精緻、それがかえって読者の胸中に劇的な緊張を孕《はら》ませるのだ、と。このあたりの機微を説明するために続篇の次の一節を引く。

《この当時の様々な書き物に、たとえば人の死に際して弔問に集った人々が、かたみに別れ去って行くときに、屢々、悲しみにとざされながらも、かくてしもあるべきにもあらねば、と挨拶を交わして各自の生活に帰って行った、と記されている。／かくてしもあるべきにもあらねば、帰られにけり。――如何なる大事件があったにしても、人々の生活は続けられて行くのである。また、それは続けられて行かなければならない。後鳥羽院が隠岐にあって、日本国を天照大神に返すなどと呪いをこめて喚いていても、人々の生活は続けられて行くし、また続けられて行かねばならない。英語の成句に言うとこ

ろの、Life continues. である。》

それでも生きて行かなければならないとは、おそろしい言葉である。ほとんどの人間が、それぞれの幸福の絶頂期に、あるいは辛いことのさなかで、死ぬことができない。たいていが落ち目の長い坂をくだりながら、あるいは依然として辛い毎日を、衰老に向って生きて行かなければならない。とりわけ定家のような「歌の上手」が、最盛期のあと何十年も生き続けなければならないとしたら、たとえ多少の俗世的栄達に恵まれたにせよ、決して仕合せではなかったのではないか。加えて知己が次々に政治の罠にはまって自壊して行くのをただ傍観せざるを得ないとあってはなおさらひとしお人生が苦く感じられたのではないか。しかしとはいうものの Life continues……。定家の心の中で生起するこのドラマは万人共通である。そこで読者であるわれわれも静かな緊張のうちにハラハラドキドキワクワクすることになる。盛りの時をすぎても、たとえどんなに衰老しようが、とにかく生きているうちは生き続けなければならない。人生は過酷だ。続篇はいたるところでこの基調音を鳴しながら静かに進んで行く。

――こういう紹介の仕方をすると、「静かに進む、とは退屈と同義だろう」と受けとられそうだから、あわててつけ加えておくが、にもかかわらずおもしろいのである。たとえば、実朝を悲劇的に、より悲劇的に仕立てあげることに熱中しているかにみえる昨今の風潮への実証充分なる異議申し立て、後鳥羽院から追放処分にあったのは定家の歌が「不景気」だったからであるという指摘（この景気、不景気は和歌の核心にふれる重大問題である。くわしくは続篇そのものに当られたい)、支配層や政治家には罪なくして配所の月を見る式の、悲劇の主人公でありたいという願望があり、彼等は本来的に役者気取りにもっとも近い役割であり、宮廷はもともと一つの劇場であるという卓抜な省察、《肉親というものは悲しいものである。》というような、思わずぞっとする箴言の数々、平安文化は相続権によって自立した女性の教養とその力で成ったものだという独得な文化史観、庭に梅の木のあることが、当時、一つの社会的ステータスを示すものとなっていたというような雑学的知識——、こういったものが随所に撒《ま》かれていて、定家日記のある日の表現を借りれば「幸甚、欣《ヨロコ》ビニ感ズルコト極マリ無シ」といった仕立てになっている。そして白眉は、定家のゴシップ好き。著者は、《定家卿、年老いるに従って「世事」のゴシップに対する関心がますます増進して行く……、これがおそらく、この人の老耄《ろうもう》防止剤になっている。》とあたたかくも苦笑しながら、日記の「世事」に丹念につきあっている。この角度からみた『明月記』は、平安から鎌倉にかけての大宅文庫といった趣きを呈しており、承久の乱前後の「歴史」に、にわかに赤々とした血が通いだすのであるが、あれほどの天才歌人が、いまは歌など詠みもせず、目脂《めやに》や老涙を拭いながらせっせとゴシップで紙を黒くしている。そのことを思うと、Life continues. という基調音がひときわ高く聞えてくるのである。続篇の最後で定家は八十年の生涯を終え、著者もまた八年にわたる労作を書き終えた。筆者は佳き物を恵まれたことをこの二人の筆《フデ》ノ人《ヒト》に感謝すると同時に、新しい定家像がわが胸の内にも育ちはじめていることを付言して読後の感想としたい。

北杜夫『高みの見物』

　ゴキブリについて、人間はこれまでにただの一度も、良い噂を口にしてくれたことはない。ゴキブリについて、人間が口にするのは、常に香《かんば》しからぬ、というよりは恐怖に満ちたコトバ、黒い噂、悪い評判、呪い文句ばかりだ。

　ゴキブリについて人間は「昼はじーっと物蔭にひそんでいて夜になるとゴソゴソ這い出すのはどうも油断ならない感じだ」などという。ゴキブリが姿を現わすとキャーッと叫んで失神してしまう大袈裟な奥さんがたが多いのでゴキブリは遠慮して昼間は這い出さないのだが、それが曲解されているらしい。そこで昼間から姿を現わすとこんどは「まあ、このゴキブリったら昼間からのそのそ這い回って。なんて図々しい」と恨まれるのだから、始末におえない。踏んだり蹴ったりとはこのことだ。

「ゴキブリの色がまず嫌《いや》だ」と悪口を叩く人間もいる。「ごってり油を塗ったくったような光沢がなんともいえぬ嫌味な感じだ」と人間のほとんどが眉をしかめる。たしかにゴキブリはごてごて躰《からだ》に油を塗っているが、この油の正体は、炭化水素と高級脂肪酸と高級アルコールの化合物《エステル》で、人間の大好きな「高級品」が三要素中のふたつを占めているのだ。顔一面にぺったりパックを塗ったくり、にきびや皺の上に安物の化粧品をなすりつけている人間のおばさんたちより、よほど洒落れていると思うがどんなものであろうか。

「扁平で鈍重な恰好をしているくせに妙に逃足の速いのが、憎たらしくも不届きだ」という悪評判もかなりある。速いことがなぜいけないのかよくわからぬ。だいたい、そういっている人間が速いことが大好きで、即席ラーメンを考えつき、新幹線を走らせ、プロペラ機で十分に用が足りるところへジャンボ・ジェット機を飛ばし、五輪大会では最も速く走ったものに金メダルを授け、ファンファーレを奏してその速足を讃えているではないか。

また、どんなに内装に大金を投じても、ウェイトレスに美少女を揃えても、ゴキブリの徘徊する喫茶店は客に敬遠され、やがては閉店の憂き目を見るらしいし、ラーメン屋などにしても事情は同じこと、調理場からゴキブリが一匹這い出しただけで「あそこはゴキブリの巣窟らしいわよ」「まあいやね。すこし味は落ちるけれど別の店にしましょうよ」と噂になり、客のだれかの密告により、ラーメン屋は店を休ませられたうえ、係員の調査を受ける羽目に陥るのだ。中世の魔女狩りにも匹敵するものものしさだが、これなども人間がゴキブリをいかに嫌っているかの一証左であろう。

半年ほど前に大阪支部から入った報告によると、大阪の暴力団員二名がヘアドライヤーで乾燥させたゴキブリを数匹ふところに忍ばせて和歌山県白浜のホテルに一泊し、芸者をあげてどんちゃんさわぎをした挙句、かくし持ったゴキブリを酢のものにこっそり投じ、「やい、こんなものが喰えるかい」と居直ったという。ホテル側はすっかり恐れ入ってしまい、酒代や宿泊料はむろんのこと芸者の玉代まで無料にし、帰りぎわには見舞金として四万円包んだそうである。この奸計はゴキブリだからこそ成功したのであって、蚊では迫力不足、蠅でも貫禄不足、ネズミでは真実味が不足、つまりゴキブリは人間にとって最も手ごろな悪役らしいのだ。こういう暴力団員のことを人間は「ゴキブリ野郎」といい、だめな亭主のことを「ゴキブリ亭主」と蔑称するらしいが、このことはゴキブリが人間にとって単なる悪役ではなく、憎まれながら軽蔑されている存在であることも物語っている。それはおそらくゴキブリが食べ屑やゴミの山を這い回っているからだろうが、しかし、それは人間が放置したものなのだ。となるとより汚ならしいのはどっちなのか、もはや喋々《ちようちよう》するまでもあるまい。

人間諸君のゴキブリに対する不当にして身勝手な差別や蔑視についての事例のすべてをこんな調子で列挙してゆくなら、おそらく永遠にきりがなく、際限もあるまいと思われるのでこのへんでやめておくが、いずれにもせよ、人間がわれらゴキブリ族をなにか〈とるに足らぬもの〉で〈汚ならしいもの〉で〈おぞけをふるわせられるようなもの〉

で、ひっくるめていえば〈卑小なもの〉であると見ていることは疑いようもない事実なのだ。

だが、人間はひとりのこらずわからず屋ばかりだといいきってしまうのは早合点というもので、なかにはわれわれに対して一片の偏見も持たぬ聡明な人間もいるのである。

たとえば、北杜夫という作家がそうだ。われわれの集めた資料と北家に住みついているゴキブリ同志の報告によれば、北杜夫氏は当代一流の作家であるにもかかわらず、すこしばかり変った人あつかいをされているらしい。なによりも北氏には躁鬱の気味があって、鬱期にはうつうつとして楽しまず、二階書斎のベッドにもぐりこみマンガ本のページをめくる以外には何ひとつしようとはしないのに、躁期に入ると人格一変、来客があればツケヒゲをして出迎えて驚かし、ほうぼうへ悪戯《いたずら》電話をかけて友人をかつぎ、テレビに出演して歌を怒鳴り、周囲をはらはらさせ通しなのだそうだ。

たしかに、神と同じ高みからか、「私」という目からかしか小説を書かない作家の多いこの国においては、北杜夫氏は変人なのかもしれない。なにしろゴキブリ族にとって歴史的な書物ともいうべきこの『高みの見物』は、ゴキブリを主人公として、ゴキブリの眼を通して書かれているのだから。

しかも、なによりも驚くべきことは、われわれがゴキブリなのでよくわかるのだが、北杜夫氏がほとんどゴキブリになりきって、人間世界を観察し、記録していることだ。

これは並々ならぬことである。ゴキブリ族にも人気の高いあの漱石でさえ「猫」どまりであったのに、この作者はゴキブリになりきり、ゴキブリの心理心情を過不足なく盛り込み、当のゴキブリ族にとってさえも興味津々《しんしん》たる作物をものにされたのである。その的確なる想像力にはただ敬服するほかはない。

この小説が地方紙に連載されていた昭和三十九年ごろ、地方在住のゴキブリ同志諸君から「いま連載されている『高みの見物』はどう考えても人間業とは思われない。ゴキブリでなければ書けぬことがずいぶん多い。ゴキブリ族の小説家が代筆しているのではないか」という投書がひんぴんと本部に寄せられたことがある。本部ではさっそく北杜夫家に五十四の秘密諜報員を張り込ませ、氏の執筆状況を監視させたが、全くゴキブリ代筆者は存在せず、情報提供者もなかった。それどころか氏は、インスタント・ラーメンの丼《どんぶり》をかかえこみながらすらすらと執筆されていたということだ。昆虫学への深い造詣と、ときおり迷い出るゴキブリに対する鋭い観察と、豊かな想像力が、氏にこのような画期的な著作を書くことを可能にしたのだと思われる。

さて、前述したように、この物語は、人間にとって〈卑小なもの〉であるゴキブリの眼を通して、人間世界の出来事が語られている。つまり、地球の支配者であり、万物の霊長であり、それゆえに〈偉大なもの〉である人間の生活が〈卑小なもの〉の眼を通過することによって、〈偉大なもの〉がいかに下らない日常や、唾棄すべき道徳や、馬鹿らしい習慣などによって支えられているか、その正体を自ら暴露する構造を持っている。〈偉大なもの〉であるはずの人間がその愚かしい一挙手一投足のたびに〈卑小なもの〉になってしまう、ゴキブリ並みになってしまう、ときにはわれわれ以下のゴミのような存在になってしまう、その価値下落のスピードが、爽快な笑いとなり、われわれを楽しませてくれるのだ。ただ、人間側の主人公の目玉医者こと泥田《どろた》亀雄《かめお》にしても四文作家の西井にしても〈卑小なもの〉になればなるだけその滑稽味をまし、魅力をいちだんと発揮し、偉大ではないが愛すべき人間になってゆくのは、われわれゴキブリにとっては歯がゆいことであった。もっともこれは作者がゴキブリではなく人間なのだから仕方がないが。

また作者はこの物語のいたるところで、同類である人間に対し「〈偉大なもの人間〉という金看板の手前もあって、かくあるべきだ、こうあるべきだ、それはぜひともねばならぬ、などとしゃちほこばってしかつめらしく生きようとしているのはよくわかるけど、なぜもっといまの自分に満足して悠々と生きてゆけぬのか」と提言しているように思われる。ゴキブリとしてはこの提言に大いに賛意を表したい。

べきだべきだねばならぬ、とばかりいい続けているうちに、地球はガタガタ、人間の住むに適さぬ星になってしまったではないか。あと三十年もたたぬうちに、人口は倍増し、自然破壊は六倍にものぼり、地球上の鉱物資源はほとんど掘り尽されてしまうという。いまの人間の子どもたちは多分、人間世界の終焉に立ち会うことになるはずだ。「もっと卑小なものとなってのびやかに暮そう」という北杜夫氏の問いかけは、人間たちにとってこのうえない有益なものと思われるが、その問いかけを受けとめ得る人間は、この書物を座右から手ばなすことなく、生涯の愛読書とするだろう。

もっともわれらゴキブリ族にとっては人間世界のご臨終など、たいした影響はない。われわれは灼熱の砂漠にも住めるし（ゴキブリの中にはいまでも砂漠に住んでいる種族がいるのだ）、水中にも住むことができる（これも実例があるのだ）。それこそ文字通り「高みの見物」をしながら、自称〈偉大なもの〉の最後を見送ろう。人間絶滅後の地球を支配するのはわれわれゴキブリかネズミのどちらかだといわれているが、ネズミはわれわれの敵ではない。そのことはこの『高みの見物』をお読みいただいた方にはおわかりいただけると思うが、作中の主人公であるゴキブリ同志のごとく、ゴキブリのオスは忍耐強く勤勉で賢明であり、ゴキブリのメスは作中の女主人公ダストのオデン嬢のごとく、純真で勇気があり、オスに対して献身的に奉仕する。オスメス力を合わせればネズミには勝てると信じる。なにしろ、相手は美食に飽き、暖房に慣れ、ころころ肥って鈍重になったネズミどもだ。われわれが連中に敗れ去る気づかいは爪の垢ほどもあるまい。

そしてゴキブリの正史が始まったとき、この『高みの見物』は、最初にゴキブリを主人公として書かれた本として、ゴキブリたちに尊敬されるだろう。あたかも人間が旧約聖書に敬意を払ったと同じように。

ゴキブリ紀元前三十年二月
ゴキブリ国際連合日本管区長
ゴキ・ブリオリス

『高みの見物』の解説に苦吟していると、ある夜ふと机上に右のような一文が置いてあるのを発見しました。だいぶ締切日も過ぎておりますので、これをもって解説にかえます。しかし、小生の家のどこかにゴキブリ連合の日本管区本部があるとは思いもしませんでした。まことに光栄であります。

昭和四十七年二月

これこそ真の現代語訳という凄い仕事――『桃尻語訳・枕草子』

たとえば人はひょっとしたら『枕草子』の冒頭を、《春って曙よ！　だんだん白くなってく山の上の空が少し明るくなって、紫っぽい雲が細くたなびいてんの！　夏は夜よね。月の頃はモチロン！　闇夜もねェ……。》と訳出した橋本治のこのたびの仕事、『桃尻語訳・枕草子』を読んで、「なんて非常識な……」と呟くかもしれない。だが、じつは非常識と考える方がはるかに非常識なのである。

というのは、『枕草子』に日常語的、口頭語的な性格がいちじるしく、『源氏物語』の練り上げられた文章語的な性格とハッキリした対照をなしていることは、たいていの日本人が心得ている国文学史の常識で、橋本治はこの常識「枕草子はお喋りの調子で書かれている」に忠実に従ったまでなのだ。しかも清少納言を《一体どこのどいつがあたしのことをオールドミスなんかにしたのよォ！　あたしなんかナウいのよッ。あたしなんかキャリアウーマンやってたのよ！　いくらナウいったって、この日本で千年前からキャリアウーマンやってる女が今ほかにいる？》（「まえがき」）といったような啖呵を切る女性と捉え、訳文を「桃尻語シニア調」で整えたのは革命的な発見だった。

この「桃尻語シニア調の口調」のおかげで、後世のへっぽこ学者たちが手前勝手に捏造した「才知にあふれた偉大なる女流文学者」という虚像が崩れ落ち、等身大の清少納言、生きているからには悩みもあり、またささやかなことに喜びもし、悲しみもする「人間」清少納言が千年の塵を払ってわれわれの前に立ち現れた。清少納言が田辺聖子や林真理子よりも身近に感じられるのだから、これは本当に凄い仕事だ。こういう仕事をこそ、真の現代語訳という。

もとより筆者はお義理でほめているのではない。この書評を読んで『桃尻語訳・枕草子』を買い求めたが一読してつまらなかった、とおっしゃる読者には、著者に代わって代金をお返ししようというようなつもりで、つまり命懸けでほめているのだ。これはそれぐらいすぐれた仕事なのである。

本文の中に、相当な分量で「清少納言の自註」が織り込まれているが、これがまたおもしろい上に役に立つ。たとえばこんな具合だ。

《……そんでさ、蔵人頭《くろうどのとう》っていうのは大体若手の、いいとこの坊っちゃんがなるようなもんだったの。（略）だからさ〝右大弁〟がどういう仕事をするかっていうよりも〝頭弁〟とか〝頭中将《とうのちゅうじょう》〟っていう風に〝頭《とう》〟がくっついてたら、これはもう〝カッコい

い若手エリート〟ってことだと思ってて。それが一番正解だもん》

この調子で解説されると、あの七面倒で複雑怪奇な位階制度が政府与党の派閥制よりもはるかにやさしく思えてくるからふしぎである。そのすばらしい註をもうひとつ。

《あたし達の時代に当然コピーの機械なんかないしさ、本だってみんな手で書いてあるもんでさ、一々写すのよ——手で。人間が。あたし達が。一枚ずつ写したそれを綴じるとさ〝冊子《そうし》〟っていう〝本〟になる訳よ。大変なんだ、気ィ使っててても汚すしね。（略）字だって間違えるしね。あたしの書いたこの『枕草子』——つまり〝冊子《そうし》〟よ——だって色んな人が写してさ、色々写し間違えるからさ、その結果何種類もの『枕草子』がある訳よ。国文学者っていう人は「一体清少納言はこの伝わっている何種類もの本文の内のどれを実際に書いたんだろ？　どれが〝原文〟のホントなんだろ？」って考えてる訳よね。そんなこと、あたしに訊いたって無駄よ。千年前に一々どう書いたかなんて、そんなこと覚えてないもん！》

右の、わずか三百数十字の中に、名称、成立事情、そして諸本といった大問題が軽がると収まっている。これは舌を巻くような力業であるといわねばならぬ。

だいたいが、ここも引用したい、あそこも引きたいと思うような書物はいい書物にきまっているが、最後に巻末の著者による解説「女の時代の男たち」から一くさり。

《平安貴族の最大の仕事は人事で、その最大の関心事は人事異動です。寄らば大樹の蔭で、大樹に近寄る手蔓として〝お嬢さま〟は存在するのでした。ここでは〝能力〟というのはまず関係ありません。なにしろ事件が起こらないのだから、それを解決する能力なんてのは不必要なんです。唯一起こりうる事件は一番上にいる藤原家の兄弟喧嘩・叔父甥喧嘩ですから、それを解決する能力は、〝悪どさ〟だけです。》

この洞察に富む見解に、たとえば解説の別の個所からの数行、《平安時代というのは「上の方で派閥争いやってるみたいだけど、俺達にゃ関係ないよなァ」と若手新人社員が言っているような世界です。この若手社員が大学出でDCブランドで身を固めて女の子達とアッケラカンと付き合ってれば、こりゃもう平安時代の蔵人・公達《ぼっちゃん》ですね。》を併せ読めば、この時代の基本的な雰囲気が直接《じか》に肌に感じられてくる。

清少納言には悪いけれど、この『桃尻語訳・枕草子』をしっかり読めば、あの『源氏物語』がもっとよくわかるようになるかもしれない。すなわち、豊富な註と長い解説とが、『枕草子』の現代語訳を通り越して、この書物を平安期への、恰好の歴史入門書にもしているのである。

野田秀樹の三大技法――『野獣降臨』

野田秀樹さんの劇世界についてなにかいう場合、「少年」を鍵《かぎ》言葉にして論じるのがはやっているようですが、これはあまりにも安易なやり口だとおもいます。たしかに世の中で一等はじめに野田さんの劇世界の核心が〈ぼくらは少年のままでずっと生きていくんだという決意を、大人の世界に対してはげしくきっぱりと叩きつけたところにある〉と見抜いた人は具眼の士です。けれども二番槍、三番槍、そして百番槍の人たちまでが〈少年、少年〉と囃《はや》し立てるとなると、これはもうちっとも褒めたことにならない。贔屓《ひいき》の引き倒し、いやナントカのひとつおぼえです。それにだいたい演劇そのものが子どもっぽいものなのです。したがって野田さんの劇世界を、「少年」を鍵言葉にして賞讃する向きは、「朝は陽がのぼるから朝なのである。すごいなあ」と同意反復的に騒ぎ立てている滑稽な人たちということになるでしょう。つまりそういう人たちは騒がしいだけでなにもいっていないのです。また野田さんの劇世界をなにかというと「少年」に結びつけようとする人たちは、はっきりいって野田さんの劇作家としての成長を望まない、心のせまい人たちです。野田さんは疑うべくもなく何年に一人出るか出ないかというたいへんな才能です。ほとんど天才、といってもいいでしょう。しかしその野田さんといえどもやはり人の子、時間には勝てません。五年たてば五つ年をとるという運命から逃れられません。当然、年輪によって野田さんの劇世界の意匠は変ってくることでしょう。野田さんは、演劇という子どもっぽい枠の中で、成熟したり、円熟したり、あるいは枯淡の境地に達したりするにちがいない。これが作者どもの宿命なのです。ところが「野田＝少年」と囃し立てる人たちは、そう囃し立てることによって、野田さんに少年のままでいろと下知しているのです。彼等の注文を容《い》れるなら、野田さんには筆を折るか、自殺するか、そのどちらかしかなくなってしまいます。こんな残酷な話があるでしょうか。野田さんは年相応に円熟し、成熟なさればよろしいのです。そうして何十年間にもわたって観客を魅了しつづけてほしいとおもいます。なにしろ野田さんは、「見立て」と「吹き寄せ」、そして「名乗り」という三大技法を巧みに使いこなす名人、こういう作家はちょっとやそっとでは潰れないことになっています。

いま、技法と書きましたが、いわゆる識者と呼ばれる人種は、この言葉を毛嫌いするようです。そういうことを口にする輩《やから》は思想がない、などとすぐ、きめつけようとします。こういった識者の態度こそ、演劇を侮辱するもので、彼等は〈作家の思想が技法を選ばせる〉という切実な事実を知らないのです。もっというと、技法こそ作家の思想の結晶なのです。そこで技法を自由自在に駆使することのできる野田さんは、そうであるからこそいっそう深い思想の持主であるといってもよいとおもいます。ここで突然、文脈から脱線して、野田さんの劇世界の中心思想はなにかということをおさえておきましょう。諸芸術においては、作家の思想は魂の底で暴れ狂っているなにものかであって、それに名付けたり、それを言葉にしたりできるような代物《しろもの》ではありません。その暴れ狂っているなにものかを表現可能なものにするために、作家は技法という回線を敷き、その回線を通じて、そのなにものかを自分の外へ採《と》り出すのです。そこでわれわれ観客・読者は、作家と逆の操作を行う必要があります。作家の駆使する技法という回線を逆に辿《たど》って彼の魂の底へ降り立つわけです。このとき、われわれは観客・読者としての実力を問われます。つまり自分の魂の底に暴れ狂うなにものかを飼っていない人間に限って、つまり自分に思想のない人間に限って、技法という回線を辿り損ねて作家の魂の底に降り立つことができず、つい、「おもしろいけれど思想の浅さは否めない」などと口走ってしまうのです。ですからわれわれ観客・読者としては、「この作品はわからない」という感想を抱いたときは、「わからないのは、作家のせいというよりも、自分のせいではないか」と、まず自分の能力に疑いを持つことが大切です。作品の評価は、その次の作業でしょう。

さて野田さんの中心思想を探ってみましょう。わたしには〈現在という時間・空間に、どのような形で住み込むのが、もっともよいのか〉という切ない想いが彼の魂の底で暴れ狂っているようにおもわれます。さまざまな時・空間を並べて繋《つな》げて結び合せ、作家自身がその時・空間を生きながら、現在という時・空間にどう住み込むのがよいかを、野田さんは必死に探し求めているようです。そのさまざまな時・空間（これを「可能世界」と云い換えましょう）を、舞台の上に現前させるために、野田さんは「見立て」「吹き寄せ」「名乗り」を多用するのです。

「見立て」とはなんでしょうか。本書所収の「大脱走」の冒頭に、そのすばらしい例があります。旅館玄関の上り口にずらりと並んだスリッパの列を、野田さんは野球場のスコアボードの「0」の列に見立てます。さらに彼は野球試合を人類の闘争史にも見立てます。おどろくべきことに作家はそのスリッパの列をタイムマシンに見立ててしまいます。スリッパの列がタイム・スリッパして、玄関先にちがう時・空間が出現するのです。わたしはこれほど巧みで、かつ力感あふれる見立てを行った作家をほかに見たことがありません。ついでに申しますと、言語遊戯も、音による見立てなのです。野田さんこそはまことに見立ての帝王です。

「吹き寄せ」とは、連想の働きによって関係のありそうなものをなにからなにまでかき集めることをいいます。その例は『野獣降臨《のけもののきたりて》』のいたるところに転がっています。月―兎―平安朝廷―十二単衣《ひとえ》の君―紫式部―清少納言……、連想の糸はさまざまな可能世界を縫い合せます。連想力によって吹き寄せられるべく吹き寄せられたいくつもの可能世界を主人公たちが目まぐるしく駆け抜けて行き、それにつれて華麗な劇世界が展開しつづけます。その意味でこの「吹き寄せ」こそは野田さんの劇世界の発電機《ダイナモ》なのです。

「名乗り」についてはもう説明の必要はないでしょう。登場人物たちは、ある可能世界では甲乙丙丁……と名乗りますが、その可能世界が別のものに変ると、「甲乙丙丁じつはＡＢＣＤ……」と、その名乗りを変えるのです。これはいくつもの可能世界を成立させるために必須の手段、これなしでは野田さんの劇世界は存在し得ません。

そして大事なことは、この三大技法が、日本の伝統演劇や江戸期の小説でしきりに使用され、鍛え抜かれてきた極め付けの技法だということです。野田さんは伝統的な技法を新しい感覚でみごとに使いこなしているのです。こういう作家は潰れません。

野田さんはいまのところ、〈現在という時・空間に住み込むには「少年」のままでいるのが一等よさそうだ〉といっているようです。しかし彼が円熟するにつれて右の鍵括《かっ》弧《こ》の中はさまざまに変ることでしょう。「中年」になるかもしれませんし、「初老」になるかもしれません。けれども鍵括弧の中がどう変ろうと、彼には三種の神技があります。そこできっといつまでも華麗な技の冴えを見せてくれるにちがいありません。

世界の真実、この一冊に

ごく稀《まれ》に、「この一冊の中に、この世のあらゆる苦しみと悲しみ、そして喜びが込められている、ひっくるめて、世界の真実のすべてがここにある」と、深く感銘をうけ、思わず拝みたくなるような書物に出会うことがあります。中村哲《てつ》さんの『医者 井戸を掘る』(石風社)は、まちがいなく、その稀な一冊でした。

中村さんは一九四六年、福岡市の生まれ、ここ十八年間、パキスタン北西の辺境州の州都ペシャワール市を拠点に、ハンセン病とアフガン難民の診療に心身を捧《ささ》げている医師で、略歴にはこうあります。

〈パキスタン側に一病院、二診療所、アフガン国内に八診療所を持ち、年間二〇万人を診療するNGOペシャワール会の現地代表〉

この中村さんが日本の青年たちや現地七百の人たちと、アフガニスタンに、千本の井戸を掘ることになったのは、昨年夏にユーラシア大陸中央部を襲った史上空前の大旱魃《だいかんばつ》のせいでした。その被害はアフガニスタンにおいてもっともひどく、〈千二百万人が被

害を受け、四百万人が飢餓に直面、餓死寸前の者百万人と見積もられた（ＷＨＯ、二〇〇〇年六月報告）〉

幼い子どもたちの命が赤痢の大流行で次々に奪われて行くのを診療所で目撃した中村さんは、その原因が旱魃による飲料水の不足によることを突き止め、こう決心します。〈医師である自分が「命の水」を得る事業をするのは、あながち掛け離れた仕事ではない……〉

こうして中村さんは、もちろん診療行為をつづけながらですが、有志と力を合わせて、必死に井戸を掘りはじめる。これはその一年間の苦闘の記録です。

すぐれた書物はかならず、巧まずして読み手の心を開かせるユーモアを内蔵しているものですが、ここにもたくさんの愉快なエピソードがちりばめられています。たとえば井戸を掘る道具がそう。五十米《メートル》、六十米と掘り進むうちに、牛ほどもある巨石にぶつかる。これを取り除くために、石に穴を穿《うが》ち、そこに火薬を詰めて爆破しなければならないが、現地人担当者は、なんと内戦中、ソ連軍を相手に活躍したゲリラの指揮者の一人で、〈従って、爆発物の取り扱いには慣れていて、大いに活躍した。埋設地雷やロケット砲の不発弾に上手に穴をあけて火薬をかき出す。その入手経路は彼が引き受けて調達した。同じ爆破でも、相手が人間の殺傷でなく、逆に（人間を……引用者注）生かす仕事であったから、生き生きと働いた。〉

また、石に穴を穿つ道具は、なまなかのノミではすぐ使えなくなってしまう。そこで、〈ノミは（ソ連軍が遺棄して行った……引用者注）戦車のキャタピラの鉄を使い、強靭《きょうじん》で磨耗が少なくなった。地雷や戦車もこうして「平和利用」となり、あの戦乱を知る者は多少溜飲《りゅういん》を下げた。〉

中村さんたちの得た報酬はなにか。現地の作業員が一人、亡くなったことがある。滑車で跳ね飛ばされて、井戸の底に墜落してしまったのだ。お悔やみに出かけた中村さんたちに、作業員の父親が云う。

〈「こんなところに自ら入って助けてくれる外国人はいませんでした。息子はあなたたちと共に働き、村を救う仕事で死んだのですから本望です。全てはアッラーの御心です。……この村には、大昔から井戸がなかったのです。皆汚い川の水を飲み、わずかな小川だけが命綱でした。……その小川が涸《か》れたとき、あなたたちが現れたのです。しかも（その井戸が……引用者注）一つ二つでなく八つも……。人も家畜も助かりました。これは神の奇跡です。」〉

こういう言葉を報酬として、そしてそれに励まされながら、中村さんたちは井戸を掘りつづける。読み進むうちに、わたしはひとりでに、アフガニスタン全土に井戸のポンプが立ち並ぶ日のくることを祈っていました。この無償の行為が天に届かぬはずはない。

（二〇〇一年十月二十八日）

『この国のかたち』のかたち

どなたもよくご存じのように、『この国のかたち』一、二、三に収められた司馬さんの文章は、すべて『文藝春秋』に掲載されたものばかりである。司馬ファンの一人として、筆者も雑誌が届くのを待ち焦がれ、舌なめずりしつつ味読し、そしてそのつど様ざまな感慨にひたりながら頁を閉じるのを月例行事にしているのであるが、こうやってまとまったものを一気に読むと、また別種の感動におそわれる。その感動を、まず、文章の肌ざわりという窓口から腑分《ふわ》けしてみよう。

どんな箇所でもいいのだが、たとえば「豊臣期の一情景」の冒頭を引こうか。

〈むかしは今浜といい、琵琶湖の湖港のひとつだったが、秀吉の一時期、ここに居城して城下町をきずき、長浜とあらためた。〉

この文章の後半に司馬文の特徴がよく表れている。すなわち、司馬文では「述部をできるだけ平仮名に開く」のがきまりになっている。それがどうしたという半畳《はんじょう》が飛んできそうだから、やや詳しく説明すると、周知のように、日本語はS（主部）＋O（目的語）＋V（述部）という順番を選ぶ。つまり述部が最後にくる、このSOV型は決して珍しくなく、欧米型のSVOと並んで、いたるところで見られる型である（少数だがVSO型をとる言語もある）。主部とは、別に言えば、その文の題目である。なにかを表現する場合、やはり題目が頭にくる方が言いやすく、解りやすい。そこでたいていの言語では主部が最初に明かにされる。さて、問題は日本語の語順の後駆《しんがり》を勤めて文を締めくくる述部であるが、ここを漢字にすると、字面から見て重心が後ろにかかりすぎる。いや、文の姿《ゲシユタルト》よりも、漢字の重み（黒っぽさと言い換えてもよい）が文の意味そのものを、たとえ微かにであっても、狂わせないでもない。もっと踏み込んで言うなら、文の意味が、いかにも大事らしく漢字で示された述部にぞろりと移行しかねない。司馬文では常に、先に提示される題目が大切であるから、述部に下手に漢字を使ったりしては題目の大切さが損われる可能性がある。

ちがう例を掲げよう。司馬文では「……と思う」と書かれることは決してない。文の結尾に「……思う」とあると、字面が悪くて落ち着かない上に、「思」という漢字が、読者に「ふーん、書き手はそう思っているのか」と余計な印象を強く与えてしまうからだ。

前掲の引用文に話をもどして、もしそれが、「秀吉の一時期、ここに居城して城下町を築き……」と書かれていたと想像されよ。「築」という漢字が「居城」や「城下町」

から受ける印象を薄めてしまうだろうことがお解りいただけるはずである。

さきほど、「司馬文では常に、先に提示される題目が大切である」と書いたが、このことについても念入りに説明しなければならない。司馬文が読者と共有しようとしているのは「なにがどうしたのか」ではなく、「なにはいったいなんなのか」、つまり読者にものごとの名分や本分をはっきりと提示し、読者とともにその理《ことわり》を明かにすることである。このような文においては、主部こそが大切だ。そこで司馬文では主部はたいてい漢字で書かれ、そのことで読者の注意を惹きつけるよう企てられる。

理を明かにするために、司馬文は「言い換え」や「噛み砕き」を多用する。これも司馬文の著しい特徴である。二三、例をあげる。

〈鎌倉は開拓農民の政権〉（「朱子学の作用」）

〈農場主政権ともいうべき鎌倉の世〉（「豊臣期の一情景」）

〈加賀一揆とは地侍連合による富樫氏との大喧嘩〉（同前）

〈買弁は、……簡単にいえば中国に進出していた西洋の商社や銀行の現地支配人のことだ〉（「孫文と日本」）

〈土佐藩は〝進駐軍〟だった山内侍と地生え侍の二元制だったといえる〉（「土佐の場合」）

〈会社というのはむろん私企業であり、株式会社という営利法人でもあり、それ以外のなにものでもない〉（「会社的〝公〟」）

〈（日本に）稲をもたらしたひとびとは、いずれもボート難民だった。〉（「越と倭」）

〈樽廻船というコンテナ船〉（「スギ・ヒノキ」）

〈慣習にくるまれることのすきな日本人〉（「家康以前」）

〈明治時代、東京が文明開化の受容と分配の装置であった〉（「小説の言語」）

〈いわば、敬することが古神道だった〉（「ポンペの神社」）

司馬文では、これらの「言い換え」や「嚙み砕き」が、金言、警句、箴言といったアフォリズム群に到達するときがじつにしばしばあって、それが読者にはまたとない快感になる。たとえば、坂本竜馬について、司馬文は、

〈この浪人結社（海援隊のこと）は、海運会社であり、商品相場の会社であり、開拓会社であり、また機に応じて海軍にもなりうる組織だった。さらには薩長土および越前福井藩から、船舶の現物や金品による出資を仰いでいたから、一種の株式会社でもあった〉（「土佐の場合」）

と書いて、圧倒的な量の「言い換え」と「嚙み砕き」とで読者を驚かせておき、その饗宴を、次のようにアフォリズムで締めくくる。

〈……かれは役人にならないということをつねづね語っていた。大政奉還という奇手が可能だったのも、かれが新政府に官職をもとめるということをせず、いわば無私になることができたからだ。無私の発言ほど力のあるものはない〉

「無私の発言ほど力のあるものはない」という文は読者の記憶にのこり、のこることで索引の役目を果たす。このアフォリズムはいつの日か読者に坂本竜馬や海援隊のことを思い出させるだろう。つまり機知を盛った上質の文は、読者の胸中の宝物倉に光まばゆい財貨を蓄えさせるのである。だからいいアフォリズムの書ける作家は読者から愛されずにはおかない。

話はふたたび「主部」および「題目」ということへもどるが、主部や題目を大事にする司馬文は、当然のことながら、あらゆる名辞（概念といってもよい）にたいして厳密な態度で臨む。司馬文は「公」を説くのに、中世の「惣《そう》」から始めなければ気がすまないのである。

〈若衆という武力もふくめた集落の結束体のことを、日本の中世では「惣」とよんだ。惣は神聖でしかも濃厚に自治的だった。オトナたちが惣の政治を寄合《よりあい》によってきため、若者連は軍事をうけもった。戦国初頭の兵農一致の状態は、惣の若衆が腹巻で身をかため、太刀や長柄《ながえ》をもっていた光景を思いうかべねばわかりにくい。この惣こそ日本人の「公」（共同体）の原形といってよく、いまなお意識の底に沈んでいる〉（「若衆と械闘」）

名辞を厳密に扱おうとするこの態度はついに「司馬用語」を生む。たとえば、「鬼《き》胎《たい》」がそうである。ふつうこれは「心配」という意味に用いられる。医師が使えば「子宮内の胎児がかかる病気」ということになるが、司馬文ではそのどちらでもない。人間が考えつくことのできる最悪の存在、その忌まわしい存在が生まれかかることを意味する。例文をご覧いただきたい。

〈明治憲法国家は、わずか四、五十年で病み、六十年に満たずしてほろんだ。……国家の腹のなかに統帥権（というよりその無限的な拡大解釈と社会化、さらにはそれによる国家支配）という鬼胎を生じ、国家そのものをほろぼした〉（「江戸期の多様さ」）

それでは、司馬文におけるこれらの工夫は、いったいなんのためになされているのだろうか。思うにこれらの努力はすべて、新しい言語共同体のために捧げられているのではないか。

明治維新のあと、あまたの作家たちが、〈情趣も描写でき、論理も堅牢に構成できるあたらしい文章日本語〉（「小説の言語」）を創り出すために寝食を忘れ、血と汗を流した。母が子をやさしくさとす場面、若者が先達から世界の普遍的な真理を教わる場面、若い恋人たちが愛を確認し合う場面、商人たちが様ざまな立て引きをめぐらせながらものを売り買いする場面、中年の男たちが酒を酌みかわしながら友情を確認し合う場面、夫婦者が死ぬの別れるのと摑み合う場面、政治家が国を論じ合う場面、老人が病床に親しい者たちを集めて別れを告げる場面、これら人生の諸場面をひとしく写し取ることのできる正確な、しかし柔軟な、同時に平明な、他方では魅力たっぷりな新しい文章語はないものだろうか。つまり、新しい言語共同体の共通語を探し求めて作家たちはのたを打ってきたわけだが、この辛苦に満ちた作業は、維新から五十年をへて、ようやく漱石の『明暗』で完成したというのが、司馬文の作者の考えである。もとよりこの作業は現在もなお続けられており、その作業の先頭で辛苦している作家たちの一人が司馬文の作者であることは断るまでもあるまい。その辛苦の諸位相は、なによりもここまで列挙した司馬文の特色によく表れているのではないだろうか。

もっとも文章は、ある意味では思想というものを書き手から読み手へと流していく水路である。水路ばかりが上等でもそこを流れる思想が貧弱では滑稽なことになる（立派すぎるほど立派な市民会館ホールで俗悪な代議士の弁当お土産つきの講演会が開かれているさまを想像されよ）。上等な文章には上等な思想が潜んでいなければならない。じつをいうと上等な思想は常に上等な文章を生み出すのではあるが、それはともかくとして、司馬文の中に脈を打って流れているのは、なによりもまず、上等なエピソードである。司馬文はおもしろいエピソードの宝庫と言い切ってもよく、そのことはむしろ読者諸賢の方がよくご存じのところであろう。中江兆民の例をあげてみる。

〈兆民はいうまでもなくルソー思想の明治日本への移植者である。その少年期の一時期、三度の食事のつど、食べおわると茶碗を割るべく遠くへ投げ、微塵《みじん》にくだける音に快感を感じた、という。……中江家は、まずしかった。家は足軽で、しかも父が早世し、母親の手で育てられた。家計は、母親の内職でささえられていたから、兆民のこの奇癖による出費は、家計を圧迫したにちがいない。しかし彼女は一人息子の悪習を矯正するよりも、食器を漆器にかえることでふせいだ〉（「土佐の場合」）

これはただのエピソードではない。兆民という烈しい存在が、その全生涯が、丸ごとそっくり収まってしまいそうなエピソードである。このエピソードを理解することで読者は兆民そのものを直感的に理解し、そして兆民を永久に記憶するだろう。司馬文を読むとき、わたしたちは退屈することを忘れてしまうが、それはこの種の、飛び切り上等のエピソードが満載されているからである。

ときに、文章の上での共同体と同時に、司馬文の作者は、この国に「公」という政治共同体がうまくできあがってくれるよう祈っている。というより、新しい公＝共同体のありかたを模索するために、『この国のかたち』が書き続けられているというべきだろう。

公。

この得体のしれない名辞も、司馬文では例の「言い換え」「噛み砕き」の骨法で、正確な定義が与えられる。すなわち、

〈公共としての公、あるいは同じ円の中の仲間〉（「藩の変化」）と。

この公の基本をなすところのものはなにか。『この国のかたち』の白眉ともいうべき箇所を二三、引く。

〈この国における身分制社会が〝国民〟の成立をはばんでおり、〝国民〟が成立しないかぎり、日本は大国に食われてしまうだろう〉（「カッテンディーケ」）〈近代国家とは法の下におかれる国家であることはいうまでもない。国土の一木一草も法によらざるはなく、国王・大統領といえども法の下にある〉（「無題」）〈かつて、一冊の古本を見つけた。／『統帥綱領・統帥参考』という題の本である。／軍はこの本を最高機密に属するものとし、特定の将校にしか閲覧をゆるさなかった。／特定の将校とは、統帥機関である参謀本部所属の将校のことである。／『統帥参考』のなかに、憲法（註・明治憲法）に触れたくだりがある。おれたちは――という言葉づかいではむろんないが――じつは憲法外なのだ、と明快に自己規定しているのである。／……然レドモ、参謀総長・海軍軍令部長等ハ、幕僚（註・天皇のスタッフ）ニシテ、憲法上ノ責任ヲ有スルモノニアラザルガ故ニ……／天皇といえども憲法の規定内にあるのに、この明文においては天皇に無限性をあたえ、われわれは天皇のスタッフだから憲法上の責任なんかないんだとするのである〉（「機密の中の〝国家〟」）

こういうくだりを集めて読むと、司馬文の作者が祈りをこめて思い描く「この国のかたち」が一つの光景のようにくっきりと浮かび上がってくる。それは、成熟した国民が憲法を中心に、同じ円の中で生きている光景である。そこでは憲法の前ではだれかれの区別なく平等である。話が突然、生臭くなって恐縮であるが、そこでは高級行政官僚がだれ一人、大企業に天下ったりはしないのだ。天下りはご褒美である。その行政官が在任中に法を曲げて大企業のために便宜を計らったご褒美である。別に言えば、かれはご褒美を目当てに、その大企業を法の外に置いたのだ。こういうことは「公」ではない。また、そこでは与党の長老が検察官の心遣いで尋問を免れるということも起こらない。いかなる「大人物」であろうと、人間であるかぎり法の外にいることは許されないのである。それが法の前での平等ということなのだ。

さらに言えば、そこでは、憲法というものが、コンスティチューションの語源に忠実に、国の基本構造をなしているのである。都合のいいとき悪いときにどこかから持ち出してくる他人行儀な憲法ではなく、社会の構造の中心にも、個々人の背骨にも、常住座臥、憲法が染み込んでいる国、それが司馬文の作者が思い描くあるべき「この国のかたち」なのだ。おそらくその日のくるまで司馬文は書き継がれるだろうし、筆者もまた、そういう日のくることを切望しつつ、司馬文の愛読者でありつづけるだろう。

Ⅳ　二人の亀治

二人の亀治――農業発達史調査会編『日本農業発達史』

昭和のはじめから二十年代のなかごろまで、山形県下の農村部の小学校には、学校田《でん》なるものがあった。わたしの通っていた町立小学校（正しくは国民学校）の生徒の構成は、七割が農家の子弟だったから、当然、学校田があり、クラスごとに一枚ずつ預かって、他クラスとの収穫競争に熱中したものだった。

ところで学校田で育てる稲の品種だが、これが何故だか亀の尾に決まっていた。農家の子どもたちには、これが非常に不満のようで、彼等は毎年田植になると、

「また、亀の尾か。だめだよ、こんなもの」

と教師に不平をいった。彼等のはなしでは、町で亀の尾が流行《はや》ったのは明治の末から大正のはじめにかけてであり、いもち病に弱いのがわかってからは、福坊主とか玉ノ井とか京錦とかにとってかわられたそうだ。

「いちばんいいのは陸羽百三十二号だよ、先生。家から苗を持ってくるから陸羽百三十二号を植えようよ。そうしたら校内一になれるから」

わたしたち町場の子どもは、そう主張する彼等を尊敬の念のこもった目ざしで眩しく眺めるのが常だったが、彼等の主張をしりぞける教師の台詞《せりふ》も毎年決まっていた。

《……明治のなかごろ、庄内平野のまんなかの大和村に阿部亀治という百姓がいた。毎年のように、秋になると冷たい台風がやってきて稲を倒して去って行くのを見て、風と寒さに強い稲がほしいと亀治は思った。そこで亀治はどうしたか。田んぼの、水の取入れ口のそばにある稲に目をつけた。そして、それらの稲の中でもっとも大きく育ってい る一株からたねをとって、次の年はそれをひとつところで育てた。取入れ口の水はとても冷たい。そこで大きく育つのは、寒さに強いからだ、と亀治は考えたわけだ。次の年、また台風がやってきて稲が総倒れになった。亀治はさっそく例の、寒さに強いと狙いをつけて、ひとつところにまとめて植えた稲のところへかけつけた。ほとんどが倒れていた。が、なかに四、五株、しっかりと立っているのがある。亀治は「これがおれの探していた稲だ」と叫んだ。「この稲が寒さに強いことは、去年、この稲の親たちが水の取入れ口のそばなのにちゃんと育っていることからもわかる。そして今年は嵐にも持ちこたえた。きっと風にも強いはずだぞ」。亀治は正しかった。その稲は冷たい水の中でも育つし風にも強い。数年後には村中の評判になり、人々は亀治からたねもみを分けてもらって、この新種を育て、ふやした。亀の尾という名前は、亀治の亀をとってつけられたのだ。どうだ、すばらしい百姓魂ではないか。きみたちにも亀治の百姓魂を引き継いでもらいたい。そのために亀の尾を植えるのだよ。たしかに亀の尾は時代おくれだ。がしかし亀治の百姓魂はいつまでも古びない。》

こういう次第でわたしたち町場の子どもの心にも「亀治＝亀の尾」ということがしっかりと刻み込まれたのだが、最近、ある農業誌をめくっているうちに、「明治初年、島根県で稲熱病に強い亀治という新品種がつくりだされ、あっという間に山陰一帯にひろまった」という文章に出っくわし、なにがなんだかわからなくなってしまった。亀治ではなく亀の尾ではないのか。島根県ではなく山形県ではないのか。稲熱病に強いではなく、冷害と風害に強いではないのか、明治初年ではなく明治なかごろではないのか……。

手持ちの人名辞典や百科事典を片っぱしから引いてみた。亀の尾について、ただひとつ言及している事典があった。平凡社の大百科で説明字数は四十字、こうである。

《阿部亀治が一八九三年（明治26）に選び出した〈亀の尾〉は耐寒品種として優秀であり、》

この文章は「山形県」という項目の一部だから、小学校の教師は嘘を言ってはいなかったわけだが、亀治のほうは依然として謎のまま残った。そこでしぶしぶ農業発達史調査会編の『日本農業発達史』（全10巻、中央公論社）を本棚からおろした。なぜ「しぶしぶ」かというと、口はばったい言い方になるが、この調査会の主要メンバーが一九五九年に発足した農林漁業基本問題調査会の主要メンバーと重複していることが不愉快だったからである。この基本問題調査会は翌六〇年に政府に対して『農業の基本問題と基本対策』という答申を出すが、この答申に基いて例の「農業基本法」がつくられたことはどなたもごぞんじのところだろう。ひとことでいえばこの法律は、農業戸数を三分の一に減らし、そのかわり農家の経営規模を三倍に拡大することを狙っていた。つまり全農家の三分の二を廃業させ、高度成長するはずの工業がそれを吸いあげよう、そうすれば工業人口を補充できる上に、大規模農法によって農産物のコストが下り、日本農業は国際的な競争力をもつことができるだろう。

だがこの見通しは甘い。農民がそう簡単に自分の土地を村内の仲間に売り払うことなど有り得ないのに、たぶん有り得ると考えたところが甘いと思う。案の定、農民は土地を手ばなそうとはしなかった。兼業という手でこの法律と対抗した。若い労働力を都会へは送り出すが、農機具や化学肥料のたすけを借りた老人や女たちがどうやらこうやら米をつくり、引き合わない分は政府の保護にたよるという方法を編み出し、自分の土地を死守した。大ざっぱにいえばこういうことになる。そしていつの間にか日本の農村からプロフェッショナルたちが姿を消して行った……。

もちろん現在の農村の疲弊の原因のすべてがこの基本問題調査会にある、といってはまちがいだが、百のうち三か四ぐらいは責任を持つべきであると思っていた。農民の心も知らず農政を論ずるとは思い上りではないか。そう考えてこのたびの改訂版（昭和五十三年版）を買い込み読みはじめたもののたちまち第一巻の途中で放擲《ほうてき》し、本棚の奥に押し込んでおいたのだった。ところが最終巻の索引を開いてほとんど感動した。百五十頁に及ぶ堂々たる索引である。たとえば「水稲の品種」だけでも、百種を超え、もうひとつたとえば「亀の尾」の項をみると全10巻中二十四カ所に、それについての言及のあることが一目でわかる。そしてその二十四カ所の記述と、「阿部亀治」についての六カ所の記述を合わせると、原稿用紙にして数十枚分の量に達する。さらにそれらを通読すると、一種の百姓伝記にもなる仕掛けがほどこしてある。第一巻の序文から順序よく読んで行くと腹が立ち（たぶんそういうひねくれものはわたしぐらいのものだろうが）、部分部分を、索引を手がかりに読み抜き繋ぎ合せて行くとおもしろい。こんな書物ははじめてである。推理小説はどんな大部なものでも頭から順に読まないと読んだ気がしない、一茶全集は七番日記から読みはじめないと必ず途中で放り出すことになる（七番以前は平凡で、七番以後は改作が目立つ）、そしてこの書物のように索引から読んだ方が――すくなくとも自分にとっては――おもしろいものもある。本の読み方にもいろいろあるらしい。となると二千頁もの小説を書き、それを巻末の索引をガイドに読んでいただくというやり方だってあるかもしれない。

ところで亀治という品種もあった。島根の、文盲の百姓広田亀治が偶然発見した縮張種の稲だそうである。

お道化者殺し――わが田中角栄論

三年ばかり前のこと、わたしは「藪原検校」という戯曲の主人公をお道化者《どけもの》として書いた。思いつく限りのありとあらゆる出世の手段を、たとえそれが殺人というもっとも枉々《まがまが》しい手段であろうとすこしもひるむことなく縦横に駆使して当道座の頂天である検校位にまで登りつめ、登り調子にある間は大いに庶民から誉め称《そや》されるが、頂上に手が掛ったとたん抜き差しのならない失敗を演じてその正体を胃の腑の裏までさらけ出し、逆に庶民の憎悪の的となり、ついには彼等の慰みものとして三段斬の極刑によって殺されてしまう、というのがわたしの戯曲におけるそのお道化者の生涯なのであるが、田中角栄氏もどうやらこのお道化者の系譜を継いでいるらしく思われる。

いや「らしく思われる」などと曖昧な言い方をしなくとも彼《か》の人はすでにその風貌において充分以上にお道化者風である。なによりも鼻下に蓄えられたあのひげ（口の悪い人はちょびひげと呼ぶけれども）、あれこそ角栄氏がお道化者であることの第一の身分証明書だろう。彼が「庶民宰相」や「今太閤」などの称号で温かく包まれ晴れがましく祭りあげられていたころ、さる週刊誌のアンケートで東京小岩の某キャバレーのホステス嬢が「ああいう脂ぎった顔にちょびひげってのはよくあるタイプ、うちの店にも似たのがよく来るわよ。助平だけど金ばなれがよくて、その上、話がおもしろくていつも吹き出しちゃう。苦労人なのよね、つまり。客種としては最高じゃないかしら」と連帯感あふるる感想を述べていたのをわたしは憶えているが、このホステス嬢も角栄氏の長さ数糎《センチ》のひげから彼のお道化者としての本質を鋭く見抜いていたようである。

ちょびひげのほかにも角栄氏はお道化者の特徴を数多く保有していた。たとえばあの濁《だ》み声と喋り方。ひところ、新宿や上野や浅草などの寄席では、出てくる声帯模写の芸人がだれもかれもみな角栄氏の声色を演じていて、やれやれまたかと辟易したものであるが、これを角栄氏に人気があったからだと解釈してはまちがいを犯すことになる。たしかに彼には人気はあった。がしかし、声帯模写芸人たちが角栄氏をこぞって飯の種にしたのは、人気のせいではなく、そのお道化者性による。芸人たちの、長年の修業によって磨き抜かれた勘が「あ、この男なら笑いものにできる」と見通したのだ。首相というより浪曲師にふさわしい声、保守党総裁というより中小企業経営者といったほうがぴったりのせわしない間のとり方や独得の常套句による受け答えの仕方、この肩書と実体とのわずかな隙間に芸人たちはパロディの杭を発止と打ち込んだのである。べつに言えば、角栄氏は権力の頂天にあったときからすでに声帯模写芸人たちによって、そしてその声色芸に笑い転げる庶民によって、お道化者としての正体を容易《たやす》く喝破されていたのだった。

目白御殿の池の鯉も、またその鯉に餌を撒くときの靴下に下駄つっかけた角栄氏の恰好も笑いものにされた。靴下に下駄をつっかけるのは庶民のいでたちである。浅草橋あたりの銭湯へ行けばいくらでも見られる風体である。がしかし角栄氏の立っているところは浅草橋の銭湯の前ではない、時価十数億の大邸宅の庭であり、彼の施す餌を待つのはひと掬《すく》い百円の金魚ではなく鱗一枚数千円の高価な鯉である。このちぐはぐさ加減も彼をお道化者にした。

過世《すぐせ》よくて、金もうなるほどあり、官禄人臣の上を極めた彼が、なぜ最後まで、お道化者や成り上り者の尻尾を隠すことをしなかったのか、庶民宰相という鉦《かね》や太鼓の宣伝文句にやはり自分でも愛着があったのか、それともわれわれの時代の大きな特徴のひとつである情報の氾濫が、ぼかしておきたかった己が出自をあばき立て隠す暇がなかったのか、そのあたりの真相はわからないが、わたしが彼の参謀だったら、まずあのひげを剃り落させただろう。声質は変えようがないからそのままにしておくとしても、話し方は変えるよう進言したはずである。「わかった、わかった」などと軽々しい言辞は吐かず相手の言うことをおしまいまでじっとよく聞くこと。返答も「あ、それはだねえ、きみ」などと即座にやらずに大平正芳氏風にもごもごと不得要領をむねとすること。そうしていくら暗記が得意でも、政治の場は受験場ではないのだからやたらにペラペラと数字を列挙せず「あとで係官がこまかい数字を申しあげるはずであるが」などとごまかしておくこと。趣味は浪曲で郵政大臣のころ民放ラジオ局の浪曲のど自慢番組で三つ以上鳴らしたなんて自慢せず、読書が好きで城山三郎の作品を好むぐらいのことを言っておくこと。とまあこんなことを忠告したはずである。もちろん「あなたのお父上の角次さんが養鯉にも手を出されていてあなたの母上は鯉料理の達人、だからあなたと鯉とは切っても切れない関係にあることはよくわかっておりますが、庭に鯉を泳がせるのは『成り上りの田舎者』というイメージを与えがちですから、そう、洋犬になさい。セントバーナードかなんかを連れ葉巻を咥《くわ》えて庭を散策する、このセンで迫りましょう」とも申し上げただろう。

右はもとより冗談口のようなものであるが、とにかく角栄氏はいっときも早くお道化者という印象を拭い去っておくべきだった。というのは、お道化者はその得意の絶頂においてかならず再起不能のひどい失敗に見舞われるのが宿命だからである。それまで彼を押し上げてくれていたものたちが最後の瞬間に手のひらを返し、彼を奈落へ突き落す。そして人びとは頂上と奈落との差が大きければ大きいほど、その分だけ胸をすっとさせ、魂が浄化されたようなすがすがしい気分になり、退屈な日常へふたたび戻って行く勇気を得るだろう。いわば人々にとってこのたびのお道化者殺しはオリンピックや高校野球などとは較べものにならぬきわめつきの祝祭なのであり、つけ加えるまでもなく角栄氏は検察という名の司祭によってその祝祭に捧げられた聖なる供物にほかならなかったのである。

目先のよく見えるお道化者は、したがって決して頂上を極めてやろうなどという野望は抱かない。またどうしても己が野望を実現したいと思うときは、自分の軀《からだ》からお道化者の特徴をすべて引《ひ》っ剝《ぺが》し、別のものになって再登場する。わが国の喜劇役者たちがまずドタバタアチャラカの熟達者として大衆の前に登場し、充分な人気を集めるとやがて性格俳優を志すと宣言したり、あゆみの箱を担いでまわったりして、お道化者の衣裳をすっかり脱ぎ捨てようとするのをそのパターンとしていることは周知のところであるが、これは自分のお道化ぶりにたいして拍手を送っている人々の手が、ほんのちょっとしたスキャンダルをきっかけに、自分をどこか深いところへ突き落す手にもなるだろうことをよくよく心得ているための処生の術にちがいなかろう。

ところでお道化者の尻尾を最後まで引き摺って、その尻尾を踏みつけられてとんだことになってしまった角栄氏は、生れながらのお道化者だったのだろうか。わたしはこのことを知りたいと思い、昭和四十八年九月に講談社から出版された彼の自伝『わたくしの少年時代』を書棚から引っぱり出した。この自伝はおそらく彼の書いたものではないだろう。この八月に『週刊サンケイ』が「日本最大の疑獄！　ロッキード事件の全記録」という緊急増刊号を出しているが、これの巻末に掲載されている「現代国盗り物語・黒の英雄・田中角栄」なるずいぶんと欲張った題の読物のなかのあちこちの文章が自伝のそれと瓜ふたつであり、これは疑いもなく同一人の筆になるものである。参考までに記しておくとその読物の執筆者は戸川猪佐武氏だ。が、それはとにかく、この自伝によれば、少年時代の角栄氏は秀才だったようである。ずうっと級長で、ときには教師に代って教壇にあがり同級生たちに勉強を教えたこともあるというからこれはすこぶるつきの秀才といわなくてはならない。しかし、二歳のときのジフテリアを手はじめに、ぜんそくやバセドー氏病などに次々とかかり、いつも首のところに真綿かなんか巻いて登校していたそうで、教室でも運動場でも断然他を圧倒する少年というわけにはまいらない。ほとんど信じ難いことだが、病弱で寡黙な秀才少年だった。

これではお道化者とはまったく結びつかない、おかしいな。そう考えつつ先へ進むと、ちょっと心に引っかかる記述に出くわした。「わたしはひどいどもりであったので、学校でもあまりおしゃべりはしない子どもであった。わたしのどもりは二歳のころジフテリアにかかって高熱を出したせいだと、祖母や母がいっていたことをおぼえているが、そのせいかどうかはたしかではない」(三六頁)

ああ、これだな、とわたしは手を打った。この吃音症が彼をお道化者にしたのだ。というのは、わたしも十八歳から二十一歳あたりまで「吃音」で悩み抜いた経験があるからで、その経験によれば、むろんすべての吃音者に当て嵌《はま》るわけではないが、たいていの吃音者は、この厄介な状況を抜け出すと、とたんにお道化者になるみたいなのだ。他人と自分との間にすぐに「笑い」の樋《とい》を渡してしまおうとする。一対一、五分と五分との関係をしまいまで保っていることが息苦しくて、悪ぶり、ふざけて、バランスを崩したくなる。いってみれば、まずこっちは地べたに這いつくばってそのことによって相手を高みへまつりあげ、こういう関係になった以上は自分がどのようなへまを演じてももう下へおっこちようがないと安心して、それから相手と意志を疎通しはじめるのである。べつの型として、磊落《らいらく》ぶるとか、知識をべらべらと並べ立てたりするものもあるけれども、仕掛けそのものは前述のものと同巧で、とにかく相手とのハンデキャップなしの一騎打を最初から回避しようと心掛ける。もっとも賢明な「元」吃音者たちはできるだけ言葉ずくなに生きるだろう、しかも「世界は自分を中心に回転しているのではない」という控え目で温かい態度を常に崩さずに、だ。

では、なぜ、「元」吃音者たちの多くのものがお道化者として、対人関係の打席に入ろうとするのか。わたしの経験を書きつけるのが手取り早いだろう。上京してすぐアルバイトが見つかった。四谷駅前のカトリック系の出版社の書籍を週一回、国電に乗って立川市の教会へ運び届ける仕事で、友人たちは、

「電車に乗って往復するだけで百円になるんだからいいよなあ」

と、わたしを羨ましがっていたが、吃音者であったわたしにはこれはなかなか難儀なことだった。というのは立川までの切符を手に入れるのが大事業だからで、「タ」や「チ」などタ行の音で始まる言葉は、ハ行の音で始まる言葉とともに吃音者の難関なのだ。

「立川。往復一枚」

と、これだけのことが、タ行に属する音で始まっているという理由で、切符売場の駅員に切り出せない。そこで立川の次の駅までの切符を買い求めようと考える。だが立川の次は「日野」、これはハ行の音で始まっており鬼門だ。では「日野」のさらに一駅向うは「豊田」で、立川と同じこと。豊田の次は「八王子」でハ行。その次の「高尾」はタ行。結局わたしはその次かなんかの「裏高尾」まで買わざるを得なくなり、なんでこの中央線の立川あたりにはタ行やハ行の音で始まる駅名が多いのかしらんと腹を立て、腹立ちまぎれに立川では降りずに裏高尾まで行き、高尾山に登っておでん喰って帰ってきて足を出し、この仕事を友人に譲ったのだったが、このような阿呆らしい（当人にとってはもとより辛い）体験を毎日のように繰返していれば、これはどうしたってお道化者の道を選ばざるを得ないだろう（どんなに辛くてもそれが毎日のこととなれば「阿呆らしい」という反対側からの見方もできるようになる）。

「（吃音矯正のために）わたくしは、夏の夜、観音堂で催されるご詠歌をとなえる会合にも出席したし、お経を読むこともおぼえた。漢詩の本をとりよせて勉強もはじめた。漢詩三千をおぼえようとちかったのもこのころのことであるし、浪曲のレコードを買い集めて、山の中でうなったりもした。むずかしい法律書の音読もつづけた。このころのがり勉が、その後のわたくしの学問の基礎ともなったようだ」（七六頁）という具合の自己矯正のおかげで高等科を首席で卒業する時分には、吃音を完全に駆逐することができた、と自伝は言うが、わたしはなかなかそうではあるまいと考えている。十七歳の春、理研コンツェルンの総帥である子爵大河内正敏の屋敷の住み込みの書生になるために上京してきた角栄氏は上野駅頭からタクシーに乗る。ところがこのときの運転手というのがちょっとした悪で、上野のあたりをぐるぐる回って角栄氏の虎の子を召し上げてしまう。自伝には「東京とはたいへんなところだ」という記述があるにすぎないが、おそらく彼は自分の吃音が気になって「おろしてください」「とめてください」と言えなかったのだ。あくる日の朝、角栄氏は谷中清水一番地の大河内邸を訪れるが、出て来た「上品な、四十すぎの女の人」に、

「とのさまはおやしきではどなたにもお目にかかりません。本郷上富士前の研究所の方へ行ってみてください」

と、一気に喋りまくられてしまい、なにも言えずに引き返してしまう。「書生の田中です」ぐらいは言って喰いさがればよいのにと思うが、やはり吃音がそうすることを妨

げたのにちがいない。角栄氏が吃音から解放されたのはそれから三年後「共栄建築事務所」という看板を神田錦町三丁目の角の鉄筋アパートの一室に掲げたとき、そのあたりのことだろう。

いやに吃音にこだわるようだが、〈角栄氏の失墜は氏がお道化者だったところにかなりの関わりがある。彼のお道化者としての部分は氏が吃音症だったことと切り離せない〉というのがこの小文の柱なので、これはもう拘泥せざるを得ない。さらに補強剤を注ぎ込んでこの柱を不動のものとしよう。チャールズ・V・ライパーによれば「恐れている場面や恐れている言葉がだんだん近づいてくるときに、心の中に起ってくる感情の動きがいかに強力なものであるかということは、おそらく、吃らない人には想像もできないと思う。われわれが経験したひとりのケースにも、ふだんは脈搏が七四だが電話のダイアルを回しはじめると八七に上り、相手がモシモシと言うととたんに一一四に上がり、しゃべりはじめようと思ったとたんに一二三にまで上がるという人がいた」（『ことばの治療』田口恒夫訳、新書館、一九六七年刊、二八二頁）というぐらいまで、吃音者の精神の内圧は口をきく寸前に高まる。わたしの経験ではこれは書店で万引を決行するときの精神緊張度とほぼ等しい。一日に何回となく繰返されるこの〈言葉に対する恐怖〉と〈自分が口をきかなくてはならないだろう場面に対する怖れ〉、別にいえばこれは「その一瞬よ、来ないでくれ。来てしまったのなら早く去れ」という時間との格闘であり、ゲーテの詩をもじるなら「時よとまれ。とまれないなら早く行っちまえ。おまえはおそろしい」と、こうなる。

あるいはこうもいえるか。「元」吃音者だった角栄氏にとって言葉は怖しいものであったので、彼は札束にものを言わせたのである、と。また、彼にとってあらゆる「場面」はいらいらすることこの上なしの頭痛み《や》の因であった、そこでその「場面」からすこしでも早く解き放たれようとして「わかった、わかった」を連発し（すべての「場面」は上位者の了解があればその瞬間に閉じ、かつ完成されたものになることは、このタテ社会にあっては自明であろう）おかげで「わかったの角さん」などというお道化者にふさわしい綽名《あだな》を呈されることになったのである、と。

まじめに頁をめくってくださっている方々には申しわけのないようなコジツケの連発かもしれないが、角栄氏と同じく「元」吃音者であるわたしは、右のことをかなり真剣に信じ込んでいる。余計なことだが、角栄という名前も、すぐに「なんとかの角さん」と展開し応用できる点でお道化者にふさわしい。そうして田中という苗字は夕行の音で始まっており、吃音者だったころの彼は容易に自分の苗字を名乗れなかったこともしばしばあっただろうと思われる。傍目にはそれは滑稽な場面だったろう。ここまで書いてきて、角栄氏にお道化者の衣裳を脱ぐように忠告してもやはりだめだったろうな、と考えを改めた。矯正によって「吃音」という、言葉の蜘蛛の網から逃れ出ることができてもそのときの体験は澱《おり》となってのこる。そしてこれまで述べたようにそれこそがお道化ぶりの推進力なのだから一切の忠告は無効であるだろう。

ところで自伝を読み進めると、角栄氏が生きて行く上でどのようなことを徳目としていたかが明瞭になる。第一の徳目は立志であって、彼は郷里新潟のあちこちの小学校講堂や役場や有力者宅の、何百という壁の上に「立志力行」の文字を書きのこしている。上京してからの三年間、昼は働きながら私立中央工学校・研数学館・日土講習会・正則英語・錦城商業などの夜学に通い、睡魔に襲われれば先の尖った鉛筆の芯で手のひらを突き刺し、広辞林やコンサイス英和を一頁ずつ破って諳《そら》んじたのも立志の二文字を信じていたからだろう。孝行はさらに大切な徳目であった。とりわけ、ジフテリアに罹《かか》ったときは十日あまり一睡もせず看病してくれ、柏崎の土木派遣所に勤めていたころ家に送金した金には一銭といえど手をつけずに彼が上京するときにそっくり渡してくれ、少年時代、一度も彼に眠っている姿を見せたことのなかった母に対する敬慕の念、その孝養心の深さには、正直のところ頭がさがる。思いつきは悪くないのだがそれを具体化する根気に乏しく、家にあるだけの金を胴巻にねじ込んで各地の競馬場を転々とし、遅れてきた青年ならぬ早くきすぎたフーテンの寅といったおもむきのある父を憎み（この父親が働き者であったら角栄氏はまちがいなく柏崎中学へ進学していただろう。そして新潟高校から東大へ進むことだってあり得たはずである。なにしろ、角栄氏より数歳年長の、田中家の分家の長男は、そのころ、東大農学部学生だったぐらいだから。そうなれば彼もエスタブリッシュメントのひとり、このたびのお道化者殺しはありえなかったのではないか）、父を憎む分だけいっそう深く彼は母を想っていたようである。

角栄氏の第三の徳目に愛郷心なるものがあって、いまやあまりにも名高い別山川の四橋もそのひとつのあらわれだ。この四橋は川上から和田橋・市中橋・井角橋・東栄橋と並び、傍点を振った漢字を拾って読めば田中角栄になるという仕掛けが施してあるのだが、これについてとやかく言っても仕方がない。われわれの政府が〈税金をびしびし取り立てて、それを各選挙区にばら撒き、そのことによって各地方の経済発展を図る〉式の「積極財政」をとっているかぎり全国各地どこにでも起りうるし、現に起っていることなのであるから。郷土のために国の金庫から何党のだれがもっとも多く札束を分捕ってくることができるか、これを投票時の目安にしている人間はひとり残らず角栄氏の仲間、わたしだってあんまり大きな口は叩けない。

お道化者は常になにかの傍にはべり、そのなにかを下手にときには上手になぞる、そしてやがてなぞることに失敗してみせ、なにかのパロディを完成する。角栄氏がなぞってみせたのは、さあ予算を分捕ってこい、その金でわが町に道路を、橋を、金もうけの材料を持って来いとあさましく喚くわたしたちの醜い姿勢だったのかもしれない。

さて、具眼の読者はすでにお見通しの如く、角栄氏の三つの徳目はすべて、彼が上京するとき「わるいことをしなくては東京に住めないようだったらすぐ家へ帰ってきなさい」とさとした母親にかかわっている。孝行には注釈はいらないだろうが、立志もじつは母のためだった。それは海軍兵学校の身体検査には合格していたのに(二万三千人中の十番という成績だったといわれる)、母親が病気になったという報らせを受け、兵学校に入ってしまったのではいざというときに看病ができないと考え、学科試験を受けなかった事実からもわかる。学力については体力以上の自信があった。しかも巡洋艦の艦長になることが彼の志だった。しかしその志も母よりは大きくはなかったのである。愛郷心も同じことで、角栄氏には郷土とは母のことにほかならなかった。郷土のだれかが「おたくの息子さんが村の川に橋を架けてくださったんです。まったくありがたいことで。それにしても大した息子さんですなあ」と母に言ってくれ、そう言われたことで母がよろこんでくれるなら、それだけで彼はほとんど満足だったのではないか。政治家が母をよろこばせつづけるには金が要る。学歴がないために官界に手蔓なく、財界の中心部に足がかりのない彼は、自分の才覚で金を稼ぐしかない。そして利権を売る。これがどうして構造汚職だろう。ごくごく単純な個人汚職にすぎないではないか。お道化者に構造汚職のかなめになれなどといっても土台むりなはなしなのである。

などと書くと、田中のやったことを矮小化しすぎている、史上空前の大事件をお涙頂戴の母もの劇にしてはいけない、とたちまちたくさんのお叱りを受けるだろう。それぞれごもっとも、じつのところこのわたしも「前首相逮捕」という大椿事に動顚《どうてん》し、あまりの情けなさに萎え萎えになえている。がしかし、角栄氏の逮捕をできうるかぎり小さい事件として軽く受けとめることこそ、目下の緊急事という気もどこかでしているのだ。

わたしたちは案外に単純で、自分たちで祭りあげておいた角栄氏を、お道化者を処するときの定め通りに、天辺から地べたへと叩き落し、どうだとうとう血を見たろうなどと口々に叫びながら、興奮して騒いでいる。機をみるに敏なる検察陣はこの騒ぎに巧みに介入し、お道化者殺しの狂言回しを完璧に演じた。しかし彼等には〈このたびのこの汚職を放っておくと大衆はおさまらぬ。おさまらぬどころか現保守体制に失望し、ついには離れ去ってしまうだろう。もちろん、真剣にこの汚職をあばいてしまうと野党に塩を送ることになる。ひとつあのお道化者を体制から切りはなし、やつを大衆の祝祭のための供物にしよう〉という梗概を持ったシナリオが用意されていたのではないか。シナリオの書き手たちは言うに及ばぬことながら、財界と保守党のしかつめらしき方々、すなわち、ちょびひげに濁み声の小学校高等科卒の「元」吃音者とは人種のちがうエスタブリッシュメントたちである。ちなみに、吃音という発語現象は決してエリートを襲うことがない。順風に帆をいっぱいふくらませ陽のあたる海を颯爽と走る人々、ちがう言い方をすれば、自分のまわりを世の中が回っていると信じている仕合わせな人々にはなぜか寄りつかないのだ。吃音がすり寄るのは他者がはっきりとみえている人、なにか屈託のある人ばかり。たとえば、かつての角栄少年の如き、父の放浪癖によって上級学校への道、エスタブリッシュメントへの道を断たれ、そのことをひどく思いつめているような者たちだけにまとわりつくのだ。とは余計な講釈であったかもしれないけれどそれはそれとして、構造汚職というのは戦後の日本の財・政・官界が打って一丸となって金をつくりだしてきた、大いに組織性のある仕掛けだそうだ。となるとインドネシアや韓国もからんでいるにちがいない。そこらへんが明らかにならぬかぎり、いくたりお道化者が殺されたところで「クエッ、クエッ」とよろこんではいられない。

角栄氏、全日空、丸紅とこんど血祭にあげられたのは、失礼ながら、すべて準一流ばかりだった。吃音という発語現象にとっつかまりそうなお道化者たちである。つまりはわたしたちの同輩だ。悪玉の同輩を血祭にあげるのはこれは定法だからやるとしても、一度でいい、世の中は自分のまわりを回っていると信じて疑わず、ちょろちょろと甘い汁を吸っている人たちに吃音者のうらみつらみをしらしめてやりたいと希う。もう、みえみえのお道化者殺しは願い下げにしたい。

暴風神父

覆面のプロレスラーになって、子どもたちの生活費を稼ぐメキシコの修道士。この修道士の愛すべき悪戦苦闘ぶりを描いた『ナチョ・リブレ　覆面の神様』という映画が公開されているらしい。観に行きたいのに動けないのは、一月上演の新作「私はだれでしょう」（こまつ座）を抱えているからで、残念ながら半年か一年遅れで、卓上の再生機でこの修道士の活躍を見物することになるだろう。もちろんこの映画がＤＶＤになって発売されるならばの話だが。

観ていないのでなんともいえないが、この映画はひょっとしたら、メキシコ市の暴風神父フライ・トルメンタ師（一九四五―）をモデルにしているのではないだろうか。百歩も千歩も退《の》いても、製作者がフライ神父の活躍にヒントを得ていることはたしかだと思われる。

プロレス愛好者のみなさんなら、一九九五年前後、しきりに来日して奮闘していたフライ神父のリングを記憶しておいでのはずである。団栗《どんぐり》のように丸い体をよたよたさせながらも短い手を水車のように振り回して——そこから暴風というリングネームが生まれた——決して倒れることのない驚異的な粘り。そして劣勢が決定的になった最後の瞬間に繰り出す十字架固め。この技をかけられると相手の姿勢が十字架そっくりの形になって動けなくなるのだが、なぜかそのとき私たち見物人は涙を浮かべてしまう。「八百長……！」とわかっているのだが胸がジーンとしてしまうのだ。

年の頃は五十前後、中年太りした体はぶよぶよで、首筋には何本もの皺《しわ》が刻まれており、あちこちに怪我や手術の痕《あと》があって、それこそ満身創痍《そうい》である。ふだんでも関節という関節が絶えず痛みを訴えつづけていて、リングに上がる前に痛み止めの注射を何本も打たなければならないくらいだった。

そんなに辛いのなら止めればいいのにとだれもが思うが、彼はまだまだリングで闘いつづけなければならない。というのも五十人もの子どもの生活を背負っているからである。

もちろん神父だから妻帯はしていない。五十人の子どもたちは彼の実子でなく、みんなが街頭浮浪児《ストリート・チルドレン》である。ここで急いで注釈をつけると、神父というのはミサを上げる資格を持つ聖職者、修道士も同じ聖職者であるがミサを上げることはできない。ミサを上げながら信徒を導く神父の活動を地道に支える縁の下の力持ち的存在が修道士ということになるだろうか。

プロレス愛好者が世界で一番多いメキシコでも、信徒の手本となるべき神父がリングに上がって金を稼ぐのはいくらなんでも行き過ぎだという批判が起こった。上司の言いつけに従わないなら破門してしまえという教会上層部もいた……と、いかにも訳知り顔でいうのは、NHKの番組でフライ神父の関東巡演にくっついて歩いて何度もインタビューをしたことがあるからで、そのときのメモをもとにこの文章を書いている。

「行き過ぎだろうが破門だろうが、目の前にいる浮浪児を救わなければ話は前に進まないではないか」

フライ師はかまわずにリングで金を稼ぎ、その金で小さな小屋を建てると、街でさまよう子どもたちを迎え入れた。そして小屋の運営のすべてを子どもたちに任せて自分は巡業に出て、二十年間、旅先から金を送りつづけた。

カトリック教会は、その二千年近い歴史のあちこちでずいぶん悪いことをしてきた。けれどもそれでも潰《つぶ》れずにつづいているのは、内部から絶えず「新しい波」を起こす力と、その波をいちがいに排除せずに、思案を重ねた末に渋々とでもそれを受け入れる懐《ふところ》の深さを兼ね備えているからかもしれない。フライ師の場合も、その気概を教会当局も認めざるを得なくなり、破門は沙汰《さた》止みとなった。

「そんなにやりたいなら、ま、やってみなさい」というわけだ。

つまり、こうした物語が言わず語らずのうちに私たちの胸を打ち、思わず知らず師の十字架固めにジーンとしてしまったらしい。

何年か前の年の暮に、フライ神父からクリスマスカードが届いた。スペイン語でこう書いてあった。

「体がうまく動かなくなったので引退しました。今は七十人にふえた子どもたちの世話をしています。私たちの家で育った子どもの中から、八人もプロレスラーが生まれて、それぞれきちんと送金してくれます。寄付も集まってきていますから、まだしばらくはこの家をつづけることができるでしょう。メリークリスマス」

道元の洗面

わたしが宗教と遭遇したのは中学三年の秋であり、その宗教はカトリックだった。その出合いはこちらから求めたものではなく、気が付いたときすでにわたしはカトリック者たちの真只中にいたのである。つまり、わたしは中学三年の秋、カトリックの養護施設に収容されたのだった。

一年がかりで、わたしは五百項目以上に及ぶ公教要理《カテキズム》を暗誦し、毎朝六時に捧げられるミサに出席し、朝夕ロザリオを一環ずつ唱えやがて洗礼を受けたが、べつに、三位一体の玄義を理解し、天地の創造主である天主の存在や、キリストの行なった数多くの奇蹟や、教会のもろもろの秘蹟を信じたからではなかった。

わたしが信じたのは、遥かな東方の異郷へやって来て、孤児たちの夕餉をすこしでも豊かにしようと、荒地を耕し人糞を撒き、手を汚し爪の先に土と糞をこびりつかせ、野菜を作る外国の師父たちであり、母国の修道会本部から修道服《スータン》を新調するようにと送られてくる羅紗《らしゃ》の布地を、孤児たちのための学生服に流用し、依然として自分たちは、手垢と脂汗と摩擦でてかてかに光り、継ぎの当った修道服で通した修道士たちだった。

べつの言い方をすれば、わたしは天主の存在を信ずる師父たちを信じたのであり、キリストを信ずる襤衣《らんい》の修道士たちを信じ、キリストの新米兵士になったのだった。

三年後、わたしは大学に入るために、これらの師父たちに別れを告げ、大都会へ旅立ったが、大都会の聖職者たちはわたしを微かに失望させた。聖職者たちは高級な学問でポケットをふくらませ、とっかえひっかえそれらを摑み出し、魔術師よろしく、あの説とこの説をつなぎ合せたり、甲論と乙論をかけ合せたりして、天主の存在を証明する公理を立ちどころに十も二十もひねりだしてくれたが、その手は気味の悪いほど白く清潔で、それがわたしをすこしずつ白けさせ、そのうちにわたしはキリスト教団の脱走兵になってしまっていた。

数年前、ある教育番組で、わたしは道元の一生を十五分に要約する仕事をした。そのとき『正法眼蔵』を読んだが、まったく一行も理解できなかった。いったい、これが日本語なのであろうか。

なぜ道元はかくも難解の語を高山ほども積みあげて、彼より七百余年も後に生れて来たわたしの如き一放送ライターを悩ますのであるか。わたしはにわかにこの日本曹洞宗の始祖に興味を抱きはじめ、道元について書かれた本を片っぱしから読破したが、驚いたことに、道元解説書もおしなべて難解を極め、すこしもわからないのだった。

そこでわたしはこの難攻不落の城を遠まきにして、じわじわと攻め立てることにした。道元を、彼の『正法眼蔵』を、なまじ理解しようとするからさんざんな目にあうのだ。歴史書を読み抜き、禅の入門書を学習して基礎知識を貯え、じっと辛抱して待てば、自然に、道元という人が浮び上ってくるにちがいない、と考えた。

やがて、思惑どおり道元がおぼろげに姿を現わしはじめたが、その道元は奇態なことに、あの外国の師父たちとよく似ていた。道元とあの師父たちはともにひたむきさの双生児のように、わたしには思えた。宗教が政治とかかわることを異常に恐れているところも酷似していた（あの師父たちのひとりは、市内の養護施設の集まりの長に任命されたが、そんなささやかな組織の長となることすら拒否した）。只管打坐《しかんたざ》が道元の唯一のよりどころとすれば、あの師父たちのよりどころは只管打愛であった）。大都会の聖職者たちは学問をする宗教者、あるいは布教をする宗教者のように見受けられたが、あの師父たちは生活をする宗教者、一挙一動が愛の実践だったように思われる。

これはつまるところ、毎日の洗面さえも、法界を洗うことであり、仏祖の大道を洗うことであるとした道元の生活即仏道と同じことではあるまいか。道元への共感、そしてある懐かしさを覚えたのはこのときだった。

この戯曲「道元の冒険」における道元が、道元研究家の書における道元と較べて、まったく偉そうでないのは、わたしたちと寝食を共にしながら、その偉大さと同時に、同じ人間として、更にいうなら、同じ男として、さまざまの弱点や卑小さを見せ、それを克服しようとして血みどろになって闘っていたわたしたちの師父たちの姿と二重写しになっているからだろう。

あの師父たちの丹精した一枚の菜っ葉は聖書とキリストと教会にまさり、道元のある朝の洗面は古仏の正法に優に匹敵する。宗教は人のことであり、どこかによき人がすくなくともひとりいるなら、今、人間の見ている長い悪夢もやがて醒めることがあるかもしれないと、わたしはまだ宗教とどこかで辛うじてつながっているようだ。

石井恭一先生のこと

仙台市は美しい街である。ただし、この街の北の丘に建つラ・サールホームに石井先生がいらっしゃる時に限って美しい、という条件がつくけれど。

石井先生に初めてお目にかかったのは今から半世紀以上も前の昭和二十四年（一九四九）初秋の、ある晴れた日の午後だった。家の事情で岩手の一関市からその日の正午にこの児童養護施設に着いた私は、「児童養護施設」という言葉の持つ禍々《まがまが》しい響きと、自分がいま立っている場所とが、あんまり違っているのでほとんど呆然としていた。仙台の市街地をはるかに望む小高い丘。その丘の松林の中に建つガラス窓の多い開放的な木造の舎屋《しゃおく》や講堂。講堂の奥には小さいけれどよく完備された図書室まであった。そして一段低いところにクリーム色の小さな御聖堂《おみどう》と修道院……。と、その修道院から黒く長い修道服《スータン》の裾を翻《ひるがえ》して若い小柄な先生が現われ、「井上君だっけ。きみ、卓球が好き？」と声をかけてくださった。前にいた中学で野球部員と卓球部主将を掛け持ちしていた私は、すぐさまその挑戦（？）に応じたが、先生はすこぶる身軽《みがる》で、とても手強《てごわ》かった。とりわけ左利きの先生が繰り出すサーブには独得の回転がかかっていてグンと伸びてきてとてもてこずった。そしてもちろん、この左右前後に敏捷に動く先生が石井恭一先生だった。

初対面のあのときを細かく記憶しているのは、あれがおそらくラ・サールホームへの入門儀式だったからにちがいないが、先生の卓球の技量《うでまえ》に驚いたのはほんの序の口、数日間のうちに私は先生の多彩な才能にすっかり圧倒されてしまっていた。

たとえば野球、先生は左利きの名捕手だった。また音楽、先生はハーモニカの名手で、ラ・サールホームにハーモニカバンドを作っておいでだった。第一ハーモニカ、第二ハーモニカ、コードハーモニカ、そしてバスハーモニカを備えた本格的なもので、たとえば演目に「アルルの女序曲」や「ウィリアム・テル序曲」があったといえばその程度の高さがわかるだろう。NHKの仙台放送局に出演して全国放送をしたこともあるし、毎週のように進駐軍キャンプへ慰問演奏に出かけたりしていた。そして編曲のすべてを先生が手がけておいでだった。そういえば、事あるたびに私たちが歌った光ヶ丘天使園《ラ・サールホーム》の園歌も先生の作曲だったはずである。

そして文学、先生は回覧文芸雑誌の編集長だった。私はその雑誌に小説のようなものを連載したが、思えばあれが私の文学的経歴の始まりだったが、断わるまでもなく、先生は自分が遊びたいから遊んでいたわけではない。じつは私たち収容児童に遊びの種を与えようとして骨身を削っておいでだったのだ、その遊びを通して私たちに、〈人は一人では生きられないが、何人かで力を合わせれば必ず生きられる〉ということを会得させるために。

高校三年の夏、担任教師から、「きみの志望する大学は？」と聞かれたとき、何のためらいもなく、「上智大学に進みます」と答えたのは、上智が先生の母校だったからだが、それから後の先生は、鹿児島へ函館へ、そしてローマへと忙しく動きながら、子どもたちの面倒を見ておいでである。依然として、どんなことが起きても怒った表情はなさらずに慈顔のままで淡々と仕事を進めておいでだろう。そしてその慈顔が仙台に現われるとき、私は仙台を美しい街だと実感する。

わがアイデア母さん

自分の母親について書き述べるぐらい七面倒で、恥かしくて、馬鹿々々しくて、遣瀬《やるせ》ないことはない。よく書けば身内の自慢で鼻もちならず、悪くいえば親不孝の譏《そし》りまぬがれず、過不足なく述べてもいい気なものだと他人様から嗤われそうで、そして、どんなときでも、母親について書くと、なんとなく生臭い匂いが、活字の陰から立ちのぼる気配がする。

殺してやりたいと思うほど憎たらしい老婆も、思えばかならずやどこかのお人のかけがえのない母であろうし、自分にとってこの世で唯ひとりの神聖な存在も、他人様にはただの老婆、いやそれどころかやはり殺してやりたいほどの憎たらしい存在かも知れず、誇るに誇れず、隠すに隠せず、まことにこの上なく扱い難い、などとそもそも書くことさえも、胡散《うさん》臭い気がしないでもない。むかし、その手に触れるものみな黄金となって音をあげた王がいたが、子ども、とくに男の子はいつでも、母の一字を書くたびにそこいら中みな生臭くなって閉口するのである。

なのになぜ母のことを書こうとするのか。このことについてはずいぶん考えたが、どうもよくわからない。隠しておこうと思いながらもつい「おれのお袋は少々変っているから、生臭い思いをしないように鼻を抓《つま》んで書き、お読みいただく方にも暫時鼻を抓んでもらえば、時間つぶし暇つぶしになるかもしれない」と考えてしまったらしいのである。言い訳にもならぬ言い訳だが、これでお許しいただくほかはない。

私の母が変っている、といってもむろん、生きたまま蛇を喰うとか、首が伸びますとか、夜中になると油を舐めますとか、そういうふうに変っているのではなく、ほんのちょっと他人よりやり過ぎるのである。もしくは、しつこい。あるいは悪凝りというのだろうか。

数年前、彼女はスペインの国立孵化場で雛鑑別の仕事をしている私の弟に、海苔に梅ぼし茶に煎餅など日本の味覚を満載した小包を送ったが、どこでどういう手違いがあったのか、小包は弟の許へはついに届かなかった。そこで彼女はどうしたかというと、まず郵政事業全般に不信と敵意を抱いたのである。それからの彼女は郵便局へ出かけるたびに、局備付のボールペンをくすね、伝票綴を分捕ってくる。そしてそれ等の戦利品は、彼女の経営するバーの備品となるのだ。これぐらいで済むなら変っているとはいえない。彼女の郵政省へ対する復讐は更に続く。復讐鬼はある日、私に電話をかけてよこした。

「明日か明後日あたり葉書が着くと思うけど、いいかい、その葉書に返事をおくれよ」

「わかったよ。用事はそれだけかい」

「返事はその葉書を使うんだよ」

咄嗟《とっさ》には母のいう意味がのみ込めない。野球のボールでもあるまいし、又、往復葉書ならいざ知らず、ただの葉書をそう何度も、とったりやったり出来るだろうか。

「それが出来るのだよ」と復讐の鬼は盗聴を怖れるかのように声を低め「郵政省めが消印を捺《お》しそうな個所には蠟を塗っておいたから、その蠟をていねいに削り落せば消印は消える。宛名と通信文は鉛筆で書いてあるから消しゴムで綺麗になる。そうすれば葉書は新品同様、もう一度使えるよ」ここで鬼は痛快爽快この上なしといった調子で笑ったのである。

あくる日かそのまたあくる日、母から届いた葉書の表の左上端を仔細に観察すると、たしかに薄く蠟が塗ってあった。ナイフで削ってみると蠟といっしょに消印もきれいに落ちた。復讐鬼のいいつけ通りにすると、郵便法の第八十四条「郵便に関する料金をあらわす証票を偽造し、若《も》しくは変造し、又はその使用の跡を除去した者」に該当し、見つかりでもしたら「十年以下の懲役」。いくら親のいいつけでもこれは聞くわけにはいかぬ。私は別の新しい葉書に返事をしたためて投函したが、とは知らぬ彼女はしばらくの間、郵政省への復讐成功、葉書代七円也を郵政省に損をさせてやったと、とても機嫌がよかった。

右に見られるちょっとどこかへんてこりんな創意工夫は、じつは母の天性で、これには幼いときから、ずいぶん悩まされたものだった。たとえば、と書く前にやはりここで母の生い立ち、父とのなれそめなど、物の順序として触れねばならぬのだが、これがさっぱり見当がつかぬ。

生年月日も明治の末だったり、大正の初期だったり、そのときの気分によって勝手に変ってしまう。年の功を強調したいときは明治の末生れだといい、少しでも若く見られたいときは大正の初めの生れだと主張する。出生地にしても同じことで、小田原の話が出れば「あら、わたしの生れたところだわ」といい、横浜のことが話題にのぼれば「わたしも浜ッ子だからこれだけはいっておきたいのだけれど」と凄み、新宿に話が及べば「新宿生れのわたしにもいまの新宿の変りようは」などともっともらしく切り出すので、なにがなんだかちっともわからぬ。とにかく、私ら息子どもは母親を「明治末から大正の初めにかけて、関東地方南部に生れた人だ」と解している。

それでも娘時代の彼女は新宿柏木の某医院の娘、ないしは娘分だったことは確かで、東京薬専を卒《お》えて、薬剤師としてその某医院に勤務していた父と恋に落ち、父の生家山形へ嫁に来た。父の生家はよろず屋で、薬はむろんのこと文房具から鶏の飼料、小学中学の教科書から書籍まで、いろんなものを扱っていたが、たちまちお定まりの姑と嫁の反目。しかも嫁が口八丁で威勢よく、忍従するどころかいちいち姑をやり込めるから、中に入った気の弱い父があっちをなだめこっちをすかし、そのうちその気苦労のせいか、あるいは生来の病弱のためか、ぽっくり死んだのが昭和十四年のこと。途端に母は婚家をとび出し、三カ月の猛勉強の末、薬種商の免許を取り、同じ町に薬店を開店した。四方八方借金の山、しかも育ち盛りの男の子三人をかかえ、母はなんとしても金が欲しいと思い、思ったところで天性のちょっとどこかへんてこりんな創意工夫癖が頭をもたげた。

夏場になると田舎の薬局でもっとも売れ行きのいいのは例の渦巻式の蚊取線香だが、彼女はこの線香に点火するのがなかなか大仕事であるところに注目した。いまでも渦巻式の蚊取線香の火つきはよくない、マッチ一本ではなかなか火がつかぬ、当時としては尚更のこと火つき悪く、木ッ端の先に硫黄をつけた「つけ木」という代物で、火をつけていた。これでは不便である、と母は考えた。蚊取線香の点火部分をマッチ棒の頭のようにし、どこかでひとこすりした途端、ぽっと火がつき、その火によって本体の線香にも火のつくような工夫はないものか、その工夫が出来れば従来までの不便は一挙に解消する故、線香は大いに売れに売れ、大金が入ってくるかもしれない。

悪いことに当時の母の愛読書は『キュリー夫人伝』、蚊取線香の改良でノーベル化学賞を取ろうというつもりはないが、彼女も人なら我も人、あっちに出来てこっちに出来ぬ道理はない、寝食忘れて薬局に閉じこもり、薬種商免許取得試験の際の乏しい薬品知識をひねくり継ぎたしひっつけはっつけ、マッチ棒の先の薬を主成分に、ようやく線香本体に点火薬を添加することに成功したが、ためしにマッチの摺り紙でこすってみると、火力が強すぎて、これは蚊取線香ならぬ線香花火、あっという間に紙屑籠にとびこみ、小火《ぼや》を起し、消防分団長に怒鳴られた。かといって薬品を少なくすれば火つきが悪く、その辺のことなかなか具合よくは事が運ばず、夏の暑熱がおとろえるにつれて、母の研究熱もおとろえて、それまでの座右の書『キュリー夫人伝』もいつの間にか書架の奥深く仕舞い込まれ、彼女の化学者時代はさしたる成果もあげぬまま終ってしまった。

もっともあのとき、たとえ首尾よく「これは便利、ひとこすりで火のつく渦巻線香」などというものが完成したとしても、それが売れたかどうかはわからない。太平洋戦争前夜のあのころは、ちょっと便利だからといってすぐに飛びついてくるような客はいなかったろうと思う。あのころ「便利さ」は「贅沢」とごく近い親戚で、しかも贅沢は敵だと見なされていたからだ。

戦争が始まって諸物資が乏しくなると、母の創意工夫は、たとえば私たちの衣服にも及んだ。咫尺《しせき》を弁ぜぬ吹雪の山形、冬はみんな羅紗のマントを着込む。ある冬のはじめ、ナフタリン漬のマントを取り出すと、私はその一年で急に成長したらしく、膝頭の隠れるのが定法のマントの丈が、腰までもない。登校前、つんつるてんのマントをなんとか長く見せようと、引っぱったり伸ばしたりしているのを母が見て、「それは弟におやんなさい。あなたには新しいマントを作ってあげるから」といった。「作ってあげる」というところに不吉なものを感じたが、そのときはまだ母を疑う心は浅く、胸をわくわくさせて登校した。授業中も目先にちらつくのは新しいマントばかり。退校時に大きな雪が霏々《ひひ》と舞いおりはじめ、マントを羽織った級友が「やあ、井上、マントはどうしないのか」と声をかけるのに「うん、今日、新しいマントが出来るんだ」と答えて、ずんずん積って行く雪を蹴散らしながら家に帰ると、ちゃんとマントが出来ていた。けれどもそのマントは唐草模様の大風呂敷の真中を鋏でじょきじょき切って、頭を出す穴をこしらえただけのもの。裏地がわりにいろんな余り布《ぎ》れが縫いつけてあり、すっぽりかぶれば暖くないことはないが、とても外へ着て行く気にはなれない代物だった。それ以来私は、出来もしない約束をし、それを破って、他人《ひと》から「そう大風呂敷をひろげなさるな」と叱られるたびに、あの唐草模様のマントを思い浮べ、彼女の大風呂敷風性格がやはり自分にも正確に遺伝しているらしい、と考えて、うんざりする。親を見るにはその子を見よ、子をみれば親がわかる、これらの格言はどちらもどうも真実らしい。母のこの創意工夫癖を逆用したこともある。新制中学に入学したての頃、ただわけもなく腹が空いた。朝、ぎゅうぎゅう飯をつめこんでも、三時間目四時間目ごろになると腹の虫が騒ぎ立てる。そこで、先生の目を盗んで飯を食い、昼休みには家へ走って帰ってまた二、三杯たいらげる。むろん、腹も空いてはいるが、授業中にかくれて弁当を使うのが、そのころ半英雄的行為と思われていたせいもあって、大いに早弁を使った。あるとき、この早弁を三日続けて見つかってしまい、担当の先生が家にやってきた。このままでは叱られると考えた私は、先生が引き揚げるとすぐ母に「絶対に早弁を見つからずに済む方法はないかなあ」といった。

早弁使いの出来損い息子に説教の雨を降らせるつもりだった母も、このひとことで、例の創意工夫癖を刺激されたらしく「そんなことは簡単ですよ」といい、説教のせの字も忘れ、書棚から本の外箱を持ってくると、糊と鋏で弁当箱を一冊の本に改造してしまった。もっと正確にいえば、弁当箱に表と裏と背の表紙をつけ、閉じてある限りは一冊の本、表紙を開けば弁当箱、弁当箱のフタを取れば早弁自在。フタを机の中に隠しておけば、あとは先生が遠ざかれば弁当を喰い、近づけば表紙を閉じて机上に置き、と変化を尽す。なにもそこまで本格的にやる必要はないのに、と呆れて見つめていると彼女は「明日さっそくためしてみなさい」と命令した。

叱るはずの人が共犯者になってしまったわけで、説教されずにすんだのはありがたいが、この先ひとり立ちするまでにこのちゃらんぽらんで気の変りやすい母だけが頼みの綱と思えば心細く、やはりあっさり叱られるべきだったと後悔したことを憶えている。もっともこの早弁箱はあまりたいした役に立たず、あくる日の三時間目数学の時間、早弁使っているところを簡単に見つかってしまった。というのは他でもない、表紙に使った外箱が、たしか亡父の蔵書の「近代劇全集」の中の一冊だったからで、数学の時間に「近代劇全集」が机上にあったのでは、露見して当然である。数学教師は早弁箱を見て唸り「ここまで教師を愚弄するとは可愛気がない。さっそく、きみの母さんに連絡し、きびしく叱ってもらわなくてはならない」といった。「じつはそれ、うちの母の作品で」とぼくが答えると、彼は大いに白け、それ以降、こと早弁に関しては二度と学校からいかなる注意戒告もわが家へ届くことはなかった。父兄が共犯と知って呆れてしまったのだろう。

この、母のどっかへんてこりんな創意工夫癖が成功したのは、昭和二十三年ごろの「マス子バンド」の創案販売である。この一部始終については、前に小説らしきものに仕立ててすでに書いたことがあり、ここでまた二度のおつとめさせるのは気がひけるが、これこそ、彼女の創意工夫癖が世の中の歯車と見事に嚙み合った唯ひとつの事例であるので、どうしても触れぬわけには行かない。

家の近くに小さな沼があり、ここには柔かい藻草が生茂していた。私には、母が何のためにその藻草を必要とするのかわからなかったが、よく藻草を刈り取ってくるようにいいつかったものだった。母はその藻草を何遍も水でよく洗い、陽に干した。乾いた藻草はどういうわけか更に柔かくなり、嗅ぐとかすかに水臭かったが、決して不快な匂いではなかったように思う。藻草が完全に乾くと母は、鼻紙で五センチ四方ほどの袋を作り、その袋の中に藻草をつめた。これを何十となくこしらえ箪笥の底へ仕舞いこむ。いま考えれば、これはなんとかナプキンに相違はないのだが、そのころの私には女体の神秘的な月単位の営為について片々たる知識もなく、ただ小遣いほしさにせっせと藻草を刈りに出かけた。

　やがてこの藻草刈りはほとんど毎日の仕事になって行ったが、これは隣の奥さん、向いの娘、中学校の女子《おなご》先生と、その評判や使いよさを伝え聞き、わけて欲しい、譲って欲しいと、母の薬局へやってくる女性が多くなった為だった。そしてある日、その性能に自信を持った母はついに店頭に大きな貼紙をした。曰く「飛んでも跳ねても大丈夫。マス子バンド有〼《あります》」。

　油紙でこしらえた（今考えるとブリーフとよく似た）下着みたいなものに、鼻紙に包んだ藻草が五個ついて一組。一組いくらだったかは忘れたが、原料は沼の藻草と薬局ならどこにでもある油紙、たいした値段ではなかったことはたしかである。また、たいした値段ではなかったから、驚くほどよく売れた。

　そういったものはまだなくて、ほとんどの女性が、ぼろ綿・ぼろ布などで用を弁じていたころ、しかもようやく世の中も落ち着きかけ、贅沢は敵だの標語もむろんなくなっていた。ぼろ綿やぼろ布にかわるべきものが、なんとはなしに求められていた。そこへきれいに洗い、陽光を充分に吸いこんだ藻草の登場、しかも使い捨て、条件は揃っていた。刈れど間に合わず、専門の刈り師を数名ほど常雇いし、わが家の茶の間にはミシンが並び、近所のおかみさん方がにわか縫製工。一年後に、中央から脱脂綿などが入ってくるまで、この藻草綿は山形県南部をほとんど席捲したといっても決して過言ではない。

このぼろから脱脂綿の過渡期にぼろ儲けした母は、そのまま創意工夫を怠らなければ、ひょっとしたらつづいて「マス子ナプキン」かなんかを思いつき（依怙贔屓《えこひいき》するつもりはないがこの藻草綿バンドからなんとかナプキンまでは指呼の間《かん》、もう一歩、あと一歩だ）いまごろは天晴れ女実業家、ナプキン業界の雄、というか雌というか、とにかく然るべくおさまりかえって居ることが出来ただろうが、思わぬ金を握った彼女はすこし有頂天になり、文化事業（といってもわが田舎町では文化とは浪曲の同義語であったが）に熱を入れすぎ、果ては文化人（つまり浪曲師）に騙されすってんてん、果ての果てはその町にも居かねて、東北各地を転々流転することになるのだが、やはり素人の創意工夫は身の仇、なまじっかの発明の才覚は身の破滅、人間はその分を知ってほどほどにという、彼女はそのお手本のように思われる。

母はこの後、一関市に大堤防工事があると聞いて一関市に乗り込み、どういうわけか、さる大手の土建業者の下請けの下請けのそのまた下請けをはじめ、配下の荒くれ男十数人を使いこなして結構ひと稼ぎしたが、大手の下請けの下請けが、そのまた下請けの

「マス子組」への払い分を未払いかすめ着服したためにつぶれてしまい、組長みずから急転直下、一関市のラーメン屋の店員の口にしがみつき、ようやく口に糊した。それからのことはこれまた目まぐるしい七転び八起きで、ひとつひとつ書いて行くと、紙数が足りはしない。

しかし、いまだに母は創意工夫癖と手が切れないらしく、ときどき飛んでもない思いつきをいいよこして、私をぎょっとさせる。たとえば、小鳥の飼育ブームのはしりのころだが、母が「なぜ小鳥はみな総髪なのだろうね」と訊いてきた。そんなこと考えたこともないから黙っていると「頭髪を七三か五五に分けた小鳥もいていいんじゃないかしら」といい「そういう小鳥を売り出したら、評判になると思うけどねえ」とつけ加えた。

またある朝、不意に彼女は私の家の電話を鳴らす。「いま起きて歯を磨いているところだけど、チューブから練歯磨を出しすぎてね。もったいないとは思わない」と訊く。「チューブから一旦出た練歯磨を、もう一度チューブの中に戻すのは至難の業ですよ。これが解決できれば大特許です。大金が舞い込みますよ」と私がいうと「固形の歯磨はどうかしら。あるいは固練歯磨を口紅式の容器に入れたらどう」。しかしそれもあまりいただけない、ニュルニュルニョロニョロの柔かい練歯磨をチューブに戻す、そこにこだわるところがいいのだ、といったら元気をなくして電話を切った。

このあいだはいきなり「東京の空気はあいかわらず濁っているかい」と切り出した。

「酸素の罐詰も出回っているそうだねえ」私が欠伸《あくび》まじりに、ああ、ええと話を合せていると母が断乎とした口調でいった。「酸素を固体にできるかどうか調べてごらん。固体にできるなら酸素アメを作って売るといい。空気の汚い御時世です。お金にもなるし、人のためにもなります」。科学全般に関して完全無智な私はまんまとこの案に乗せられて、数日間、酸素を固体にできるかどうか調べ回ったが、どうやらこれは不可能らしく、馬鹿を見た。

こんなわけで、母親の創意工夫癖には閉口し通しなのだが、それでも長い間うんすんないと気になって来るのは、やはりそこが母子の遺瀬なくどうしようもないところなのだろう。心配になってこっちからダイアルを廻し「なにか、これは、ということを近ごろ考えているかい」と訊くと、母はぼそっといった。「たべかけの南京豆を途中でやめさせる方法はないかしら。薬でも機械でも呪文でも、なんでもいいけれど」

母のバーでは南京豆は無料サービスたべ放題なのである。たべだすと止まらぬものをサービスにしたのは創意工夫の人に似ぬ失態であろう。

餓鬼大将の論理

東北山形の、四方に千八百米《メートル》級の山々を仰ぐ盆地の小さな町に生まれ、中学三年の春までそこで育った。盆地は米の単作地帯で、昭和九年の東北大冷害のときに、今ではたいていの昭和史の本に載っているあの有名な貼紙、「娘身売の場合は当相談所へ御出下さい」を掲げた伊左沢《いさざわ》村は、この盆地の北西にあった。家業は薬屋だが、歩いて三十秒のところに小学校があったので、そこへ通う生徒をめあてに文房具も商っていた。そのころの店の様子を思い浮べると、まず店の内部《なか》のいたるところに薬や文房具の広告ビラが貼ってあった。いずれも問屋や本社から送られてきた多色刷りのもので、「粗食結構！　わかもと」というのがあったのを憶えている。それから、「強く正しく元気に育て！　キズならオゾが引き受ける！」だの、「ぜいたくは敵だ。簡素の中の美しさ！　みやこ染」だの、「抜けた毛を惜しむより、丈夫な新毛を育てませう。三共ヨウモトニック」だの、「興亜一新！　蛔虫《むし》などに喰はしておけぬこの身体《からだ》。マクニン」だの、「銃後の務め！　頭の防衛！　さあノーシン」だの、「強イ赤チャン御国ノ力　宇津救命丸」だの、「国民の体力こそ最後の鍵です。エビオス」だの、「鼻が悪いと頭が鈍るミナト式鼻療器」だの、「心臓と空襲に待ったなし。救心」だの、「便《べん》だけは貯める勿《なか》れ！　便秘に星製薬のミクローゼ」だの、「逞しくなれ強くなれ！　ハリバ」だの、「戦線の夫よ！　あなたが残していかれた丹頂チックが多忙な私の整髪にこんなに役に立つとは思ひませんでした」だの、「春先の痔はこれで快ケッ　小松痔退膏」だの、「燈下書に親しむはよし、目の強化に大学点《さ》せば更によし」だの、「咳はおそろしい肺炎の導火線　龍角散」だの、「強いからだで臣道実践　ライオン歯磨」だの、「仁丹は防共容器です」だのといった広告ビラが貼られていた。なぜ細かく憶えているかというと、四年間も貼りっぱなしになっていたせいである。なにしろモノは足りなくなりつつあった。とりわけ紙は統制物資の最たるもの、昭和十六年後半になると広告ビラが送られてこなくなった。そこで同年前半までのものが戦後まで店内を飾っていたのだ。朝晩四年間、同じものを眺めていれば誰だって憶える。別に私の記憶力がすぐれているわけではない。

文房具の棚の上に貼られていた広告ビラも頭に染み着いている。トンボ鉛筆の「戦ひは続いてゐる。銃後の職場も戦場だ」、ヨット鉛筆の「勉強する子は偉くなる」、同じくヨットの「テンキハ上々　ノヤマハニシキ　オットワスレタ　ヨット鉛筆」、それから、「らくに削れるトモヱ鉛筆」。ペン先はムッソリーニペンというのが全盛で、ビラの文句は「書きよく錆びないムッソリーニペン」だった。これに対してパイロットのは「断じて錆びないパイロット」。しかしあらゆる広告ビラの中でもっとも気に入っていたのはサクラクレヨンのもので、コピーはこうだった。

「オレズ　カキヨイ　イロモヨイ」

なぜ気に入っていたかというと、よく売れたからである。生徒が買うのはたいてい六色入りのやつだが、その横の箱にはバラ売りの赤色のクレヨンがつめこんであって、それがよく売れた。私も当然そうだったのだが、赤いクレヨンがあっという間に短くなる。飛行機の胴や翼に、戦艦のマストに、なにかというと私たちはただもうやたらに日の丸を描いた。家の屋根にも原っぱにも日の丸の旗を立てた。ニワトリを描けばその羽根に、天狗を描けばその羽団扇《はうちわ》に日の丸を描き込んだ。これでは赤いクレヨンがなくならない方がどうかしている。

広告ビラと減りのはやい赤いクレヨン、太平洋戦争といわれると私は反射的にこの二つを思い出す。

もっと中味のあることを憶えていないかと、思いを凝らしているうちひとつ思い出した小事件がある。全国の、どの国民学校でも同じだったと思うが、陸軍記念日（三月十日）や海軍記念日（五月二十七日）は授業がお休み、そのかわりに全校生徒が体操場に集められ、水師営の会見や日本海海戦の話を聞かせられた。講師はその学校でもっともお話のうまい先生、私たちの学校では毎回、町一番の旅館の若旦那が講師をつとめた。

今だから「旅館の若旦那」などといっているが、当時の私たちにとって彼は英雄だった。なによりも剣道の段持ちだった。中学時代は陸上の選手で、私たちの盆地の百米《メートル》競走の中学最高記録の保持者でもあった。武においてすぐれていたばかりではなく、文の方でも浪曲語りとしては盆地で十指に入るノドの持主、なんでも自分ところの旅館に長逗留をしていたプロの浪曲師から話術の奥儀を伝授されたとかで、話がうまかった。全校生徒から寄せられる尊敬が彼の自信や余裕となり、専門家ゆずりの話術が彼の話ぶりをはなやかなものにした。私たちはこの体操の先生によって笑いや涙とともに乃木大将の忠義を、東郷元帥の沈着さを学んだ。

ところが昭和十九年の海軍記念日に体操場の壇上に立ったのは体操の先生ではなく、海軍軍装の、青白い顔の将校だった。体操の先生は教員席で顔を伏せている。ほんの一瞬、体操場の熱気が冷えたが、校長の「今日、お話をしてくださるのは海軍報道部員の——先生です。こんな機会はまたとないから粗相のないようにお話をうかがうこと」という挨拶で、私たちはいっぺんに興奮してしまった。五十歳以下の方々には想像もつかないだろうが、海軍報道部員はそのころラジオの花形だった。たとえば平出英夫《ひらいでひでお》海軍大佐の、昭和十六年の海軍記念日に行った「われに艦艇五百余、海鷲四千あり」という時局講話はのちのちまで〈平出放送〉と呼ばれ、全国の聴取者に、帝国にこの海軍あるかぎりどんな国と戦端を開こうが百戦百勝疑いなしという自信を与えた。ほかの海軍報道部員も話がうまく、月に三、四回、夜七時の「報道」(今でいえばニュースの時間)のあと二十分間、熱弁をふるった。当時の放送はラジオがただ一波、そのラジオのゴールデンアワーに二十分間の独演会、人気が出て当然、出なければかえっておかしい。この昭和十九年五月にはちょうど徳川夢声が『宮本武蔵』を読み、市川八百蔵が『太閤記』(これも吉川英治の小説)を朗読していたが、たとえば海軍報道部員田代中佐はこの二人に次ぐ人気があったのではないだろうか。少くとも私たち軍国少年はそうだった。

「海軍報道部には二十名の部員がいる。自分はそのうちの一人だが、新参なのでまだラジオのマイクの前に立ったことはない。だがやがて放送をとおして君たちにお話する機会もあるだろう」

こんな前置きで話がはじまった。

「ある任務を帯びて自分はこの地方へ出張してきたのだが、この小学校が軍需省航空兵器総局長官の遠藤三郎陸軍中将の母校であると知り、敬意を表するためにお寄りしたところ、校長先生から君たちに何か話すようにといわれ、こうして壇上の人となったのである」

遠藤中将は戦後、平和運動家に転生し郷党に衝撃を与えるが、そのころは盆地最大のスターだった。仙台幼年学校→陸軍士官学校→陸軍大学校→フランス陸軍大学校……→航空士官学校校長、そして航空兵器総局長官という経歴は目がくらむばかり。私たちがひとしく幼年学校や士官学校に憧れたのは、先輩にこの人がいたからだが、その先輩が海軍報道部員を引き寄せてくれたわけである。うれしくて茫然となった。改めて思うのだが、私にとって昭和でもっとも輝やかしい日というのは真珠湾攻撃の日でもなければシンガポール陥落の日でもなく、またサンフランシスコ講和条約調印の日や東京オリンピック開会式の日でもなく、まさにこの日だったのではないか。しかも午後には意外などんでん返しが用意されていた。そのせいでこの日のことはいっそう深く脳に刻み込まれ、だからこうやってこと細かに思い出せるのだろう。――と大見得を切ったくせに、どんな話をしてもらったかはきれいに忘れてしまった。憶えているのは彼が話をこう締め括ったことだけである。

「大東亜共栄圏とはなんであるか。わが皇国は足りない石油や鉄や錫《すず》やゴムなどをアジアから融通してもらい、そのかわりアジアをよそから荒されないようにしっかりと守ってともども暮していくということである。君たちもはやく大きくなってアジアの守り手にならなくてはいけない。アジアのそのような新しいあり方、これを難しくは大東亜の新秩序というが、この新しい秩序を打ち立てるのがこのたびの聖戦の目的なのである」

こんなはっきりした説明を聞いたのは初めてだったので、またも私たちはうれしくなった。がしかし同時に心のどこかで、そうすると大日本帝国は餓鬼大将かという声がしたのもたしかである。

そのだいぶ前、隣組の常会で、母が、

「日本でつかう石油の四分の三がアメリカからの輸入ですよ。そのアメリカと戦さをしてるんだから、やがて石油がなくなってしまう。この戦さ、どうも勝ち目がないんじゃないですか」

と口走ってちょっとした騒ぎになった。近くに疎開中の経済学者大熊信行博士のところへ定期的にエビオスやわかもとを届けているうちに聞き齧《かじ》ったことをついうっかり口にしてしまったらしい。つけは私にもまわってきて、「スパイの子」という当時としては最も不名誉な綽名《あだな》をつけられ、三日に一度は餓鬼大将に殴られた。すっかり閉口していると、或る日、別の餓鬼大将がやってきて、

「エビオスでもわかもとでも酒石酸《しゅせきさん》でもなんでもいいから持ってこいよ」

とへんにやさしい顔をした。

「そのかわりあいつから殴られないようにおまえを守ってやる」

この餓鬼大将の言い分と今し方聞いた大東亜の新秩序とは似てやしないか。もちろんこの考えはすぐさま心の奥底へ沈められ蓋をされた。大日本帝国がそんなつまらない理由で戦さを始めるわけがないではないか。もとより国民学校四年生の頭がこうはっきりと考えたわけではなく、後になって右のように整理したのだが、とにかくぼんやりとそう感じたことは、これは事実である。ここで注釈を入れると、このころエビオスやわか

もとや酒石酸は薬品ではなく、お菓子の一種と考えられていた。後の方の餓鬼大将も彼《か》の高名なる経済学者もともにお菓子に飢えていたのである。

講話を終えた海軍報道部員は校長に案内されて駅前の旅館に入った。海軍記念日には授業がない。講話の後はすぐ下校になる。私の家はその旅館と近い。鞄を放り出して見物に行った。旅館の前でしゃがんで待って、ちらっとでいいからもう一度、あの恰好のいい軍服姿を見ようと思ったのだ。同じことを考えた子が大勢いて、旅館の前は坊主頭で黒っぽくなっている。程なく町の有力者たちがつぎつぎにやってきた。まず警察署長がサーベルをガチャガチャいわせながら玄関に入って行く。私はこの署長に反感をもっていた。母が例の失言をしたとき、毎晩のように家へ上り込み、延々と酒を飲んでいたからだ。酔ってくると、「わしが握り潰したから、あんたはアカと云われずにすんだんだよ」となんべんもいう。子ども心にも、この人は銃後の間男《まおとこ》だとぴんときて、署長が御輿《みこし》を上げるまで母の横にへばりつくことを自分の役目にしていた。

その時分、全国から大勢の夫たちが戦地へ駆り出されていた。残された妻たちはしっかり銃後を守ったが、しかし切れば赤い血の出る生身《なまみ》のからだ、三百六十四日は気丈にひとり寝の淋しさに耐えても、年に一日ぐらいはやるせなさに気が狂いそうになる。銃後の間男どもはこの機を逃がさず誘いをかける。全国で姦通が頻発した。これでは前線の皇軍兵士の士気が落ちる。当局はこの不届き不埒な銃後の間男どもを罰しようとしたが、姦通罪は親告罪である。親告すべき夫は菊の御紋章の入った鉄砲をかついで第一線にいる。当局は頭を抱えたが、やがて銃後の間男どもに「家宅侵入罪」を適用することを思いついた。こうして昭和十年代は家宅侵入罪の件数が急増する。なお、家宅侵入罪で引っぱられた間男どもであるが、町工場の親方や商店の主人や大工棟梁、それに小地主や自作農上層、そして青年学校の教員や役場の吏員が多かった。坊さんや神主さんもずいぶんつかまっている。これらの人びとは銃後の中核をなしていたはずであり、もっとも熱心に聖戦を支持した階層だった。そんな連中のいる銃後の安泰のために前線で生死を賭けて戦っていた夫たちこそまったく好《い》い面《つら》の皮である。私たちの町にも当然ながら間男どもが大勢おり、昼間は防空訓練で女子衆《おなご》にいいところを見せながら、孤閨《こけい》をかこつ顔をひそかに物色していた。そして彼等を取締まる立場の署長もじつはサーベルを吊したドンファンではないかと、私は疑っていたのである。子どもは大人の色恋に結構敏感なのだ。

これも大人になってから知ったことだが、家宅侵入罪でつかまった間男が、「姦通は男と女でするものなのに、男だけが罪人扱いされるのはおかしい。女が戸口の心張棒を外して待っていてくれたのに、なぜ自分だけが家宅侵入罪に問われなければならないのか」と当局に逆ねじをくわせる例もあったらしい。たとえば山下恒夫氏が発掘された事件では、島根県の岩本三郎という人が、昭和十四年に大審院へ上告したが、その弁護人が凄い。滝川事件で京大を追われた刑法学者滝川幸辰《ゆきとき》だ。滝川弁論の要旨はこうである。

《家宅侵入罪については、法に「故ナク人ノ住居又ハ人ノ看守スル邸宅、建造物若クハ艦船ニ侵入シ、又ハ要求ヲ受ケテ其ノ場所ヨリ退去セザル者」とはっきり定めている。「出て行け」と要求されたわけではないから、家宅侵入罪にはならない。》

大審院判事はこう反論した。

《妻の許諾があったとしても、もし夫がその場にいて、被告人が「斯《カ》カル情交ノ目的ヲ以テ」入ってきたとしたら、夫はそれを認容しなかったろう。》

夫が出征しているからこそ問題が起ったのであって、「もし夫がいたら追い返されたろう」は成り立たないのだが、結果は上告棄却、懲役三カ月の刑が確定した。口で「銃後の守りは引き受けた」と唱えながら出征兵士の妻の空閨につけ込む、妻は夫を裏切る、夫は夫で突撃前に慰安婦を抱き、占領後は強姦をほしいままにする、兵士の戦意喪失をおそれる国家は間男どもを屁理屈で罰する、どっちを見ても筋目の通らぬことばかり、しかしそれが戦争なのだ（もっとも平時の今も筋目の通らぬことが多いけれども）。

それはとにかく、海軍報道部員をかこむ昼食会に出席するために、警察署長につづいて町の有力者たちが陸続とつめかけてきた。たとえば菓子屋の主人、それから木工場親方、私たちが反感を抱いている大人たちが旅館へつぎつぎに入っていく。なぜ反感をもっていたのか。

その菓子屋は、私たちが国民学校の三年に進むころまで店の隅に籤《くじ》つき甘納豆を掲げていた。新聞紙大の台紙の下方に五粒前後の甘納豆が入った切手よりやや大き目の小さな袋がびっしりと貼り込んである。往来から見るとまるで鯉の鱗でも眺めるようだ。上に行くほど袋は大きなものになる。天辺《てっぺん》中央の大袋は少年倶楽部ほどもあり、中に甘納豆が百粒も入っていると噂され、私たちは五銭もって行って小さな袋を買うのを無上のたのしみにしていた。袋の裏に「大将」というゴム判が捺《お》してあれば天辺の大袋がもらえたからである。しかし引き当てるのはいつも「支那兵」だった。これは外れだ。すごすご帰るしかない。「大将」や「中将」の大袋はたいてい有力者の子どもに当る仕掛けになっていたようで、私たちが大当りを引きそうになると、菓子屋のおじさんおばさんはなんだかんだと云って迷わせ、客が有力者の子だと、二人ともその子の手をとって将官級の大袋へと導く。ごく稀に私たちにも佐官級の中袋が当ったりしたけれど、あれは営業政策だったに違いない。その証拠におじさんは、中袋を胸に抱いて帰ろうとする私たちに渋い顔でこう浴びせるのが常だった。「ほらみろ、当るときはお前たちにだって当るんだから。またくるんだぞ」

木工場の親方は大鋸屑《おがくず》も売っていた。薪木や木炭が不足していたから、店屋では大鋸屑ストーブをよく焚いた。サービスとして親方は火保ちがよくて火力の強い木片を大鋸屑にまぜてくれたが、客の顔を見て木片の数を加減した。郵便局長の子が買いに行くと木片を叺《かます》にこれでもかこれでもかと詰め込む。統制で薬屋をやめさせられ赤いクレヨンでやっと生計を立てている寡婦の子の場合は、逆に大鋸屑の中から木片を選り分け取り除《の》けた。こういう大人たちに好意を持てといっても、それは無理である。恨みがましく昔のことを持ち出してと眉をひそめる読者もおいでだろうし、その批判はたぶん正しいだろうけれども、ラジオや新聞や隣組の常会などであんなにも熱心に唱えられていた「一億一心」という合言葉と日ごろ見聞きする大人たちの言動とがまるでちがっていることを、私たちはなんとなく感じとっていたのであり、それを伝えたいあまりつい昔事《むかしごと》を並べてしまった。

昼食会が酒盛りにかわり、女中さんたちの嬌声や町長の十八番の詩吟が旅館の前の私たちの耳に届きはじめた頃、警察の木炭自動車が青い煙を背後に引きながら到着し、警官が数人飛びおりて旅館へ躍り込んだ。盆地の警察署で自動車を持っていたのは米沢署だけだったから、私たちは、あの偉い米沢警察署長まで海軍報道部員に挨拶をしにきたのだろうと思ったが、じつはそうではなかった。それから展開された光景はいまだに目の底に焼きついている。二階の座敷が突然鎮まりかえったと思う間もなく、怪鳥の叫びに似た異様な叱声二つ三つ、つづいて膳部が盛大に引っくり返る音。やがて二人の警官に両腕をとられた海軍報道部員が旅館の外へ引き出された。鼻や口から噴き出した血が濃紺の軍服の胸のあたりにみるみる大きく黒い汚点をつくり出している。自動車に押し込まれる寸前、彼は唖然としている私たちに血で赤く染まった歯を剝いて笑いかけた。

しばらくの間、町中をたくさんの噂が飛び交ったが、それらをまとめると、どうやら彼は海軍好きの狂人で、海軍兵学校を滑ってから頭がおかしくなったらしい。ふだんは母親がやっている米沢の機織工場で雑用をしているのだが、春先や梅雨前になると、ぷいと家を出て、小学校や女学校で海軍報道部員を演じる癖があるという。昭和十五、六年ごろは白衣の傷痍軍人になるのが好きで、無銭でお伊勢さんまいりをしてきたともいう。たしかに昭和十六年あたりまでは、断然、傷痍軍人が花形スターだった。数年前、「きらめく星座」という戯曲のために、そのころの新聞を丹念に読んだが、白衣の軍人を称える記事が載らない日は珍しいぐらいである。傷痍軍人記章を示すと劇場や映画館に無料で入ることができた。隣組少女団が常駐した。女学校は陸海軍病院の傷病兵たちと合同運動会を催すのを競い合った。傷病兵をあちこちの運動会へ引っぱり出してはかえってからだによくないと、自粛を呼びかける声がおこったくらいである。愛国婦人会と国防婦人会とは、白衣の勇士の伴侶探しで競争していた。戦傷兵で上級学校に進学する者には学費が支給された。結核患者と重傷者を除く一般傷痍軍人の就職率は一〇〇パーセントだった。陸海軍病院の傷病兵は煙草とお菓子に不自由しなかった。天皇から菊の御紋入りの煙草が、そして皇后から菊の落雁がくだしおかれていたからだ。だから白衣の勇士が伊勢へ無銭旅行することくらい何の造作もなかった。昭和十六年の後半を境に白衣の勇士ブームは急速に衰えて報道部員が花形になるが、こうやってみると、彼《か》の狂人には時流を察知する才能があったらしい。昭和十六年ごろまで母の店は少しばかりレコードも扱っていたが、そのころのビクターの広告ビラが思い出される。なにしろ商標のあの犬さえも足に包帯を巻いていたのだ。あのポーズのまま傷痍軍人の前にかしこまっているという図柄のものもあったような気がする。

海軍報道部員という触れ込みを真に受けて講話を懇願した校長も、狂人をかこんで気焔を上げた町の有力者たちも、咎《とが》められずにすんだ。たとえ偽者が狂人が話したことであっても、講話の内容は、一億一心を唱え挙国一致を説き大東亜の新秩序を謳《うた》い上げ、まことに国策に沿った結構なもの、彼を罰したりしては、話の内容まで否定してしまうことになりかねない。米沢の警察署長はそう判断したようである。やがて海軍狂も家へ帰され、事件は片付いた。私たちはといえば、うさんくさい大人たちを狼狽の極に追い込んでくれた彼にひそかに拍手を送った。そして大人たちが本気で、

「モノをよこせ、そしたら守ってやる」

と、思っているらしいと察した。誰ひとり、あの狂人の云ったことはみんな囈言《たわごと》であると断定しなかったのだから、そのように察しても間違いではあるまい。すると大人はやはり餓鬼大将と同じことを考えているのか。

大人になってあのころのことを調べたり先学の書物に学んだりして改めて振り返れば、昭和時代の病患は、せいぜい餓鬼大将の論理をふりかざすのが関の山の、大義名分の欠落にあったのではないかと思い当る。米英との開戦を決定した御前会議の三日前、すなわち昭和十六年十一月二日、東条首相は天皇から、「（開戦の）大義名分を如何に考うるや」と問われた。そのときの東条首相の返答は、あの大戦争の空しさあやしさをみごとに浮き彫りにしているのではないだろうか。東条首相はこう答えたのだ。

「目下研究中でありまして何れ奏上致します」

三日後の御前会議で開戦が決定した。しかし戦争をなぜ仕掛けなければならないのか、その名目（口実でもいいのだが）が決まらない。決まったのは、さらに六日後の連絡会議においてである。「自存自衛」が開戦の名目だった。

当時の支配層の考え方の筋目のなさは、これより少しさかのぼって、同年夏、対米英との戦争の第一原因となった南部仏印進駐の際の、天皇御裁可のお言葉にさえうかがわれる。

「国際信義上ドウカト思フガマア宜イ」

宜くないのです、陛下。筋目を立て、それを堂々と世界に問うて、それから行動をとるべきでありました。

さらにさかのぼって、昭和十二年七月のいわゆる「支那事変」のときはどうか。事変発生後の一年間に、日本陸軍は中国へ二十三師団七〇万の兵力を注ぎ込んでいた。誰がなんといおうと、これは大戦争である。だが、国際法の最低のルールである宣戦布告はついに出されなかった。政府はただひたすら「支那をこらしめてやらなければならぬ」と繰り返すだけ、なぜこらしめなければならぬのか、明らかにされることはなかった。たぶんそんな理由はなかったのではないか。これでは桃太郎以下である。

もっとさかのぼって、昭和六年九月の満州事変ではどうか。このときの天皇は、軍が出兵してしまってから、出兵の大命を下すという「つじつま合せ」(藤原彰氏の表現)を承認している。

もうひとつさかのぼって……、いや、悲しくなるばかりだからもうよそう。とにかく日本はどこかでボタンを掛けちがえ、途中で筋目を正すこともなく、頭から地獄へ突っ込んで行ったのだ。筋を踏むことをせず場当りのつじつま合せで事を処理するのになれているうちに、餓鬼大将の論理しか振りかざせなくなってしまったのだと思われる。ほがらかにかつ大らかに意見を交し合って骨太の論理をつくりあげ、その上を落着いて堂々と歩いて行くことはできないものか。昭和十九年の海軍記念日を思い出しながら、祈るはそのことばかりだ。

V 好きだからけなせる

かくし球効果

タイムマシンができたなら、未来へはあんまり行きたくないけれど、一回でいい、過去にむけて旅立ちたいとおもっています。一回だけの過去再現にいったい過去のどの時を選ぶのか。きまっています、昭和十七（一九四二）年五月二十四日の午前十時です。場所は東京・水道橋の後楽園球場。

この日、後楽園球場では、第一試合に「名古屋対朝日」、第二試合に「巨人対大洋」、第三試合に「大洋対名古屋」の三試合が行われました。小生の目当ては第三試合の「大洋対名古屋」でありますが、この大洋は現在のホエールズと関係はない。大洋の前身は東京セネタース。セネタースは旧久留米藩主の長男で、戦後、中央競馬会理事長となった政治家有馬頼寧《よりやす》が資金を出して創立した球団です。創立者の有馬伯爵は、その頃、貴族院議員でしたから、その貴族院議員（senator）をとってセネタースというわけ。なお、「有馬記念競馬レース」は、この有馬頼寧の競馬界への功績を記念して設定されたものですし、また作家の有馬頼義《よりちか》さんはこの方の三男坊であられる。もうひとつ註釈をつければ、有馬伯爵の東京セネタースの経営母体は間もなく（昭和十一年）、西武鉄道に移ります。で、この大洋は昭和十八年に西日本鉄道の経営になりますから、つまり西鉄ライオンズの先祖ということにもなる。そういうわけで西武鉄道がライオンズを買い戻したのは、一種の本卦《ほんけ》帰りでありました。別にいえば、理の当然。

一方の名古屋は、中日ドラゴンズの前身ですが、さて、この第三試合で世界記録が生れます。延長二十八回がそれです。名古屋の投手は西沢道夫（のち中日の一塁手で、ホームラン打者）、大洋の投手は鉄腕野口二郎（前の日にも、野口二郎は九回完投して朝日を一安打に抑えている。つまり二日間で三十七回も投げまくっているわけで、これには驚くほかありません）。

もっとも、世界最長延長試合が見たくってタイムマシンに乗ろうというのではありません。この試合での苅田久徳二塁手の守備を見たい。苅田を中心としたセネタース内野陣の呼吸《いき》の合ったプレーをこの目でたしかめてみたい。なんとなれば、苅田の神技がなければこの試合は意外にはやく決着がついていたかもしれないからです。二つの神技が語りつがれています。苅田が登場したのは七回裏です。前の試合に出場した彼は、ロートルということでこの試合はベンチで休んでいた。だがスタープレーヤーですから、どこかでちょこっと顔を出しておかないとお客は承知しません。そこで七回裏、山川（のち巨人の三塁手）の代打に出て三遊間を抜き、八回からグラウンドに立った。この八回表にこんなプレーがあったといいます。名古屋の走者が二塁を盗もうと走り出した。苅田が二塁に入る。捕手が二塁へ投げる。いい球だが、走者の方が〇・一秒ほど速そうだ。苅田はグラヴの背で走者の足にすばやくタッチし、それからグラヴで送球を受けた。走者も塁審もこの〈前後の倒置〉に気づかなかった。塁審は「アウト」といい、走者はすごすごとベンチへ引き返した。見ていたのは遊撃手の濃人《のうにん》だけだった。

二十六回表、二死後、苅田がエラーをして走者が出た。次打者の西沢が右中間を抜いた。右翼手浅岡が捕球したとき、走者は三塁を回っていた。「これで負けたな」と思いながら浅岡は中継に入った苅田へ返球した。が、このとき苅田は信じられないようなプレーをしたそうです。すなわち自分に向って投じられた球を、右手（素手）で摑み（このとき、すでに投球動作に入っている！）ながらすぐさま本塁を見もせずに投げた。つまり浅岡の投球は、空中を移行しつつ、苅田によってさらに速度を与えられ、方向を調整され、いっときも停滞することなく、本塁へ達した。走者は本塁寸前で憤死しました。

こういう神技が最長延長記録をつくった主因のひとつだろうと思いますが、話を多少ずらして、濃人などという粗っぽい遊撃手を擁しながらなぜセネタースの内野は鉄壁だったか。苅田がかくし球の名人だったからだとおもいます。たとえば走者一塁。バントに備えて一塁手前進。苅田がするすると一塁に入る。投手は山なりの牽制球を一塁へ投げる。苅田は走者にタッチ。だがこのときすでに苅田はボールをグラヴと掌との間に隠してしまっている。苅田は戻ってきた一塁手のファーストミットへボールを渡しながら（素振りだけ）なにか囁き、一塁ベースの傍を通って二塁守備位置へ戻る。一塁手は励まし方々投手板へボールを返しに歩み寄る。とは知らず走者が離塁すれば、苅田が戻ってきてタッチ、アウト。こういう場合、最も大切なのは三塁手や遊撃手が「タイム」などといわぬこと。せっかくのトリックも味方にタイムを要求されては水の泡。そこでセネタースの内野手は、いつもボールがいまどこにあるかを頭に叩き込んでおくことが必要になり、そのせいで呼吸《いき》が合うようになったといいます。原などがこの故智に学べば巨人内野がちっとはひきしまるかもしれませんね。

片目の名ショート

読者諸賢の方がよくごぞんじだと思いますが、ついこの間まで広島カープはじつに弱いチームでありました。ですが、小生どもの青年時代はさらに弱いチームでした。古葉と今津の二遊間がちょっと目につくぐらいで、ほかに取柄はないに等しい。しかしそれでも広島カープは好感の持てるチームでした。国鉄スワローズ（なにしろこのチームには東北人の星・佐藤孝夫がいた！　この人が打撃コーチをつとめ、その下に若松や杉浦がいるので、小生の贔屓《ひいき》チームはいまだにスワローズです）の次ぐらいに好きでした。

その理由は、広島カープの監督が白石勝巳だったからです。そう、広陵中学から昭和十一年に巨人軍へ入団、茂林寺の猛練習で藤本監督の血反吐《へど》ノックを受けて正遊撃手となった、あの「逆シングルの白石」が監督だったから広島カープが国鉄スワローズ以外のチームと戦うときは、及ばずながらその肩を持ったのでした。

では白石勝巳のどこがそんなによかったか。この内野守備の名人は左目が弱視でほとんど使えなかった。そういえば阪神タイガースの三宅三塁手も目が悪かった。三宅もいい選手でしたが、彼は途中から目を悪くしたのに、白石は最初から左目がだめだった。といっても三宅の方が白石より恵まれていた、いやかえって辛かったなどと言っているわけではありません。白石は、さらに、小さいとき中耳炎を患って右耳が聞えなかった。水原三塁手が、サードベースから白石にいくら声をかけても返事をしない、やつは生意気だ——と最初のうちは腹を立てていたという有名なエピソードがあります。右耳が悪いことは現役時代から聞えていたわけです。しかし左目が見えないことは、必死で隠していたので、誰の目にもそれとは見えなかった。白石が「わたしの左目はほとんど使えない」と述懐したのは、夜間試合が常態となって選手引退を決意したときでした。夜間試合で片目だけで遊撃手をつとめるのは不可能だと判断したわけです。

さて白石はなぜ逆シングルで球を捌《さば》くようになったか。それはここまで記したことでもすでに明らかでしょう。正面で捕れるゴロでも、万全を期してよく見える右の目の視野に入れようとする。自然、逆シングルになってしまうのです。いわゆる「華麗な逆シングル」が、片目のせいで誕生したと知って、ほんとうに感激しましたね。

白石は、強打者ではなかったけれども、したたかな好打者でした。一六五一試合に出場して打数六一五一、安打一五七四（本塁打八四、打点五七一、盗塁二一〇）、終身打率・二五六は立派なものです。白石は右打者、打席でのマスター・アイは当然、悪い方の左目です。左目が使えないのによくこれだけ打ったものだと感心しますが、ここで思い出すのは、白石の打席での態度です。銅像かなんぞのようにじっとしていました。なるべく身体を動かさぬようにして打っていました。あの態度はおそらく、〈身体を動かすと、右目だけに頼っている自分に球は打てぬ。動いては焦点がぼける。だから……〉

という計算から割り出されたものだろうと思います。

こうして白石勝巳という名人のことを思い浮べてくると、スポーツ選手にとって「完全な身体とはなにか」という素朴な疑問が浮んでまいります。どこか身体に不自由なところがあった方がいいのだと強弁するつもりはすこしもありませんが、しかし自分の不利な部分を独得の工夫で補い、かえって「芸」まで高めた選手がかつていた、ということだけは記憶しておいた方がいいと思います。健康優良児の、仁王様みたいのばかり集めて、それを「科学的トレーニング」という美名の、そのじつは画一的な練習にはめこんで、なんだか同じような選手ばかり作ろうとするような風潮が強いけれども、それでは「見世物」はつまらなくなるばかり。野球といえども芸事のひとつ、われらが待ち望むのはとてつもない「芸人選手」なのです。

一拍子の名選手

巨人軍の往年の名二塁手、千葉茂の生涯通算打率は・二八四です。どなたもごぞんじのとおり、二塁手は内野の要《かなめ》、近代野球戦術の司令塔、たいそう神経のすりへるポジションです。守備で神経を使いながら、しかも一五一二試合にも出場しながらの・二八四ですから、これはもう球史に残る名選手といっていい。などと小生がいうのはもう手遅れで、すでにちゃんと球史に千葉茂の名は刻まれておりますが。

ところで、千葉茂は右翼打ちの名人でした。内角近目の、黙って立っていればデッドボールになるような球を右翼線上へすとんと落す。その名人芸見たさに、よく後楽園球場へ通いました。彼はまたカットの達人でもあった。八球でも九球でも十球でもファウルを打って粘った。大打者川上の印象は、小生、年を取るにつれて薄れて行きつつありますが、もっそりと立ってただ黙々と粘りつづけていた、この猛牛の姿はいまだに鮮明です。

それにしてもこの選手は不運でした。生涯通算打率として三割は絶対に打てたはずなのに、原田徳三というべら棒にうまい右翼手のせいで・二八四でとどまってしまったからです。原田徳三（あとで改名して督三。また徳光という苗字の時代もあって、そのへんはいろいろとややっこしいが、守備はすっきり、「名手」の二字に尽きます）は、明大を出て中日ドラゴンズに入団、昭和三十三年までの十一年間、右翼を守っていた。千葉と原田は、小生の大ざっぱな計算では最低二百試合はグラウンドで戦っていたと思います。そしてこれまた無責任な計算になりますが、千葉は原田の好捕のおかげで二試合に一本の割合で安打が安打にならずに損をしていたとも思います。

千葉の全打数が五六四三、全安打数が一六〇五、そして通算打率が・二八四。ところでもし、中日の右翼手が原田ではなく、ごく普通の守備力の持主であれば千葉は、二試合に一本の割合で安打がふえるわけですから、二百試合では百本の得。つまり、全安打数が一七〇五となります。これを全打数五六四三で除しますと・三〇二、ちゃんと三割を超える。原田がいたのが、右翼打ちの専門家千葉茂にとっては不運であったと書いた所以《ゆえん》です。

そんなの机上の計算にすぎないじゃないか、とおっしゃる方もあるでしょうから、小生の目撃した光景を証拠として提出いたしましょう。たしか昭和二十八年の初夏の後楽園球場だったと記憶していますが、一回と四回に、千葉は痛烈な右翼ライナーを打ちました。しかしいずれも原田が地上すれすれのところで処理してしまいました。そして六回、三度目の打席、千葉の打球はまたもや右翼を襲った。だが、原田は飛び込んでそれを好捕した。千葉は一塁ベースの手前でまわれ右をし、ベンチに戻りかけたが、ふと立ちどまり、やがてとっとっと右翼へかけて行き、原田に向って帽子を脱ぐと最敬礼しました。「どうか一本ぐらい見逃してくれ」というわけです。このときは拍手が湧きました。千葉の態度がお道化《どけ》ではなく、心底、真剣だったからです。あれをこそ名勝負というのでしょう。

四度目の打席でも千葉は右中間へライナーを打ちましたが、四たび原田のダイビングキャッチにあってだめ。またもや拍手でした。「打ちも打ったり捕りも捕ったり」という言い方は、この二人のためにできたのだ、と小生はずいぶん長い間そう思い込むようつとめていたものです。

名手といえば平山菊二（巨人―大洋）もすごかった。ホームランになる当りを塀際で跳躍一番、逆シングルで捕ってしまう。あまりそういうケースが多いので平山を称して「塀際の魔術師」と呼ぶようになりましたが、彼は塀際でのフットワークを研究しようとして社交ダンスを習ったそうです。おかげで後に球界一のダンスの名手にもなってしまった。また、家のそばにわざわざ後楽園球場のとそっくり同じ塀をつくらせ、五米《メートル》ぐらいのところから走り寄って塀に手をかけて飛ぶ稽古を重ねていたという話ものこっている。

「走・攻・守、三拍子そろった名選手」がもてはやされていますが、ときおり一拍子だけは凄いという名選手が懐しくなることがある。などと昔をしのびたくなるのはやはり年をとったせいでしょうか。

無国籍語の意味

外国人のだれかが私の顔を見て「ディユー」と呼ぼうが、「エロハ」といいながら近づいてこようが、私は一向に平気だろう。

しかし、そのだれかが私に「神よ」と日本語で問いかけてきたら、私は大いにたじろがざるを得ない。私は神ではない。奇蹟どころかトランプ手品ひとつ碌にできない不器用者であるから、そのだれかが間違っているのはたしかだ。私は、そのだれかが自分をからかっているのだろうと判断し、足早やにその場を立ち去るだろう。それでもそのだれかが私の背中へ「神よ、神よ」と連呼するようだったら、私はポケットの中に十円硬貨を探りながら精神病院へ電話をするために、赤電話の方へ近寄って行くだろう。

ディユーもエロハもひとしく神を名指すことばであるが、その双方と私との間に、なんの約定的な意味関連がないので、私は平気だったことは言うまでもない。「ディユー」というフランス語や、「エロハ」というヘブライ語に驚くには、フランス語やヘブライ語と私との間に、学習という約定が出来ていなくてはならないのだが、映画に於てこの約定的な意味関連の最たるものはなにかを探せば、それは台詞《せりふ》とそれに対応するスーパーだろう。

チャップリンはこの約定的な意味関連をたいへんに嫌う。彼が目指すのはつねに自然的な意味関連だけである。

『モダン・タイムス』の全編を通じ、チャップリンがコトバを発するのは結末にただの一回だけであり、それもデタラメな無国籍語による歌だというのは非常に興味深いことだ。デタラメな無国籍語はどんな熱心な勉強家でもお手上げである。そんなものとどんな語学の天才でも約定は結べない。となると残るのは歌だが、これは、恋はよいものだとか、働くのは必要だとか、空腹は辛いとかいうのと同じく、自然的な意味関連である。よい歌なら世界中のだれにもよい歌だ、という意味を持つはずである。

左翼の闘士たちや哲学者たちのコトバは約定的な意味関連の最たるもので、素人はまず約定を学ぶことが必要となる。働く人たちによりよい暮しを約束するために身命を賭する闘士や、人が何のために生きているのかをつきとめようとする哲学者たちのコトバが自然ではなく、約定的であるというのはどうも変だな、と思われてならない。約定的であるということは、約定を学習できない人を当然外へ弾き出す、ということになるからだ。

チャップリンは彼らと正反対のことを試みながら、彼ら以上に闘士であり哲学者である。それはデタラメな無国籍語がたいへんな雄弁に聞える世界、つまり自然的な意味関連の世界に、彼がしっかり足を踏んまえているからだろう。約定は目まぐるしく変転するから、約定的なものはすぐ古くなる。しかし、約定とは関わりのない世界で心田からものをいうチャップリンはいつも新しい。そのことをデタラメな無国籍語が証拠立てているのだ。

「場」を最重視する作家

高校二年のときに観た『熱砂の秘密』が病みつきで以来ワイルダーに夢中になった。これは第二次世界大戦下の北アフリカを舞台にしたスパイ映画。砂漠の町のホテルに英国軍の敗残兵伍長が辿《たど》りつくのがはじまり。伍長は、ホテルの給仕を殺すかなにかして(なにしろ三十六年も前のことなので、このへんの記憶は曖昧だ)、とにかくその給仕に成り澄ます。と、そのホテルへヒトラーの親衛隊長からアフリカ方面軍司令官に転じたロンメル将軍がやってくる。なにしろこのロンメルはナチスの国防軍を指揮してヴィーン(余計なことだが、ここがワイルダー監督の生れ故郷)、プラーハ、ワルシャワに侵入せしめ、第二次大戦の原因を作ったという二十世紀の大悪玉の一人、劇《ドラマ》の圧力がいっぺんにあがる。ところがここからがワイルダーの真骨頂で、英軍伍長が成り澄ました給仕というのがじつはナチスのスパイだったのである。つまり伍長は自分でもそうと気づかぬうちにナチスのスパイになってしまったのだ。ロンメルの副官が味方のスパイだと信じて伍長に接近してくる。伍長は必死で話を合せるが、そのうちに副官が怪しみ出す……。原《も》作《と》がラヨス・ビロ（一八八〇―一九四八）の戯曲（"Hotel Imperial"）だから、なにもかもワイルダーの手柄にしてしまうわけには参らぬが、ホテルという「場」の裏と表とを巧みに生かした彼我《ひが》の攻防、その駆け引き、頭の芯がしびれるほどおもしろかった。『第十七捕虜収容所』も原作《もと》は戯曲（ドナルド・ビーヴァンとエドマンド・トルチンスキとの共作。これまた余計なことだが、ブロードウエイの舞台の演出はホセ・フェラー）、そして「場」は捕虜収容所……。ここまで書けば、もうおわかりのように、この作家は「場所の力」を非常に重視する。筆者の観たものだけで云っても、『失われた週末』のアパートの一室、『サンセット大通り』の無声映画大スターの荒れはてた邸宅、『麗しのサブリナ』の大金持の大邸宅、『七年目の浮気』のアパートの上と下、『翼よ！　あれが巴里の灯だ』の狭苦しい操縦席、『昼下りの情事』のパリの超一流ホテル、『情婦』の法廷、『お熱いのがお好き』の列車内部、あるいは楽団という共同体的「場」、『アパートの鍵貸します』のアパートの部屋……紙幅がないので六本ばかり抜かして、『フロント・ページ』の新聞社など、いずれも物語の展開をできるだけ小さな「場」に閉じこめ、しかもその「場」にあるものは小道具のはてまで活用し（ほんの一例をあげれば『第十七――』の電灯コード、または『フロント・ページ』の書物机）、劇《ドラマ》の圧力を高めておいて、サスペンスと笑いを引き出す。もちろんあらゆる映画監督が「場所の力」を重んじる。レンズがいやおうなくその「場」のすべてを写し出すものである以上、それは当然である。がしかしワイルダーの「場」への執着心は並大抵のものではなく、ほとんど狂的だ。彼と比肩できるのはわが黒澤明ぐらいのものだろう。物語をできるだけ小さな「場」に閉じこめてしまうという作劇法は、映画のもつスペクタクル性にそぐわないが、ワイルダーはそのスペクタクル性の欠如を、人物をより深くおもしろく造型することや語り口のうまさで補っているようだ。こうして「場所の力」を重んじた結果、彼の描く人物は途方もなくおもしろく、彼の話術は絶品中の絶品。筆者は彼のこの人物たちと語り口＝話術とに深甚の敬意を払っている。できればワイルダーの骨法を盗みたい。

「日々難渋也」…心休まる励まし──『全日記小津安二郎』

誕生日当日が命日となった芸術家を、わたしたちは少なくとも二人は知っている。シェイクスピア（四月二十三日）と小津安二郎（十二月十二日）がそうで、どちらもわたしたちに偉大な遺産をのこして世を去った。もっとも「芸術家」だの「偉大な」だのと言うと、二人とも猛然と腹を立てるにちがいない。彼等の願いはただ一つ、「腕のいい職人になろう」というだけだったからである。シェイクスピアについては後日、機会を待つことにして、小津のことを言えば、一九三三（昭和八）年の日記、二月二十日の項に、はっきりとこう書き記している。

〈いい腕の職人にならうとつくづく思ふ〉

この一行を評者は、このほど出版された『全日記小津安二郎』（田中眞澄編纂、フィルムアート社刊）から見つけ出してきたのだが、「全日記」とあるように、これは九百頁近い大冊、なにしろ小津が生前書き遺した日記のうち、現存する三十二冊をすべて載せているから、それで厚いのである。日付で言えば一九三三年、満二十九歳から、一九六三（昭和三十八）年八月、死の四カ月前までの日録（途中で抜けているところもある）が初めて公にされた。

一見、淡淡とした記述が続いているけれども、よく読むと意外な事実が現れてくる。たとえば一九五三（昭和二十八）年につくられた「東京物語」はひょっとしたらその十四年前、砲弾飛び交う中国大陸の前線で、慰問袋の中から出てきた『暗夜行路』を読むことで閃《ひらめ》いたのではなかったか。これは飛躍しすぎるとしても、「東京物語」を撮影する間、小津の映像感覚を深いところで支えつづけていたものは『暗夜行路』だったということは言えそうである。散文名作を砥石《といし》にして、彼は映像名作を独創したのだ。

ところでこの書物のいたるところに書き記された〈仕事例の如く難渋也〉という文が、仕事を持つあらゆる者たちを励ます。常に食べ物に興味を持ち、呑《の》みすぎで二日酔いに悩み、なにかというと借金を重ね、読書と相撲と野球をたのしみとしながら、しかしいつも〈ストーリー思案　難渋　冷汗なり〉、〈ストーリーの貧困をかこつ〉のだ。「東京物語」を書いているときも〈仕事日々難渋也〉。この人でさえこうなのだから、こちらも難渋して当たり前という気になり、ずいぶん心が休まる。

概して勤勉な人だったようだが、ときにはこんなこともあった。

〈一日　家／会社に行くにはズボンの膝《ひざ》が伸びてゐる　それに髭《ひげ》も伸びてゐる／雪どけで路もわるさうだし　とりたてて用もない　これだけ条件があれば　先づ行かない方が

当然だ〉（一九三五・二・五）
この手の諧謔《かいぎやく》は随所にちりばめられていて、たとえば一九六一（昭和三十六）年四月八日、
〈晴　文部省の芸術選奨授賞式に出る　外務省にて脱糞《だつぷん》……▲春がすむ霞ヶ関の外務省にふと立ちよりてうんこなどする／▲いみじくも外務省とは名づけたり務めて外に脱糞はする〉
他人の悪口や批判を排して感傷や感慨を抑え、善悪の判断は一切避けて簡潔に固有名詞を列挙するという書き方、そしてその中に小さく弾けるユーモア。ここに集められた日記はそのまま小津映画の魅力を写し取っているかのようだ。おしまいに、一九三九（昭和十四）年の前線日記から、いかにも小津らしいと思うくだりを引く。
〈今　永修河をさしハさんで敵と対峙《たいじ》してゐる。河幅は二三百米……　敵味方とも河に水汲《く》みに行く。この時ハお互に打たない。打たないことが暗々のうちの黙契となつてゐる。戦争も永びけバこんな話が生れる〉

忘れられない映画監督

佐々木康（一九〇八―九三）は、私には忘れられない映画監督です。五歳の男の子にも女神のようにまぶしく見えた高峰三枝子の『純情二重奏』（一九三九）から始まって、主題歌「リンゴの唄」をはじめて聞いた『そよかぜ』（一九四五）、大坂志郎と幾野道子のキスを見て卒倒しそうになった日本最初の接吻物語『はたちの青春』（一九四六）、そして、その後の美空ひばりの音楽映画まで、佐々木康は私たちに娯楽をせっせと配給しつづけてくれた大切な監督の一人でした。ほかの監督の映画もたくさん観ましたが、この人の作品を観ると、胸のもやもやがいつの間にか収まってしまうのがふしぎでした。

その佐々木康のお子さんたちの監修のもとに編まれた『楽天楽観　映画監督佐々木康』（円尾敏郎・横山幸則共編、ワイズ出版）は、〈あらゆることを肯定的に見た男。メロドラマ、ミュージカル、時代劇映画百六十八本、テレビ映画五百本〉という、まことに多作なこの映画作家の仕事をあますことなく伝えています。五六〇頁の大作ですが、スチールやスナップなど写真が二百七十三葉もあって、それを眺めているだけでたのしい。

巻頭に収められているのは、佐々木康が生前に書いた「カチンコ人生」で、それによると、彼は秋田の大地主の息子。その坊っちゃんが「活動屋には部屋を貸すな」といわれていたほど評判のよくなかった映画界に入るいきさつは、庶民精神史の貴重な証言です。

松竹蒲田に入ってみると、当時の所長城戸四郎が、〈やたらに試験の好きな人で、助監督に川柳を詠ませてそれを種に三巻ものの脚本を書かせたり〉していたようで、この修業時代がおもしろい。彼が助監督としてついたのは小津安二郎と清水宏。そのころ清水宏と田中絹代は同棲していたが、田中絹代は慶応野球部の水原茂が大好きで、〈水原の顔を見ると絹代さんが途端に朗らかになるのである。傍目にも惚れているのが歴然としていた。その水原を（慶応の合宿所へ）呼びに行くのが私の役目〉だったが、あるとき、〈一週間の予定で熱海にロケーションに行った清水監督が、気分が乗らないと言って二日目に（撮影所に）帰ってきた。〉キネマ旬報を取ってきてくれと言いつかって、家へ行くと、〈水原が来ていた。キネマ旬報を持って帰ってしばらくすると、清水監督に「だれか客はいなかったか」とたずねられた。わかっているのである。「いえ、だれもおりませんでした」と私は絹代さんをかばった。こんなことが重なって、間もなく清水監督と絹代さんは別れた。〉あちこちにちりばめられた映画スターのゴシップ集にもわくわくしました。

この本の後半に収められた、家族のインタビュー集が、また傑作です。佐々木康は郷里の資産家の娘さんと見合い結婚をしたのですが、この奥さんが夫の大酒と女出入りに苦しんでいた。幼いころの私たちの英雄、佐々木康は無邪気な大酒呑みで、女性に惚れやすかった。そして、長女の英子さんはこう証言します。

〈父が亡くなるとき、「今まで苦労させてごめんね」って母に言ったら、「許さね」って母が言った……母の口ぐせで、「今に見てなさい。私は復讐する」って言ってたんです。〉

私たちを楽しませてくれたこの映画監督も、実生活ではなかなか大変だったらしい。佐々木映画のあの屈託のなさは、家庭の屈託から生まれたものだったのですね。これまでの類書にないこの本のずっしりとした重みは、このあたりから生まれてきているのかもしれません。

（平成一六年二月二九日）

好きだからけなせる――〝淀川長治流〟の批評

六年前、淀川長治さんの著書、『シネマパラダイス』（集英社）の帯紙に次のように書いた。

〈むかし、ギリシャに、「批評とは、批評の対象を愛し抜くことだ」と喝破した偉い哲学者がいた。いま、この日本に、映画を愛しながらひたすら何十年も生きてきた人がいる。その人の名はむろん淀川長治である。映画に全身全霊を傾けたその生き方に心を揺すぶられないものはだれもいないだろう。

ここにあるのは、二十世紀がわたしたちに与えてくれた最大の贈物である映画の、名作も駄作も含むその全体を愛しつづけてきた淀川さんの集大成である。映画を愛し抜くことで作り手と受け手とをたえず励ましつづけてきたこの偉大な批評家の仕事を、わたしたちもまた全身全霊で受け止めようではないか。〉

この考えは、いまでも変わらない。本を批評しなければならないときは、淀川さんに及ばないまでも、「一つでもよいところがあれば、命がけでほめる。だめな本は取り上げない」というのをただ一つの原則にしている。

　こう思うようになったのは、十代の末、東北の国立療養所で働いていたころに出会った、ある医師のことばに影響されているのかもしれない。療養所長と大学教授を兼ねていた彼は、ことあるたびに、若い医局員にこう説いていた。

「われわれが扱うのは病気そのものではなく、病気に苦しむ人間である。そこで、診立《みた》てを明るい方に誤って言ったときの治療効果は絶大だ。それができない医師はどう見ても職業の選択を誤ったとしか言いようがない」

　診立てを明るい方に誤って言うとは、患者に希望を与えることと同義で、希望こそが最良の良薬であるというのが彼の信条だったのである。こういう医師がいいかどうかは議論の余地があるとしても、批評ということがらに限って言えば、これはすてきな態度である。対象を明るく見る態度が、わが国の批評（文学、演劇、美術、そして音楽の別を問わない）に乏しいからだ。対象に愛情を持っているかどうか疑わしい無愛想な批評、不機嫌にけなして、渋面でこきおろして、偉そうに踏みつけて、せっかくの芽を無残に毟《むし》り取ってしまう体《てい》の、陰気な批評が多すぎるのだ。

　中には、「わたしは文学が嫌いだ。文学に未来はない」とうそぶきながら、文学批評に携わる珍奇な豪傑も珍しくない。演劇批評にしても同じこと。陰気で弾まない筆使いで、まず粗筋を紹介し、ちょっと褒めてから、最後にたっぷりけなしておしまいという定型の中で、いやいや仕事をしているひとが多い。彼等は、自分が批評しようとしている対象を、演劇を愛していないのである。愛してもいないものについて、つべこべ言ってもらっては、命がけでやっている者が迷惑する。

もちろん、だから褒めてほしいと甘えているわけではないので、たとえば、岡田喜一郎さんの編んだ『淀川長治名語録』によれば、淀川さんは次のようであったらしい。

〈尊敬している監督の映画を見ようとするとき、もしも悪かったらどうしようと考えるとこわくなるんです。『ベルリン天使の詩』『パリ、テキサス』を高く評価していたビム・ベンダース監督の『夢の涯てまでも』を見たとき、あまりのひどさに体がふるえ、食欲はゼロ。ひとりでホテルに戻って、もしも、これで死んでしまったら、自分の映画人生はいったいなんだったのかと思ってしまった。ざるそばが食べられるようになったのは、次の日の夕方……。〉

ここまで徹底しなくてもいいが、ひどい作物《さくぶつ》を読んだり観たりしたときは、「いい加減なものを作って、よくもおれの愛しているものを汚してくれたな」と一回分の食欲がなくなるぐらい怒ってもらいたい。できれば、その怒りをユーモアに転化して、鋭い皮肉の針でグサリと刺してもらえれば、一層ありがたい。こういう烈しい批評は景気がよくて結構である。どんな批評であれ、根っこに対象への愛があれば、それは批評された者にとっても慈雨となる。

もっとも、彼等ばかり責めるのは酷かもしれない。彼等の不機嫌な渋面は、この国の写しかもしれないからである。

けなすのは偉い、褒めるのは甘いという道学者風な癖。説教好きで深刻ぶる癖。妙に詮索《せんさく》しておいて、ポイと放り出す無責任な癖。そういった癖で、この国はできている。もっと言えば、わたしたちは、自分の日常生活を本気で愛していない。愛していると言うなら、ことばを含めて、この国の風土と先人たちとがしっかり作り上げてきた生活文化を、これほどあっさり捨ててしまうことはなかったろう。

商品カタログに次つぎに欲望をそそり立てられ、その欲望がうまく叶《かな》えられないために、不機嫌な渋面になっているわたしたちにサヨナラを言って、淀川さんは遠いところへ旅立ってしまった。こうして、わたしたちは、ほんとうの意味での批評家をまた一人失ってしまったのである。


（一九九八年十一月）

Ⅵ　スペイン女優の大きなハンドバック

若尾文子

わたしが仙台一高に入学したのは昭和二十五年の春であるが、すでにそのとき、わたしの高校には「アップ伝説」が、はっきりと存在していた。

先輩たちは入学したわたしたちに開口一番、こう言ったものだ。

「おまえたちはバカだ。なぜ、もう一年早く入学しなかったのだ。一年早ければアップを拝むことができたのに」

「アップってなんですか？」

「わが校の近くに仙台二女高という県立の女学校があるがそこにすごい美少女がいたのだ。彼女は女学生には珍しく髪をアップにしていた。だからアップよ」

「そんなにきれいだったんですか？」

「きれいなんてものじゃない。宮城千賀子と宮城野由美子と香川京子をたして三で割って、それで出た答えにエリザベス・テーラーを加えたような美少女だった」

わたしは特にこの伝説にひかれ、先輩たちの間をかけずりまわってそのアップという、

画　山藤章二（295・299・303頁共）

あだ名の少女のことを調べあげた。その調査結果を総合すると次の如くになる。

アップは東京から疎開してきた。そしてそのまま仙台に居つき、二女高に通うかたわら、仙台一高前のキャンデー屋でアルバイトをしていた。アップの父親は東京に居たころ時事新報の記者だった。が、仙台での職業は不明。わたしたちが仙台一高に入学する二カ月前、仙台に長谷川一夫一座が実演にやってきたが、アップは三日間、長谷川一夫の楽屋に座り込み、弟子入りを懇願したらしい。長谷川一夫は、とうとうアップの根気に負けて、まだ高校二年生だった彼女を連れて東京へ帰って行った……。

調査を終えたとき、わたしは思わずこう叫んだ。

「長谷川一夫のばか！　なぜ今年仙台に来たんだ。来年来ればよかったのに」

もっともそれからしばらくして、わたしたちはアップを拝む機会をつかむことができた。といっても大映直営の映画館のスクリーンの上でだったが。アップは若尾文子という名で『十代の性典』に出演していたのである。

他人のことはいざ知らず、わたしには、この映画はすばらしい名画だった。一週間に十七回見た。ダニー・ケイの『虹を掴む男』の三十二回半につぐ記録である。

「アップ伝説」は、いまでも仙台地方で根深く語られ続けている。このあいだは二女高時代の若尾さんの担任の先生の話をうかがった。

「アップは父親孝行だった。父親は酒飲みですぐその辺に転がって寝てしまうクセがあったが、アップがそのそばに一時間でも二時間でも付き添い、にこにこしながら介抱していた。その姿が忘れられぬ」

わたしは一昨年一度だけ若尾さんにお目にかかった。そのとき「若尾さん」と言おうとするのだが「アップ……」というコトバが出てくるのでとても困った。

さあれ、わたしは若尾さんについてはほとんど何も知らぬ。わたしの知っているのはアップという少女のことだけである。

三波伸介

喜劇役者の条件のひとつは、顔と声とが互いに裏切り合っていることだろうと、わたしはかねてから考えている。もっと詳しくいうと、顔が三枚目で、声が二枚目の喜劇役者は、ほとんど例外なく大成する。森繁久彌さんは顔が二枚目まがいの三枚目だが、声はすばらしく立派である。なにしろ元アナウンサーだから立派なのは当たり前だが。渥美清さんも同様で、声質は正統である。そして三波伸介さんも、この系譜に属し、声質は若山弦蔵さんにほぼ匹敵するほどの超一級品で、低く含みがあって、彼の声を聞くだけで、しびれると言っている女性ファンもいるほどなのだ。

このすばらしい声を容貌が完全に裏切る。ここにすでに笑いがある。聖と俗、正と奇、真面目と滑稽《こっけい》が同居しているわけだ。言い方を変えれば、三波伸介さんが立っていて、一声出す、それだけでおかしいのである。彼の容貌を声が裏切るから、彼の存在そのものが笑えてくるのだ。喜劇役者としてはなんという得なお人だろう。

わたしは三年間、てんぷくトリオの座付作者を務めさせていただいたが、じつにいい

三波伸介

加減な座付作者だったと思う。なにしろ題名とプロット（荒筋）だけで、中身が出来ていない場合がしばしばあった。三波さんはそのたびに自分で台本をこしらえていた。つまり三波さんは台本作者としても有能なのだ。ときには自分でギャグ（笑わせる工夫）をつくらねばならないというのも、喜劇役者の大切な仕事のひとつだが、三波さんにはそれが出来る。これは大した武器である。

三波さんにはもうひとつ武器がある。それはしっかりした基礎があるという武器だ。若い頃、新劇の研究生をかなり長いことしていたよ、といつかわたしにも彼は言っていたが、彼の芝居の段取りというか役柄の展開の仕方が、いわゆるコメディアン（悪い意味での）のそれではなく、一個の演技者としてのそれであることは、この人の芝居を一度ごらんになればどなたも賛成してくださるだろう。三波さんのよき相棒の伊東四朗さんにもこのことは言えるのだが、芝居がきちんとしていることが、てんぷくトリオをトリオブーム以後も生き残らせているのだろう。笑いは聖なるものや正なるものから噴出する異端であり道化である。聖にして正なるものなしでは、笑いは生まれない。「きちんとした芝居」はその聖であり正でもある。これを持ち合わせている喜劇役者は強い。

かつての仲間だったよしみで三波さんにひとつ望みたいことがある。あの怒った顔と笑った顔のほかに、もうひとつ別の顔を持ってほしいということだ。渥美清さんには寅さんという顔がある。あれに匹敵するものをじっくりと心掛けてほしいなあ。すくなくともこのあいだの映画『ダメおやじ』はダメだった。あのダメおやじには聖にして正なるものがなかった。

熊倉一雄

熊倉一雄さんともし出会わなければ、わたしの戯曲を書き出す時期が数年遅くなっていただろうと思う。「日本人のへそ」という芝居にしろ「表裏源内蛙合戦」という戯曲にしろ、熊倉さんの強い要請がなければ、わたしの三十代に出来あがったかどうかは怪しい。

それほど、わたしにとってかかわりの深い人でありながら、さて、最初に熊倉さんに会ったのがいつだったか、ときかれるとそれがわからないのだ。とにかく気がついたとき、わたしは「熊倉さんのために一本戯曲を書きますよ」と約束していた。昭和四十一年ごろのことである。

そのころ、わたしは放送作家だったが、ある奇癖があって各局のディレクターたちに敬遠されていた。わたしの書く台本にはかならずといっていいくらい、歌が入っていたからである。しかも、台本の他の部分の直しに応じるのに、歌を割愛したいという要求には、わたしは絶対に首を縦に振らなかった。ディレクターとしては改めて別の台本作

熊倉一雄

家に仕事を依頼し直すかそれとも歌を入れたままで先へ作業を続けるか、いつも頭を痛めなくてはならなかったわけで、こんなやっかいな作者が重用されるわけはないのだが、なぜディレクターたちが頭を痛めたかといえば、歌える役者の数が少ないからだった。つまり、わたしの台本に出演する役者の顔ぶれがいつも同じメンバーになってしまうのである。そのいつものメンバーに熊倉さんがいた。なにしろこの人は若いころ、ある交響楽団でピッコロを奏していたほどで、楽譜は初見で歌える。しかもこの人はあくまで役者であって歌手ではない。したがって歌詞を明瞭《めいりよう》に歌うことができた。これはわが日本では希有《けう》のことである。

こうしていつの間にか、熊倉さんとわたしはコンビになっていった。正確には作曲家の宇野誠一郎さんを加えてトリオと称すべきかもしれないが……。

熊倉さんと一緒に芝居をするようになって、気がついたことは彼が空手の有段者であるという事実である。このことが熊倉さんの演技術や演出術にすくなからぬ影響を与えているのではないかとわたしは思う。

空手は孤独な武芸である。手足の運用をひとつ誤れば相手を死に至らしめるほどのものなので、空手者は常にひとりで演武を行わねばならぬ。

こじつけかもしれないが、熊倉さんの演出はだから物体を扱うときに恐ろしいまでの切れ味を発揮する。とくに小道具に関する独創力では、日本でこの人に比肩する演出家はいないだろう。ただ孤独を愛好するために、悪い意味での政治力がない。これは人間としてはすばらしい美点だ。しかし、熊倉さんにはスタッフやキャストに対してもっと政治的にと願わずにはいられない。政治的でないことが演出家としては欠点になりかねないからである。思えば芝居なんていやな世渡りだ。政治家気取りの人ほど演出家としてはうまいのだから。

黒柳徹子

黒柳徹子さんをひと言で評するなら「会うたびにびっくりさせられる人」ということになるだろう。

彼女と仕事で一緒に組んだのは十二年ぐらい前、NHKの子どものためのラジオミュージカルが最初だが、このときの黒柳さんは著名な、というよりも第一級の俳優であるにもかかわらず、スタジオのマイクの前に音楽録音のときに演奏家たちの使う譜面台を置き、その上にのせた台本を読みながら、出前のラーメンをすすっていた。黒柳さんも人であるから口はひとつのはずである。なのに「読む」と「すする」を同時に、しかも、矛盾なくこなしておられるのに、わたしは仰天した。そしてもうひとつ、女優さんがなんのてらいもなく衆人環視のなかで無心にラーメンをすすっていることになぜだかわからないが感動した。

このラジオミュージカルは三年続いたが、この期間は毎週彼女にびっくりさせられ通しだった。

ボス！
地球語には
自信があった
んですが
何しろ早口で……
黒柳徹子

たとえば彼女の笑うときの大声、アハハハと豪快無比であった。豪快だからといって「男のような」という形容句を持ってくるのは早とちりのそしりを免れぬ。女らしくて豪快なのだ。巴御前の笑い声もかく豪快で女っぽかったんだろうなあ、と思われるようなアハハハだった。

あるとき、スタジオから副調整室（いわゆる金魚バチという所）へ不意に飛び込んできて小ワキに抱えていた舶来の写真集をわたしたちの前にひろげ、

「ねえみなさん、パンダってかわいいでしょ！」

と叫んだことがある。

今なら三歳の童子でもパンダを知っているが、その当時、日本でパンダの存在に気がついたのは百人に満たなかっただろう。当然のことながらわたしたちは唖然《あぜん》として彼女を眺めていた。十分ばかり、彼女は例の早口でパンダという動物がいかに珍重するに値いするものかをまくし立てた。

このときの仰天は、その早口に対する畏怖ともうひとつ、ずいぶん勉強家なのだな、という驚きもあった。

数年前、ＮＨＫの食堂でひょっこり黒柳さんに会ったとき、

「こんど一年ばかりニューヨークに住むことにしたの。さようなら」

と言ったのでまた驚いた。

この間、あるところでわたしがシェークスピア学者のヤン・コットさんと通訳を介して話をしていると、ちょうど黒柳さんが居合わせ、たちまちコットさんと早口の英語で話し出したのでたまげた。一年の彼地の生活で英語をマスターするのは可能だとしても、それを早口でというところがなにやら面妖である。

この次に黒柳さんにお目にかかる時と場所がいつどこかはわからない。が、きっとわたしは彼女にまたびっくりさせられることだろう。何度お目にかかっても底の知れない、大きな女性である。

ふたりのサントウについて

このさき人類がどのような運命を辿《たど》ることになるのか、それはだれにもわからないが、このわからないというところが、われわれ文筆業者のつけめ、そこへつけこんで勝手な駄法螺《だぼら》を吹きちらして飯の種にありつく。この小文もそういった手のものであることは申し上げるまでもない。ところで筆者はいまからちょうど二百年後の人類がどうなっているだろうかと想像してみた。二百年後の地球はまさに地獄の様相を呈している。アメリカ・ソ連・ECの連合軍と中国・インド・アフリカ諸国の混成軍との間に、全地球的な規模での大戦争が行われ、人類はほとんど絶滅の危機に瀕《ひん》し、戦火は鎮まったものの放射能や生化学兵器の残滓《ざんし》だらけで地球はもはや人間の住めるような所ではなくなってしまっている。そこで生き残った人びとは宇宙船を仕立てて、新天地を求めて旅立っていった。そのなかのひとつ「ヤポニカ号」は収容人口五万人の大巨船、その人口のほとんどが日本人である。適当な惑星植民地が見つからないので、ヤポニカ号はそれ自体がひとつの小惑星となって宇宙空間をさまよい歩く。そんな或る日、ひとりの文学研究家が船内の一室にささやかな図書館を開設した。以下に書き記すのは開館式における、館長でもあるその文学研究家の開館の挨拶である。

……ご来館のみなさん、わたくしは館長の矢島丈夫士《やじまじょうふし》であります。丈夫士とは妙な名前で、わたくしも嫌いなのですが、どうやら両親が「丈夫に士《おとこ》らしく」と願って付けたものであるらしい、そんなわけでこの名前を捨てられないでおります。さてこのたび船長さんはじめみなさんの力強い後押しのおかげをもちまして、ごらんのとおりの図書館ができあがりました。閲覧用の机が一〇、椅子が五〇、そして蔵書が三〇〇〇という、まことに小さなものではありますが、うれしくてなりません。船長さんはじめこの船のスタッフの方々は船内に部屋が足りなくて困っていらっしゃるのに、こうやって一部屋確保してくださいました。そして乗客のみなさんは、地球生活のかたみに、またかつて日本という国に住んでいたことの記念にと、大切に持って出られた書物を寄付してくださいました。わたくしは地球におりました時分、さる私立大学の文学部で教鞭《きょうべん》をとっていましたし、そのころから船長と個人的におつきあいさせていただいていたこともあって、大学の蔵書のうちから日本古典文学大系と現代日本文学全集、そして世界文学全集の三種約五〇〇冊を、船長さんの特別の許可をいただいてこの船内に持ち込んでいたのでありますが、とても五〇〇冊では図書館の開設などおぼつかなかったでしょう。みなさんからの二五〇〇冊があったからこそ、このような図書館もつくることができたのです。いわばこれはこの宇宙船が総力をあげて敢行したはじめての事業、そしてそのことに船のすべての人が善意と奉仕とを結集してくださった、それがわたくしにはうれしくてならない。

さてここにある三〇〇〇冊は、いってみれば二〇〇〇年の日本文化の総遺産でありますす。とにかくこの宇宙に日本語の書物はこの三〇〇〇冊しかない。日本民族が二〇〇〇年のあいだせっせと励んで築きあげた文化的所為がわずかにこれだけ、ちょっと淋しい気もいたしますが、とにかくわたくしたちは新しいヤポニカ文化の創造をこの小さな図書館からはじめるしかないのであります。この三〇〇〇冊を読んで読んで読み抜いて、かつて日本という国が持っていたうちのよいものをきちんと受けつぎたいものだと思います。

ところでわたくしは二十二世紀日本文学、いわゆる現代文学を専攻しておりましたので、文学史には恥しながら疎いのでありますが、蔵書の整理をしながらあれこれ読んでいるうちにおもしろいことに気づきました。ご承知のように二十世紀後半の日本に山藤章二という似顔絵作者がおりました。二十一世紀後半から今世紀にかけて、大戦争やら天変地異やらが続き、あらゆる資料が灰になったり、汚染したりしていましたから、たいていの芸術家は忘れ去られてしまい、二十世紀の芸術家といえば夏目漱石とこの山藤章二の二人しかわたくしたちは知らないのでありますが、この山藤章二の傑作『山藤章二のブラック〃アングル』(一九七八年刊)をめくっておりますうちに、わたくしはそれよりもさらに二百年前に数々の名作を発表していた山東京伝という戯作者のことをふと連想してしまったのであります。山東京伝の短篇は日本古典文学大系にいくつか入っておりますので、そのうちお読みになる機会がおありでしょうが、このふたりはいろんなところが似ております。

第一に名前に共通点がある。山東は音で読んで「サントウ」です。山藤《やまふじ》も音読すれば「サントウ」である。

次に、デビューの仕方にも共通点がある。山東京伝は当時の文壇の大御所でありお目つけ役であった蜀山人《しょくさんじん》に認められて世に出ておりますが、山藤章二も当時、新人の才能を見抜くことにかけては名人上手という評判のあった飯沢匡《いいざわただす》という作家の目にとまり、その後援を得て世に出ている。この飯沢匡という作家も、調べてみますとなかなかおもしろい。調べてみると申しましてもまったく資料がなく、文学全集に数篇の戯曲が掲載されているだけですが、この人の戯曲を読みますと、遠いはるかな昭和期の世相がまざまざと目前によみがえってまいります。小説というスタイルの作品も手がけていたらしい、ということもわかっております。ただし、当時の批評家はいわゆるおもしろい小説については点が辛く——これはもう文学史の常識ですが——そのせいでしょう、戯曲以外の作品はすべて黙殺され、その断片ものこされていない。ざんねんなことです。

次に山東と山藤、すなわちふたりのサントウは最初、画家として出発しています。山東ははじめ浮世絵の画工・北尾政演《まさのぶ》として仕事をはじめている。ところが絵に思いつきの戯言《ざれごと》を書き入れているうちに、そっちのほうが高く評価され、次第に文章家としても才能をのばしだした。そして画の才と文の才とが渾然《こんぜん》一体となったとき、つづけざまに当時の絵物語本であった黄表紙に傑作名作を生み出した。一方、山藤も商業美術の分野で仕事をはじめ、やがて一連の似顔絵で大当りをとり、さらにその絵に詞書《ことばがき》を入れるという新技法によって作家としての地位を決定的にいたしました。山東の黄表紙の絵もじつは一種の似顔絵です。そのころ大衆の娯楽の王座に君臨していた歌舞伎の役者に似せた人物や吉原の全盛おいらんや評判の小町娘などを自作のなかで活躍させている。ここらあたりふたりのサントウの技法は軌を一にしております。さらにふたりの絵や詞書には当時の世相が圧縮して貯蔵してあって、こちらに知識や教養があればあるほど深読みができます。つまり、享受者の程度がたとえ低くても、それなりにふたりのサントウの作品をたのしむことができるし、享受者の程度が高ければ高いなりにまた奥深いたのしみかたができる。偉大な作品はすべてこのような構造を持っているものです。このふたりのサントウに「偉大な……」という冠をいくつかぶせても決してほめすぎるということはない。ここでひとつ注釈をつけておきますと、とくに山藤の作品群は、二十世紀後半の日本史を研究する人びとには第一級の資料となるでしょう。そのころ田中某という、「昭和の田沼意次《たぬまおきつぐ》」と綽名《あだな》された政治家がいた。写真もこの図書館の蔵書のどれか一冊にあったはずですが、たとえ一〇〇枚の写真を並べられたところで田中某がどういう人物であったかよくはつかめない。ところが山藤の絵が一枚あればぴんとくる。田中某の「人物」が胸の奥まで入ってくる。図書館には前述の『山藤章二のブラック＝アングル』のほかに『山藤章二の似顔絵で見る二十世紀後半日本人物大全集』（全二十四巻。一九九〇年刊）が揃《そろ》っております。船長さんが寄付してくださったものですが、どうかじっくりと眺め、丁寧に詞書をお読みいただきたい。

ところで似顔を描くということは、モデルの特徴をずばと摑《つか》み出し、それを誇張しつつ批判することだろうと思うのですが、すぐれた似顔絵作家は「ことばのひびき」にも敏感で、あることばの、特徴的なひびきを捉《とら》え、それにさまざまな知的加工をほどこします。これを俗には「ことばあそび」といいます。日本語がことば遊びに向いた言語であることはいまでは常識ですが、二十世紀においてはそうではなかった。「なんだ、駄洒落《だじゃれ》じゃないか」とことごとに軽蔑《けいべつ》されていたようであります。現在という安全この上ない高所から過去を一方的に裁くのはまちがいですが、それにしても当時の、一種異様な「厳粛主義」には呆《あき》れ果ててしまいます。山藤の功績はそういう時代風潮を気にもとめず、その詞書でこつこつと「ことばあそび」を展開したことで、その点でも高く評価されてしかるべきでしょう。「ことばあそび」は口先でするのではない、じつは脳で行うのである、したがってこれは人間の根本的行為に属する、ということを当時の識者が理解できていたら、おそらく彼の稿料はもっとあがったことでしょうに。

ふたりのサントウの共通点はまだまだありますが、時間がありませんので、もうひとつあげるにとどめておきましょう。山東は「でか鼻」で有名でした。そこで彼は自作中に「でか鼻」をばらまいている。同じことを山藤はブラック氏という分身を仕立てて行っております。べつに申せばでか鼻やブラック氏の「位置《ポジション》」によって、そのときのサントウの対象《モデル》との距離がわかるという仕掛けになっている。この技法は作品の構造を多層化するのに効力があるというものの、凡手が用いると逆作用が生じます。かえって平板になり、作品がごたごたしてしまうのであります。しかしふたりのサントウはこの技法を完璧《かんぺき》なまでに駆使している。どうかそのあたりにもご注目を。

とまあこのようなわけで、わたくしは二十世紀の山藤はひそかに十八世紀の山東を研究していたのではないかと推測しているのでありますが、たびたび申し上げておりますように、資料が決定的に乏しい。ですから依然として推測にとどまっております。あるいは、山藤はまったく山東の影響を受けなかったかもしれぬ。ともに大きな才能を持っていたために偶然同じ軌跡を描いた、それだけのことであるかもしれませぬ。

いずれにしても、わたくしはこの図書館におさめられている蔵書だけにたよって以上のようなことを思案いたしたわけで、つまりわずか三〇〇〇冊の書物であっても、その読み方によってはこのような夢想も可能であるということを、一例としてみなさんに提示してみたかった。これからの旅も長い。理想の惑星に辿りつくまで、あと何十年、いや何百年かかるかわからない。この気の遠くなるほど長い旅の無聊《ぶりよう》を、いままさに誕生しようとしている図書館がいささかでもお慰めできればとねがっております。本日はどうもありがとうございました。

（昭和五十三年七月）

てんぷくトリオ

三波伸介《みなみしんすけ》、戸塚睦夫《とつかむつお》、そして伊東四朗《いとうしろう》の、てんぷくトリオの座付作者になったのは、日本テレビの井原高忠《いはらたかただ》さんに勧められたからだった。

井原さんは、この国のテレビバラエティショーの、文字通りの開拓者である。このテレビショービジネスの恩人が発明発案した〈本邦初演的仕事〉を列挙すれば、テレビスタジオの改造、それによる魔法的演出、集団作家制、本邦初の公開ショー番組、番組専属ダンシングチームの養成、「11PM」による深夜の視聴者の開拓、一時間半のギャグ集成「ゲバゲバ90分」、チャリティ二十四時間テレビの創案……こんな調子で並べて行ったらこの『小説現代』の今月号が一冊まるまる井原さんの業績で埋まってしまうので、興味のある方は井原さんの快著『元祖テレビ屋大奮戦！』（文藝春秋）に当たってみられるがよろしい。もっともすでに絶版になっているかもしれない。日本のテレビ史を考えるときにどうしても欠かすことのできないこのような基本資料は文庫になっていなければならないのだが……どなたかどうか文庫にしてください。

それはとにかく、井原さんが払ってくださった台本料もすこぶる破格なものであって、井原さんのもとで三十分の台本を一本手掛けると、その原稿料がＮＨＫの「ひょっこりひょうたん島」の十回分に相当したといえば、だいたいの見当はつけていただけるはずである。

その井原さんから、「てんぷくトリオの台本を専門に書いてみてはいかが。あなたは浅草の文芸部の経験があるし、演劇の素養もあるようだから、がんばればきっとおもしろいものが書けると思いますよ」と勧められて、それまでも知らない仲ではなかったが、初めてきちんとマネージャーの澤龍《さわりゅう》さんに会った。

このときの澤さんの話がおもしろかったので、その中からいくつかご紹介しよう。いずれも、てんぷくトリオが人気街道の入口に立って二、三歩歩き出したころの話である。

あちこちから仕事の口がかかるようになり、車が必要になった。衣裳や小道具を担いで電車で東奔西走するのはたいへんだから、車があれば大いに助かる。けれどもあまりお金がなかったので、澤さんはルノーの中古小型車をさんざん値切って手に入れた。初めて車に乗った日のこと、「おれたちもついに車を持つ身分になった。のちのちの記念にもなるから、銀座通りを走ろうではないか」ということになり、澤さんは車を銀座に乗り入れた。後部座席に乗っていた三波さんと戸塚さんが、「おれたちはいま、自分たちの車で銀座を走っているんだぜ。ヤッホー」と気炎を上げ、床を踏みならした。途端に床が抜けてしまい、そのあと二人は足で地面を駆けながら、それでも「これはおれたちの車だぜ」と叫んでいた。

だれかが「自前の鬘《かつら》がほしい」と言い出したが、そのお金がない。そこでまただれかが発案して、浅草の貸し鬘屋に目をつけた。ここの若旦那は芝居好きのお人善しで知られていた。そこで若旦那から一時に五つも六つも鬘を借り出し、返すときに一つ、ちょろまかすという手を考えた。作戦がうまくはまって、鬘が一つ、二つとたまっていった。もちろん若旦那の方もそのうちに「なんかおかしい」と気づいて、てんぷくトリオの出演している小屋を偵察にきた。そして舞台を見て「あ、あれはうちの鬘だ」と叫びながら舞台裏へ飛んで行った。舞台の三人はその叫び声を聞いて、とっさに鬘を外して舞台装置の押入れかなんかに隠してしまう。舞台の袖へやってきた若旦那は舞台を覗き込んで仰天する。芝居がいつの間にか現代劇になっているではないか。おかしいなと首を捻《ひね》りながら、客席へ戻ると、舞台はさっき見たように時代劇になっている。「やっぱり、うちの鬘だ」とまた舞台裏へ飛んで行く……。時代劇が一瞬にして現代劇になり、次の瞬間にまた時代劇に戻るわけだから、なにも知らない者には、これは大仕掛なギャグである。お客は大喜びだった。中には「これはただのドタバタではない。ひょっとしたらこれは前衛劇というものではないか」と妙に感心して帰ったインテリ客もいたらしい。

……「もちろん出世してから、鬘代はちゃんと払いましたよ」と、おしまいに澤さんが言った。

新宿のキャバレーの掛け持ちをやっていたころ、澤さんは、あるキャバレーの支配人から、三人が女装して演じる寸劇をやってくれないかと頼まれた。「三人の女装を見たあとは、うちの女の子がお客にはみんな美人に見えるはずだからね」と支配人もそれなりに考えていたわけである。さっそく三人を説き伏せて女装コントをやってみると、とても評判がいい。こうしてしばらく三人は女装したまま新宿のキャバレーをあっちからこっちへと駆け回って稼いでいたが、ある夜のこと、いつものように女装の三人が移動していると、おかまバーの「女」たちがしみじみとこう言い交しているのが耳に入った。

「いくらあたしたちでも、あすこまでは出来ないわよネー」

もっとも最後のは、浅草フランス座社長の松倉久幸さんから後《のち》に聞いた話のような気もするが、とにかくわたしはこんな人たちと一緒に仕事ができたら楽しかろうなと考えて、座付きになる決心を固めたのだった。

別冊で思い出すこととなると

テレビ連続人形劇の脚本、新劇の劇団の上演戯曲、それに『小説現代』に連作小説と、三種の表現型式を同時進行で引き受けてむやみやたらに書きまくったのが崇ったのか、御茶ノ水駅近くの大学病院の歯科病棟に入院した。疲労が顔や体に出ずに、歯にあらわれる質《たち》なのだ。へんな質である。その頃——とは十五年ばかり前のことだが、「悪い歯は直ちに抜去しましょう」というケシカラヌ治療法が全盛で、十日間で抜かれた歯の数は十三本。口の中が急にグラウンドほども広くなったような気がした。多少熱が出て氷《ひょう》嚢《のう》を額にのせて臥《ふせ》っているところへ、満面にやさしい微笑を湛えた青年が現われ、「別冊文藝春秋に小説を書きませんか。戯曲集を読んで見当をつけたのですが、江戸の戯作者を主人公にしたものがいいと思います」とすすめてくれた。このことを小説現代のOさんに報告すると、Oさんが云われるには、「別冊から声がかかったということは直木賞があなたの射程距離に入ってきたということです。いまから半年間、時間を差し上げます。うちの雑誌がお願いした約束は全部、反故にしてしまいましょう。なにもかも放り出して別冊の仕事に体当りしてください。それに直木賞が遠かろうと近かろうと別冊はいい雑誌です。ほんとうに小説が好きな人たちのための小説雑誌ですよ」。プロ野球でいえば、これで移籍の手続きが終ったのである。さっそくわたしは十返舎一九の修業時代を小説にしはじめたが、脱稿までに八カ月ばかりかかった。小説における句読点の効果、小説における場面転換のコツなど、いちいち病院に現われた青年、Nさんから教わった。脱稿後も題名がきまらない。苦しまぎれに、「江戸茶番八景というのでどうでしょう」と思いつきを云うと、Nさんは顔を真ッ赤にして赤鬼のようになり、「そんないい加減な題名をつけたりして、満天下に恥をさらすつもりですか」と一喝した。日頃のやさしい顔からは信じられないようなきびしい声音だったのでびっくりした。そしてびっくりした拍子に心の底のそのまた底で出番を待っていた「手鎖心中」という四文字がゆっくりと浮び上ってきた。

その次の号からNさんはわたしを文藝春秋ビル二階の第三会議室というところへ閉じ込めた。Nさんは、この男の辞書には「締切」というコトバがないらしいと見てとったのではないかと思われる。こうしてわたしは年に四回、一回平均十日間ぐらいの割合で第三会議室に逗留することになった。部屋の広さは小学校の教室ぐらい、そこへ折たたみベッドや寝袋を持ちこみ、机の上に資料や辞典類を塩梅よく並べ、壁に新聞紙二頁大のグラフを貼り、天井に嵌め殺しの拡声器にダンボール紙で蓋をすると、だいたいの準備はおしまい。グラフは横軸に日付が、縦軸に枚数が記してあり、一日目は二十枚のところに、二日目は四十枚のところに、三日目は六十枚のところにそれぞれ黒々と点が打たれている。そしてこれらの点を結ぶと角度三十度ぐらいの直線が得られる。これが理想の執筆進行直線である。理想の、という枕詞《まくらことば》がつくのだから守られたためしがない。実動直線はいつも六、七度といったところだった。ではそんなものをなぜ貼り出さなければならないのか。たぶん自分を追い立てるための儀式だったのではないかと思う。

天井の嵌め殺しの拡声器からはたえず社員を呼ぶ女性の声が降ってきていた。「××さん、キューヨへご連絡ください」と、その型式は常にきまっていた。キューヨとは給与か。文藝春秋の給料日は不定で、各人が勝手な日に給与へ呼び出されて月給をもらうのか。毎日のように呼び出されている社員がいるが、彼は日給で雇われているのだろうか。こういう下らないことをつい考えてしまうので、拡声器をダンボール紙で塞ぐ必要があったのである。なお程なく天井からの声の正体を突きとめた。「キューヨ」は数字の「九」の聞きちがいだった。交換台のお嬢さんが、席にはいないが社内のどこかにはたしかにいる社員に、外から電話が入っているから九番（交換台）に連絡をくれと呼びかけていたのである。キューをキューヨと聞き取るなぞ日常ではあり得ないことである。やはり緊張していたのだ。

儀式はまだまだつづく。たとえば社内での夜遊び。深夜の編集部をうろついて、備付

の雑誌を読破し、それでも足りずに投稿原稿を精読する。一時期の投稿原稿に、

「朝、目をさますと……」

という書き出しではじまる小説が多かった。カフカの影響もあるだろうけれど、短編の冒頭は、そう始めるのが手ッ取り早くていい。こっちも投稿家と同じぐらい初心だから、そう書き出す気持がよくわかる。ところがそのうちの一編に、

「朝、目をさますと、目の前がまっくらだった」

というのがあって思わず引き込まれてしまった。主人公は天変地異がおこったのではないか、突然目が悪くなったのではないか、女房が劇薬をかけたのではないかとあれこれ思案し（五枚ほどの小品だったのだけれども）、ついに結末で謎を解く。

「気がつくと彼は半分寝呆けていて、まだ目蓋を開いていないのだった」

凄い作品があったものである。こちらは書き出す前でまったく自信がないから、感心して打ちのめされてしまう。——とこんなことで時間を潰していると、やがてNさんが改まった口調で云いにくる。

「直言します。このままでは載らなくなってしまいますが、それでもいいのですか。あなたは満天下に恥をさらすつもりですか」

するとわたしは機械仕掛の執筆人形のようにコツコツ枡目を埋めはじめるのだった。思えばまったく怠けていたわけでもなかったのではないだろうか。第三会議室をベース

キャンプにして社内を浮遊しながら、わたしはわたしなりにこれから書こうとしている作品のうちになにかしっかりした大黒柱をうちたてようと四苦八苦していたのだろう。Nさんはその様子をじっと見ていて、「ここだ」というときに喝を入れてくれたにちがいない。Nさんの時宜を得た喝のおかげで、「汚点《しみ》」、「江戸の夕立ち」、「四十一番の少年」と、わたしは小説書きとしての経歴をどうやらこうやら無事にはじめることができたのである。こんなことを書かれてNさんは迷惑がるだろうと思うけれども、別冊の思い出ということになると、どうしてもやさしい顔ときびしい顔を使い分けて、わたしを後押ししてくれたこの編集者のことを書かずにすますわけには行かないのである。

小沢昭一の二つの冒険——唐来参和

この、四十枚足らずの小説を芝居小屋にかけてみよう、と最初に言い出したのは小沢昭一さんである。聞いて私はほとんど啞然とした。小説と戯曲の二足の草鞋《わらじ》をはいているので、思いついた素材や題材が小説という形式を欲しているのか、戯曲という表現で陽の目を見たがっているのか、私にはよくわかっているはずだった。唐来参和の生涯は一人称小説で表現するのが最もふさわしいと考えたからこそ小説にしたのである。それを戯曲に化けさせてみせよう、と小沢昭一さんは言う。とすると、私のやり方はまちがっているのだろうか。そう思って啞然《あぜん》としたのだった。そう言えば小沢昭一さんは、かつて、永井荷風の小説の戯曲化に大成功した実績がある。小沢さんは、荷風の小説を、脚色という作業抜きで、いきなりそのまま舞台にのせて、みごとな演劇的時・空間を創り出したのだ。小沢昭一さんにはきっとなにか成算があるにちがいない。そこで小沢昭一さんの「成算の舟」に私は安心して乗る気になった。

演出の長与孝子さんは演劇界では新人だけれど、ラジオドラマの世界では知らぬ人のない大立者《おおだてもの》である。安部公房さんがまだ新人作家のころ、いちはやくその才能を見抜いて、彼に連続ラジオドラマを依頼した。私はそのドラマを聞いて育ったうちの一人である。このように長与孝子さんは才能を掘り起こす才能に恵まれた演出家で、小沢昭一さんも無名時代から彼女と仕事をしている。フランキー堺《け》、(作者としての)小野田勇、露口茂、藤村有弘……、みな然り。私もまたその末席を汚がす。小沢昭一さんは、そこで今回、彼女の舞台演出家としての才能を掘り出す方に回った。

小説をそのまま舞台にのせるという冒険、そして新しい舞台演出家を世に出そうという冒険、この二つの冒険に小沢昭一さんが成功しますように。

(公演パンフレット 一九八四年九月)

木村教信者の弁

戯曲を書いているときの自分をいったい何が支えてくれるのだろうか。まだ現前していない舞台を凝視しながら原稿用紙の枡目を一字一字埋めて行く作業は心細く、いまにも発狂しそうに切ない仕事だが、迷って迷って迷い抜く書き手をいったい何が支えてくれているのか。小説では、この心細さや切なさはあまりない。書くことで、書いていることの内容が、半分は客観的になるからだ。ゲラ刷になりすべてが活字化されると、その作品のもう八、九割は「わかってしまう」。あるいは「わかったようなつもりになってしまう」のだが、戯曲はそうは行かない。初日がきて、舞台のもろもろが観客によって現象化・定着化されないうちは、戯曲は客観的にならないのである。

このへんの事情はなかなかこみ入っているので、別の、もっと通俗的なたとえを用いて説明することにしよう。小説は、ひょっとすると絵と似ているかもしれない。小説家は画家と同じように、自分で自分の創作過程を客体化する（他人事《ひとごと》のように見る）ことができる。一筆ごとにその意味を、その効果をたしかめることができる。ところが戯曲作家は写真家と似ていて自分の作品を現像液や定着液のなかにもぐらせてはじめて、その作品を理解するのである。すくなくともぼくには、事情は右の如くである。舞台に乗ってはじめて「ああ、そういうことだったのか」と、自分の主題をおくればせながら自分で発見して驚いたりしてしまうのだ。

だがしかし、自分の創作過程を客体化することなしに、ものをつくることはできない相談であって、創作中の自分の判断力が頼りにならないことを知っている書き手は、それぞれ独自の、そして秘密の鏡を持っている。ぼくの場合は演出家木村光一さんがその鏡だ。丸一日かかって書き上げた十数枚を木村さんに渡して、その様子を凝《じっ》と窺う。木村さんがにやりとしたらしめたものだ。ぼくは「木村さんが受けていたから、ここまでは間違っていない」と得心して（つまり「創作過程を客体化して」）、さらに前へ進む。つまり迷って迷って迷い抜いているぼくを支えてくれるのは木村さんの、原稿を読むときの小さな、こまかい反応であって、もし木村さんが渋面《しぶづら》をしたら、そこまでの原稿は破棄しなければならない。

書き手はこれでなかなか狡いから、あるいは兎のように敏感で臆病だから、演出家の儀礼的な反応にはだまされたりしない。「この人は大事な場面では決して嘘はつかない」という保証がないかぎり、彼の表情の微妙な変化に作品の運命を賭けたりはしない。つまり、木村さんは正直であるということに全力を傾けている人なのだ。だからこそ書き手を支えていてくださるのである。

——とここまでの屁理屈を、さらに通俗的にまとめると、ぼくは「木村さんに受ける戯曲をいつまでも書いていたい」と考えているようだ。「木村さんに見放されたら戯曲作家としてはおしまいだ」と心の底から思っている。「だから一作ごとに木村さんを、うれしいよろこびで不意打にしてやろう」

と書くと「木村、木村とうるさいやつだ。だいたいお前は演出家に受けることばかり考えていて、観客の存在を忘れている。そんな芝居書きがどこにいるものか」とおっしゃる方もおいでかもしれないが、じつは「木村、木村とうるさくしていてもよい」のである。偉大な演出家が例外なくそうであるように、木村さんもまた観客の目をお持ちだ。ぼくはその目をも、また信ずる。

スペイン女優の大きなハンドバッグ

このあいだ、ヌリア・エスペールというスペインの大女優（日本でいうと、たとえば杉村春子さんのような存在）が、わたしの書いた「化粧」という一人芝居を上演したいと云って、はるばる我が家を訪ねてきた。彼女は日本語ができるので、コーヒーをのみながらテーブルの上に載っていた本をしばらく読み散らしていたが、そのうちに、うちの五歳になる息子の愛読書で、和田誠さんが文章を書いている『おさる日記』（一九九四年、偕成社刊、絵は村上康成）を熱心に読みはじめた。

そのあいだに小さな地震が二度ほどあったが、日本に来ると、だれかれ構わず三十分間に一度の割合いで、

「今日はジシンがあるでしょうか」

と聞くぐらい地震嫌いの彼女が、眉毛一本、動かさない。それどころか地震が来たのさえまるで気づかぬふうであった。つまり彼女はそれほど『おさる日記』に夢中になっていたのである。じつはぼくも、この『おさる日記』を読んだとき、彼女と同じように

肝ッ玉でんぐり返しを演じたことがあるので、

「和田さんの作品が今日も国境を越えたのだな」

と思って、にこにこしていた。

読み終えた彼女は我が家を吹き飛ばしそうな大きな溜息を一つしてから（ちなみに、彼女はたいそうな美人だが、口は日本人の三倍は大きい）、ひとりごとのように、

「こんなおもしろい絵本はひさしぶりよ。なによりも最後のどんでん返しがスゴイ。それにこれは、見方によっては、おそろしいお話だわねえ」

と云い、それから、こう訊いてきた。

「この和田さんて、どんな作家なの」

「彼はすぐれた画家でもあるのです」

ぼくは『週刊文春』を数冊、持ってきて彼女の前に並べた。

「日本人は、毎週一回、駅の売店で、街頭の新聞売場で、彼の絵を鑑賞することになっているのですよ。彼は日本人の美意識を、彼等がそれとは知らないうちに、大いに養ってやっているわけです」

それからぼくは宝物にしている和田さんのポスターを押入れの奥から引っ張り出して、

「ぼくの芝居のポスターも何点か描いてくださっています。この街の喫茶店や料理店にも貼ってもらうよう頼んでいるのですが、和田さんのポスターは剝がしに行く手間が省

けるので大助かりです。つまりお店の人がすっかり気に入ってしまって、ぼくが剝がしに行く前に、さっさと自分で剝がして家に持って帰ってくれるのです。それどころか、貼り出した途端に目の色を変えて『その和田さんのポスターちょうだい』と云ってくる客がたくさんいる。それほど、彼の描くポスターには人気があるのです」

さらにぼくは胸ポケットからハイライトを出して火を点けた。

「この煙草のパッケージも彼の作品です。これが出てから煙草のイメージがすっかり変わりました。煙草はからだに悪いらしいですが、しかしぼくはこのハイライトがあるかぎり煙草はやめません。じつはぼくは煙草を吸っているのではなく和田さんのパッケージを吸っているらしいんです。健康より和田誠の方がよほど大事なんですよ。それから彼は装幀家としても超一流の仕事をしていますし、それから似顔絵の大家でもある……」

「わかった。彼は作家にして画家なのね」

「その上、彼は映画監督でもあります」

ぼくはビデオフィルムの棚から『麻雀放浪記』を出した。

「この処女作ですでに彼は、はっきりと自分のスタイルを打ち出しています。そんな映画作家はじつに稀ですよ。アニメーション・フィルムにも『殺人《マーダー》！』という大傑作がある」

「……作家で画家で映画監督なのね」

「同時に彼はすぐれた翻訳家です」

ぼくは本棚から和田さんの訳したマザー・グース詩集を取り出した。

「これまでいろんな人がマザー・グースを翻訳しましたが、和田さんのものが一番、原詩の雰囲気に近いのじゃないでしょうか。日本語のできる英国人がそう云っているのですから、この評言は信じるに足りるとおもいますよ」

「作家で画家で映画監督で、そして翻訳家……」

「作曲家でもあります」

こんどは『うたのほん　4人目の王さま』を出した。

「ハモニカで吹いてみましたが、いずれも佳曲ですな。この中に『しかられた夜のうた』という唄があるのですが、うちの息子がなにか悪さをしだしたときはこの唄をうたってやります。そうすると、この唄が怖《こわ》さに悪さをやめてしまう。それほどの傑作です」

スペインの大女優はぼくの手からハイライトを一本抜いて火を点け、それから盛大に煙を吹き出して（彼女の鼻の穴も日本人の三倍はある）、その煙幕の陰でぽつりとこう云った。

「レオナルド・ダ・ビンチみたいな人ねえ」

「まさにその通り。文字通りの天才ですよ」

「だったら、さぞかしむずかしい人なんでしょうね」

「いいえ、それがホトケサマのような人柄なんです。たとえば、ぼくが新作戯曲を書くことになって役者さんのスケジュールを押さえ、和田さんにポスターをお願いする。ところが出来た戯曲が自分の気に入らないというので、公演を中止する。この場合、あらゆるところへ補償金を支払わなければなりません」

「当然、そうなるわね」

「しかし和田さんだけは補償金は要らないと仰《おつしや》る。一円だって受け取ろうとなさらない。ですから、毎晩、和田さんのお住まいになっている方角へ手を合わせてから床に入るようにしています」

「なんだかわたしも彼に芝居のポスターを頼みたくなってしまったわ」

「機会を見つけてぜひそうなさってください。失望なさることは絶対にありませんから。じつはこれでもまだ彼の仕事を全部、紹介していないのですよ。そうだ、この本を持って帰って飛行機の中でごらんになってください」

ぼくはこの『銀座界隈ドキドキの日々』を書架から取り出した。

「ここに挿入されている図版を見るだけでも、彼の仕事の驚くべき多様さと、その質の高さがお分かりになるでしょうから。それに、日本語の教科書としても、この本はすぐれていますよ。和田さんぐらい癖のない、平明で正確な日本語を書く人は稀です。それでいて全ページに上質のヒューモアが溢れている。ほんとうによい日本語の手本のような文章が綴られているのです。お読みになれば、彼の人柄もお分かりになるのではないでしょうか。ここでは彼の青春時代が扱われていますが、その時分から彼はお金を取らずに仕事をしていたことがわかります。つまり彼はお金で仕事をする人じゃなくて、仕事を愛するがゆえに仕事をする人なんですね」

「ほんとうのプロはたいていそうですよ」

そう云いながらスペインの大女優は、いかにも大事そうに『銀座界隈ドキドキの日々』をハンドバッグに収めた。彼女のハンドバッグもやはりバカに大きくて、日本人が持つものと比べて三倍は容量があった。

渥美清とフランス座

大衆芸能の牙城が生んだ俳優

初めて渥美清さんに出会ったのは昭和三十一年、一九五六年の師走でした。ところは浅草フランス座というストリップ劇場です。

ストリップ劇場というと、読者諸賢は、「ああ、例のナマイタ、ホンバンの……」とお思いになるにちがいないけれども、そのころのストリップ劇場は現在のヌード劇場とはちがう、丸で質がちがいます。今のは衛生博覧会か生体解剖実験みたいなもので、ひと言で云って、およそえげつない見世物ですし、なによりも当時のストリップ・ショウには、上等から下等までを含めて「笑い」があった。観客を笑殺するのが、劇場の第一の仕事だったのです。引きかえ、今のヌード・ショウには笑いがありませんね。そこが根本的にちがいます。加えて云うなら、その頃のストリップ劇場は、踊り子二十数名、歌手数名、喜劇俳優を十名以上も擁し、さらに十人前後の専属楽団を抱えた堂々たる劇場でした。こういう劇場も今はどこにもありません。

客席数にしても三、四百席もあって、手本はブロードウェイのショウか、パリのフォーリー・ベルジェールのショウで、それに日本風の味付けをしたものでした。もっと云えば、踊り、歌、スケッチ（日本の言い方ではコント）を、ショウの文法に従いながら流れるように構成したもので、昭和初年にエノケンたちが始めたヴォードヴィル・ショウやヴァラエティ・ショウの流れを汲んだ、それなりに洒落た演目をかけていました。

つまらない理屈をこねているようですが、このことは渥美清さん始め、当時の俳優諸氏や踊り子さんたちの名誉のためにどうしても云っておかなければなりません。踊り子さんにしても、全裸なんて警察が許してくれない。最大に露出しても乳房までが限界でした。この、乳房まで露出する踊り子さんのことをヌードさんと云い、これは四人もいなかったのではないでしょうか。つまり劇場は女のハダカを見せることよりも、プロの踊り手の踊りを見せることに重点があった。そしてお客を笑わせて帰す。いわば当時のストリップ・ショウは、日本人の品性が今よりよほど高貴だった時代の大衆芸術の牙城でした。ついでに云うと、番組の構成は、基本的には一時間半のショウと一時間内外の喜劇の二本立てで、二つあわせて上演時間は三時間でした。

その時分、都内のストリップ劇場の大半を、東洋興業という会社が抱えていました。「フランス座」という名称がついているのはみんなこの東洋興業の傘下で、俗に浅草フランス座がストリップ界の東京大学といわれていた。そして新宿フランス座が早稲田大学、池袋フランス座が立教大学、浅草ロック座がなぜかストリップ界の日本大学ということになっていました。

仮にも大学というからには、高校があるはずですが、これに当たるのは、浅草の百万弗《ドル》劇場、美人座、浅草座といったところ、あるいは横浜セントラルなどの東京周辺の小屋でしょうか。この伝で云えば、喜劇役者の中学は地方巡回劇団ということになります。

また「大学」卒業後にもそれなりの進路があって、丸ノ内の日劇ミュージックホールが東大大学院でしょうか。ここを経て、日劇の「春の踊り」や「夏の踊り」に出演すると、いわば大蔵省へ入省したようなもの。さらにここから映画に出るとか、そのころ仕事を始めたテレビに行くとか、社会の中に喜劇役者のための登攀《とうはん》装置が埋め込まれていたのです。逆に云えば、一人前の喜劇役者になるには、生の舞台で、それも厳しい観客の前で、長い間、修業しなければならなかった。また、そうやって育っただけに俳優として長持ちするわけで、渥美清さんはこの社会システムが生んだ最後の、そして最大の俳優だったと思います。

文芸部員と進行係

わたしが浅草フランス座に入る気になったのは、「文芸部員／野球部員募集。採用人員四名」という新聞広告を見たからでした。文芸と野球の両方に惹かれたわけです。試験当日、浅草田島町の東洋興業の本社に行くと、建物を二百人以上もの応募者が取り囲んでいる。面接ではこう聞かれた。

「踊り子のヒモになろうだなんて考えているんじゃないでしょうな」

こんな顔でヒモになれるとは思いません、と答えました。これで面接は合格です。不思議な会社で、面接のあとに学科試験があった。「一週間以内に五十枚の一幕劇を書いて持ってくるように」というのです。

戯曲を提出したのは四人か五人だったそうで、丸山さんという早稲田の学生さんと私とが、とくに出来がよかったらしく、ストリップ界の最高学府である浅草フランス座の文芸部に配属されることになりました。

文芸部員の修業は進行係から始まります。進行役というのは、常に舞台の下手袖にいて、緞帳《どんちょう》の上げ下げ、センターマイクの上げ下げ、引き幕の開け閉じ、小道具の出し入れ、照明さんや大道具さんや楽団へのきっかけ出し、引き玉（これでピストルの発射音を出す）引き、出の遅れている踊り子さんたちへの督促など、舞台の進行すべてを掌握するという面白い仕事です。そのせいで劇場内の情報は全部、進行係に集まってくる。ところが、谷幹一さんも、関敬六さんも、踊り子さんたちもみんな、二言目には、

「渥美ちゃんが戻ってくる」

と噂している。出演者ばかりではなく、観客を含めて小屋全体が、まるで救い主でも待つように、渥美清という役者の復帰を心待ちにしているのです。

劇場の中では、大道具の親方が一番の見巧者《みごうしゃ》です。何十年来の経験で、「この芝居は当たる」「この役者は伸びる」といったことに独特の勘を持っている。浅草フランス座の親方は小柄だけれど、火消しの兄貴分みたいな、喧嘩の強そうなおじさんで、つまらない芝居のときは控室で将棋ばかり指している。将棋の相手をしながら、渥美清とはどういう役者か聞いてみると、

「博打大好きの大酒呑み、喧嘩ッ早くて暴れ者だが、とんでもなく面白い役者だ」

という答。

「めちゃくちゃな生活で病気になり、東京近辺にある結核療養所で片肺を切り取る手術を受けて療養中だったんだよ。それが全快して帰ってくる。こんなめでたいことはない。渥美清を目当てにお客がどっと押しかけてくるぜ」

暮れも押し詰まったころ、ラクダ色の外套をふわりと羽織った渥美さんが劇場へやってきた。格好はパリッとしているのに、顔が空前絶後の面白さです。それに入ってきたときの「いよっ」という声がじつに二枚目なんですね。後で気づいたことですが、いい喜劇役者は、自分の体の中に矛盾したものを二つ以上併せ持っていないといけないんですね。何か欠けていると同時に、何か過剰なものを持っていること。渥美さんは声が過

剰なほどよかった。思わず、ぞくぞくっとしました。

「進行さんの書いた芝居、おれがやるんだってね」

例の学科試験の代わりに提出した「看護婦の部屋」という芝居を、正月に、渥美さんの主演でやることになっていました。

渥美さんは、一銭玉の禿げが点々とあるカツラをかぶって、「少し足りない青年」を演《や》るのを得意にしていました。少し足りない役というのはむずかしいんです。この役は全体にわたってボケていなければならないのだが同時に、ときどき鋭いツッコミにもならなくてはならない。つまりボケとツッコミの両方できないとこなせないんですね。わたしの書いた芝居は、ある個人病院に国家試験を補欠でようやっと合格した若院長が帰ってくるという筋立て。医師の国家試験に補欠があるかどうか知りませんが、とにかくこの若院長は一滴でも血を見ると、その場で失神してしまうという頼りないお医者で、これはボケ役の技術を使う。しかし看護婦さんに使う色目はじつに素早いものがあって、これはツッコミ。この二つをくるくると演じわけて、それは面白かった。なるほど、これが噂の渥美清だったのかと納得しました。

けれども、噂とちがうところもあった。というのは、酒も呑まなければ煙草も吸わないんですね。喧嘩早いどころか、いつもにこにこしている。何か途方もないところに目標を定めて、その目標へ真っ直ぐ驀進《ばくしん》するんだ、片肺を失って体もそう丈夫じゃないのだし、余計なことにこだわるのはよそう。そういう単純明快で、強い意志、気合いのようなものをいつも感じさせられました。

これ以上ないぐらい真面目で、舞台をトチることなど一度もない。それどころか少なくとも五分前には、舞台の袖にやってきて、出を待っている。丸山さんとわたしは、仕事の合間を見て飯盒《はんごう》で米を炊き、一個五円のコロッケで食事をするのですが、その虎の子のコロッケを「うまそうだねえ」と食べてしまう。そうして、そのときにすごいことを云うんです。

「おれたちの芝居の間は、絶対にお客に弁当は使わせないからね」

あのころは芝居の始まりが午前十一時半、外回りの会社員の方々がサボって来ていて、芝居の間に弁当を使う。おかげで場内がプーンと沢庵臭くなる。男というのは妙に見栄っ張りで、踊り子さんの前では弁当をひろげないんですね。芝居の間に腹拵えをしておいて、何喰わぬ顔でショウを観る。

「ものを食うついでに見られてたまりますか。笑わせつづけに笑わせて、弁当のことを忘れさせてやりますから。弁当なんて休憩時間に食えばいいんだ」

そう言い捨てて、舞台へ出て行く。これは渥美さんと云わず、男優たち全員の覚悟だったように思います。そういう心意気でやるんですから、毎日、わくわくするような舞台が実現していました。

コメディアンたちの格闘

「進行さん、今日の芝居は全部大河内伝次郎で演るからね」

　これも渥美さんの得意な台詞《せりふ》でした。

　初日から四、五日たつと、台詞が入って動きも決まってくる。そうなると演っていてもつまらなくなるらしいのです。そこで全編、大河内伝次郎の物真似で演るんですね。それに対抗して谷幹一さん、関敬六さん、長門勇さんといった役者さんも、対抗上、片岡千恵蔵や阪東妻三郎の物真似で受ける。さきほどの「看護婦の部屋」で云えば、なぜか若院長が片目片手の丹下左膳ふうになるわけです。そうして同僚の医者が片目の運転手（千恵蔵の当たり役）や無法松（阪妻の当たり役）になってしまうんですね。こうなるともう台本などあってないようなもので、手術室でメスを片手に大立ち回り、全員で喰うか喰われるかの、その回、一回だけの芝居になる。芝居というより、だれにしてもぐっと詰まれば負けですから、様ざまな奥の手を繰り出して急場急場を切り抜ける。芝居を観ているというより、人生の戦いそのものを見ているような気になったものです。

　次の回は、森繁になり、伴淳になり、ロッパになり、エノケンになり、徳川夢声になり、ときには天皇にまでなってしまう。いい役者さんというのは物真似の才能もあるようですね。つまり他人の演技を見て、その演技の大事なところ、お客さんに受けているところをぱっと摑み、しかもそれを次に自分で表現することができなければならない。演技の極意を物真似で勉強していたのだと思います。がそれは後の話。わたしたちは袖で始終、笑い転げていました。そこへ渥美さんが汗をびっしょりかきながら舞台から戻ってきて、こう云うのが決まりでした。

「どう、似てたかい」

あるいはこうです。

「トンカチ（大道具）の親方が見ていてくれたかな」

どうやら渥美さんはお客の受け具合と同じように見巧者の親方の反応が気になるようでした。もちろん親方は毎回、渥美さんの芝居を大道具の陰から夢中になって見ていましたが。

ショウの間を利用して、渥美さんが観音様の境内で香具師《やし》を始めたのに驚いたことがあります。渥美さんは若い頃、香具師、つまりテキ屋の下で働いていたことがあるらしいのですね。

「そのときの伝手《つて》でやらしてもらうことになったのよ」

わたしが見たのは電機製品と万年筆のタンカ売りで、たとえば、

「たまには女房孝行、家族孝行がしたくはありませんか」

というのが第一声です。これで道行く人の足を止めてしまう。そしてダンボール箱を大

事そうに撫で回しながら、

「この箱の中には、今話題の電機製品が入っている。これ一台あれば、家中がパッと明るくなるよ。おまけに便利で、いろんなものが楽しめて、さらに勉強になる」

たいていの人が中味はテレビかなんかじゃないのかなと思います。

「今日はおふくろの命日だから、商売気は抜き、原価でみなさんに奉仕したい。この時計と剃刀《かみそり》をつけて五万円、と云いたいところだが、こうやって道端でお願いしているのだから、そんなにはいただかない。三万、二万、えい、一万でいいや。持ってけ、泥棒」

　実際のタンカはもっとずっと面白いんですが、おおむねこんなことを云いながら、売るんです。テレビが一万ではいかにも安いから、あっと云う間に売れてしまう。

　ところが中味は電気スタンドなんですね。たしかに家中がパッと明るくなるし、トランプもやれるし、繕い物もできるし、便利で楽しいものではある。スタンドの下で本を読めば勉強にもなる。しかし騙されたことにかわりはない。でも売るときの口上が面白かったし、時計もついているし、まあ、いいか。そうやってみんな苦笑いしながら諦めるわけです。

　ときたまタンカ売りをやっていたのは、たぶん台詞の勉強のためだったのではないでしょうか。タンカ売りほど、ことばの力を鍛えるのに好都合なものはないからです。

まず、ことばの力で通行人の足を止めさせる。次に、ことばの力で、その通行人を近くへ引き寄せ、財布の紐をほどかせる。そしてことばの力でネタがばれてもお客が怒らないようにする。どれ一つとってもことばの力によらないものはない。渥美さんの台詞回しのよさ、切れ味の鋭さ、そして声のよさは、天賦のものもあったでしょうが、こういった努力にも支えられていたのだと思います。

渥美さんのために書いたスケッチで忘れられないのは、近眼で難聴のアナウンサーものです。ひどい近眼でめちゃくちゃな難聴ですから、始めからおしまいまで原稿を読み違えている。しかも、妙に感受性が豊かで、ニュースの内容に敏感に反応して、読みながらすぐ怒り出したり、泣き出したりする。これはおかしかったですよ。古くは藤村有弘が、最近ではタモリが、デタラメ外国語の名人上手ですが、渥美さんのデタラメ外国語も大したものでした。というわけで、浅草時代の渥美さんは、どちらかというと「知的なおしゃべりの天才」でした。俳優渥美清の真の面白さを引き出すためには、彼と対抗できるような強力無比な才能の登場を待たねばならなかった。それがまず、「夢であいましょう」(NHK総合)の永六輔さんでした。そしてとどめが山田洋次さんであり、山田さんと組んで『男はつらいよ』の脚本を書き続けた朝間義隆さんだったのですね。

浅草時代の楽屋生活も傑作の連続でしたよ。一つだけエピソードを紹介しますと、浅草フランス座の近くにセントルイスという喫茶店があって、ここのカレーライスはおいしいことで天下に鳴り響いていました。新宿中村屋と浅草セントルイスとではどっちがおいしいかという論争があったぐらいです。とりわけ永井荷風が大好きで、「カレーはセントルイスにとどめをさす」と云い、御贔屓《ごひいき》のロック座の踊り子さんたちにもよく御馳走していました。ところで関敬六さんは内職の達人で、そのころ楽屋内でちり紙や化粧品を売り歩いていた。そしてあるとき、セントルイスのカレーに目をつけた。カレー汁を一人前、買ってきて、それに水を差し五人前ぐらいにふやしてしまう。そして御飯を炊いて、踊り子さんたちに、

「七十円のセントルイスのカレーが、半値以下の三十円だよ。どう、食べてよ」

と売って歩いた。ところが目算が外れてちっとも注文がない。そこで渥美さんや谷さんが、「しょうがねえなあ」と云いながら、食べてやっていました。ほんとうに三人とも仲がよかった。渥美さんが病気になる前の一時期、アパートを三人で借りて、一枚の布団に三人でくるまって寝ていたこともあったらしい。渥美さんはよくこう云っていました。

「夜中にふと気づくと布団はそっくり関のところへ行っちゃってるのよ。あいつは生活能力があるんだよなあ」

渥美さんが病気で療養しているあいだ、二人が毎週交代で見舞いに行っていたそうで、昭和三十四（一九五九）年に「スリー・ポケッツ」というトリオを結成したのも、三人

がほんとうに仲良しだったからです。

このトリオに人気が出始め、テレビ出演もふえて、脱線トリオ（由利徹、南利明、八《は》波《ば》むと志）の後続として充分にやって行けるという評判が立ち始めたころ、テレビに出演した後、三人で日本テレビの前の中華料理店の二階に上がって、ギョーザやシューマイを山のように取り寄せて、大いに盛り上がったことがある。ところがその最中に渥美さんが箸を置いて、ぽつんと「おれはやめるよ」と云い出した。びっくりした二人が、「やっと物事がうまく行き出したところじゃないか。どうして今やめなきゃいけないんだ」と聞くと、渥美さんは「いや、この方向におれの将来はないような気がするんだよ」と答えた。普通なら大喧嘩になるところですが、二人とも、「渥美ちゃんがそう云うんならしょうがないな」と、あっさりトリオ解散を決めてしまった。これはその時、同席していたプロデューサーから聞いた話ですが、やはり谷さんや関さんには渥美さんがよく分かっていたんでしょうね、「こいつはきっと大成する。だから自分たちの枠に嵌《は》め込もうとしてはいけない。おれたちとやるより、一人になってぐんぐん出世した方がいい。こいつの邪魔をしちゃいけない」という風に。

渥美さんは二人の友情に終生、感謝していたように思われます。それは関敬六劇団の凱旋興行を見ればよく分かる。関さんは栃木県足利市の出身で、年に一度、故郷で興行をやるんですが、谷さんはむろんのこと、渥美さんまでが一劇団員として参加するんです。そして足利の人たちの前で、関さんを「座長、座長」と立てまくるんですね。足利の人たちは、「あの渥美清が、われらが関敬六を、座長、座長と呼んでいる。いやあ、敬六も立派になったものだなあ」と感心する。渥美さんたちは関さんに、年に一回、故郷へ錦を飾らせて上げていたわけですね。

スリー・ポケッツを解散してからの渥美さんの活躍には目をみはりました。浅草時代から「知性的な役者」で、どんな下らない役、または汚れ役をやっても、品を失わないところがありましたが、「夢であいましょう」では、その知性にいっそう磨きがかかったようでした。小野田勇脚本の「若い季節」（NHK総合）も面白かった。これは当時のスターや芸達者な役者たちを総動員した連続コメディですが、渥美さんはスターや芸達者たちを相手に一歩も引けを取らない芝居で渡り合い、わたしたちにはそれが嬉しくて仕方がなかった。つまり渥美さんがいい仕事をするたびに、たまたま浅草で一緒に芝居をしていた者はもちろん、そのころ客席から渥美さんを見ていた人たちまでが、自分のことのように嬉しがった。云うならば、渥美さんは浅草ゆかりの者たちの希望の星でした。野茂投手の成績を日本人みんなが気にかけているのとよく似ています。

渥美さんと再び付き合うようになったのは、直木賞をもらったのがきっかけです。お祝いに浅草ですき焼きを御馳走になり、それからときどき会っていろんな話をするようになりましたが、会うたびに出る定番の話題があります。渥美さんがこう切り出すのが始まり。

「療養所というところは淋しいねえ」

たとえば御主人が入所する。奥さんが毎日のように面会に通ってくる。

「おれがこんなになってからは、おまえさんが働きに出ているわけだし、家のこともあるし、毎日、見舞いに来なくてもいいんだよ。だいたいおまえさんの体が保《も》たないだろう」

そんなことを云いながらも御主人は嬉しそうにしている。ところがそのうちに、面会が二日に一度、週に一度、月に一度というふうにだんだん間遠になる。御主人は周囲に、

「うちの奴、ちょいとした仕事を任されて、忙しくやっているらしいんですよ」

と陽気に振舞っているが、ふとうつむいた顔に力がない。やがて奥さんがふっつり姿を現さなくなる。そして、奥さんが他の男と連れ立って映画を観ていたという噂……。

「なにが淋しいといって、あれほど淋しい風景はないねえ」

わたしも一時期、療養所で働いていましたから、同じような風景を何度も目にしてきました。ですから渥美さんの云う意味がよく分かる。話を聞くたびに、この人は地獄を見てきたなと思ったものです。あの人の人生にたいする思い切り方は、ひょっとしたらこういった風景が元になっているのかもしれませんね。

渥美さんは大変な勉強家でした。これはと思う映画や芝居の初日、落語名人会の客席

には必ずと云っていいぐらい渥美さんの姿がある。登山帽を目深にかぶって大きなマスクをかけ、レインコートを巻き付けるように着て、競馬新聞なんか読んでいる。あんまり極端に拵《こしら》えているから、すぐバレるんです。でも渥美さんは私生活を絶対に売らない人ですし、周囲もそれが分かっているから、わざと気づかないふりをしている。とりわけ御家族のことは喋らない人でした。それはもう徹底していた。これこそ渥美さんの俳優としての本能だったと思います。

渥美清と「男はつらいよ」

『男はつらいよ』の車寅次郎の話になりますが、渥美清は天才的な演技者だから何でもござれで、どんな役でも出来るんだと、長い間、錯覚していました。でも、よく考えると、渥美清は渥美清に扮したときが一番、面白い。もっと云えば、病気になる前の彼、つまり喧嘩ッ早い暴れん坊で、そのくせおっちょこちょいで気がよくて、すぐにかっとなって洗いざらいまくし立てるが、云っているうちに相手が可哀想になって舌鋒が鈍るというような、そういう自分を演じているときが、もっとも輝くんです。これはほとんど車寅次郎のキャラクターそのものですが、このへんのからくりを発見した山田洋次という映画作家の洞察力には、共同脚本の朝間義隆さんのそれを含めて、すごいものがあります。

渥美清に渥美清を演じさせ、その結果、スクリーンに現れた人物像を車寅次郎と名付けるという大仕掛けに加えて、山田さんは様ざまな補強を施しています。まず、『男はつらいよ』は寅次郎の失恋物語ですが、寅さんが失恋するということは、誰かが得恋するわけで、これは同時に恋愛映画にもなっている。失恋、得恋、どちらも強力な物語形式で、うまい設定ですね。

第二に、『男はつらいよ』は、一種の貴種流離譚なんです。私風に定義すると、「貴い家柄に生まれた英雄が、運命の命ずるところによって本郷（ふるさと）を離れて流浪し、幾多の苦難を女性の力などを借りて克服し、ついに本郷へ凱旋する」

これが貴種流離譚の物語形式です。この形式は神話や説話の形でどんな国にもあります。じつは寅さんの物語は全部これの裏返し。構造はそのままですが、中味はアベコベ、逆になっている。

「ごく普通の家に生まれた、とくに取り柄もない男が、つまらないことで本郷を離れて流浪し、たいした苦難にも会わないままに、むやみに女性に上《のぼ》せあがり、いっこうに向上もせず、なすところなく本郷に舞い戻り、そこでまた悶着を起こす」

これが『男はつらいよ』の物語形式です。

第三に、兄と妹という物語構造が入り込んでいる。兄から妹への、妹から兄への濃い感情、この形式も強い。

第四にこの物語は道中記、道行き物の体裁をとっていますが、ドン・キホーテしかり、弥次喜多しかりで、これまた丈夫な形式なんですね。つまり古くて安定した物語形式を三つも四つも組み合せてあるのですから、行き詰まるわけがない。四十八作もつづいたのは、多分こういった頑丈この上ない形式のおかげでしょう。一方で山田洋次監督は、失われかけた美しい海や川、古い町の夕暮れ、人の情け、お芋の煮っころがしといったものを画面一杯に取り込んだ。そのことで、神話や説話の形式を借りたこの物語自体が現代の神話、説話といった色合いを帯び始めました。これはたいへんな大発明だと感服するばかりです。

こういった周到な仕掛けのもとで何が起こったか。わたしは渥美清さんの私生活については、ほとんど知るところがない。永い付き合いですが、奥さんにお目にかかったこともなければ、お家がどこにあるかも分からない。お子さんが何人おいでかも知らない。そのくせ、車寅次郎氏についてなら、たいていのことは承知している。何人の女性に失恋したか、そのときの事情はどうであったか。また、何組の男女の縁結びをしたか、そのときの事情はどうであったか。たちどころに答えることができます。つまりいつの間にか渥美清は消えていて、車寅次郎が生きている。これはすごい話ですね。つまり渥美さんは半生かけて実在する自分を消しに消し、かわりに山田洋次さんや朝間義隆さんの知恵をかりながら車寅次郎という戦後最大の架空の人物の中に潜り込むことにみごとに成功したのです。この一世一代の大トリックを成立させるためには、やはり私生活を、そして御家族を他人に見せてはいけなかったんですね。
渥美清さんはこれからもなお、車寅次郎として、新しい神話の主人公として、スクリーンやブラウン管の上で繰り返し繰り返し生き続けるはず。これは役者として望み得る最高の達成でしょう。その意味では、あなたはまことに幸せな役者でした。

（一九九六年九月）

出典一覧

Ⅰ　光ほのかに

光ほのかに　『完本ベストセラーの戦後史』（2014年　文春学藝ライブラリー）
昌益先生の辞典　『ニホン語日記』（1996年　文春文庫）
接続詞「ところが」による菊池寛小伝　『菊池寛』（2008年　ちくま日本文学027）
昭和二十二年の井伏さん　『文学強盗最後の仕事』（1998年　中公文庫）
性生活の知恵　『完本ベストセラーの戦後史』（前掲）
先生が汽車をとめた話　『文学強盗最後の仕事』（前掲）
天才アカボン　『さまざまな自画像』（1982年　中公文庫）
カントとフロイト　『さまざまな自画像』
最前衛を突っ走った夷斎先生　『悪党と幽霊』（1994年　中公文庫）
こんな生活　『餓鬼大将の論理』（1998年　中公文庫）
解説にかえて――『あちゃらかぱいッ』　『文学強盗最後の仕事』（前掲）

Ⅱ　カナシイ夜は「賢治全集」

言語遊戯者の磁場　『風景はなみだにゆすれ』（1982年　中公文庫）
道元の言語世界　『遅れたものが勝ちになる』（1992年　中公文庫）

キク月水　『聖母の道化師』（1984年　中公文庫）
カナシイ夜は「賢治全集」　『遅れたものが勝ちになる』（前掲）
百年の日本人「夏目漱石」　『遅れたものが勝ちになる』（前掲）
一葉の財産　『樋口一葉』（2008年　ちくま日本文学013）
「なあんちゃって」おじさんの工夫　『太宰治に聞く』（2002年　文春文庫）
林芙美子のこと　『ふふふ』（2009年　講談社文庫）
紆余曲折　『ふふふ』（同前）
私のチェーホフ　『朝日新聞』2004年5月7日—6月4日（『井上ひさしコレクション　人間の巻』岩波書店　2005年所収）

Ⅲ　世界の真実、この一冊に

道化としての本庄茂平治　『松本清張全集28』解説（1973年　文藝春秋）
二人の筆ノ人に感謝する　『文学強盗最後の仕事』（前掲）
北杜夫『高みの見物』　『風景はなみだにゆすれ』（前掲）
これこそ真の現代語訳という凄い仕事　『文学強盗最後の仕事』（前掲）
野田秀樹の三大技法　『死ぬのがこわくなくなる薬』（1998年　中公文庫）
世界の真実、この一冊に　『井上ひさしの読書眼鏡』（2015年　中公文庫）
『この国のかたち』のかたち　『餓鬼大将の論理』（前掲）

Ⅳ　二人の亀治

二人の亀治　『新潮』1979年4月号
お道化者殺し　『ジャックの正体』（1982年　中公文庫）
暴風神父　『ふふふふ』（2013年　講談社文庫）
道元の洗面　『さまざまな自画像』（前掲）
石井恭一先生のこと　『丘を下っていった人』石井恭一著　解説（2004年　ラ・サール会）
わがアイデア母さん　『さまざまな自画像』（前掲）
餓鬼大将の論理　『餓鬼大将の論理』（前掲）

V　好きだからけなせる

かくし玉効果　『遅れたものが勝ちになる』（前掲）
片目の名ショート　『遅れたものが勝ちになる』（前掲）
一拍子の名選手　『遅れたものが勝ちになる』（前掲）
無国籍語の意味　『ビバ！　チャップリン』（淀川長治監修　1972年　東宝㈱）
「場」を最重視する作家　『洋画ベスト150』（1988年7月　文春ビジュアル文庫）
「日々難渋也」…心休まる励まし　『餓鬼大将の論理』（前掲）
忘れられない映画監督　『井上ひさしの読書眼鏡』（前掲）
好きだからけなせる　『読売新聞』1998年11月18日（『井上ひさしコレクション　人間の巻』前掲所収）

Ⅵ　スペイン女優の大きなハンドバッグ

若尾文子／三波伸介／熊倉一雄／黒柳徹子
『軟派にっぽんの100人』（1981年　集英社文庫）
二人のサントウについて
『山藤章二のブラック＝アングル'76』解説（1981年　新潮文庫）
てんぷくトリオ　『ふ ふ ふ』（前掲）
別冊で思い出すこととなると　『死ぬのがこわくなる薬』（前掲）
小沢昭一の二つの冒険　『シャボン玉座公演「唐来参和」パンフレット』1984年9月
木村教信者の弁　『悪党と幽霊』（前掲）
スペイン女優の大きなハンドバッグ
『銀座界隈ドキドキの日々』和田誠著　解説（1997年　文春文庫）
渥美清とフランス座　『オール讀物』1996年9月号　原題「渥美清と車寅次郎」
（『井上ひさしコレクション　人間の巻』前掲所収）

井上ひさしエッセイ集一覧（除く編・共著、含む品切れ。文庫化されている作品は文庫版のみ記載）

『家庭口論』（１９７６年　中公文庫）
『続家庭口論』（１９７６年　中公文庫）
『日本亭主図鑑』（１９７８年　新潮文庫）
『新東海道五十三次』（画・山藤章二　２０１３年　河出文庫）
『ブラウン監獄の四季』（２０１６年　河出文庫）
『パロディ志願』（１９８２年　中公文庫）
『風景はなみだにゆすれ』（１９８２年　中公文庫）
『ジャックの正体』（１９８２年　中公文庫）
『さまざまな自画像』（１９８２年　中公文庫）
『巷談辞典』（画・山藤章二　２０１３年　河出文庫）
『私家版　日本語文法』（１９８４年　新潮文庫）
『聖母の道化師』（１９８４年　中公文庫）
『ことばを読む』（１９８５年　中公文庫）
『本の枕草紙』（１９８８年　文春文庫）
『にっぽん博物誌』（１９８６年　朝日文庫）
『自家製　文章読本』（１９８７年　新潮文庫）

『遅れたものが勝ちになる』（1992年　中公文庫）
『悪党と幽霊』（1994年　中公文庫）
『コメの話』（1992年　新潮文庫）
『どうしてもコメの話』（1993年　新潮文庫）
『ニホン語日記』（1996年　文春文庫）
『死ぬのがこわくなくなる薬』（1998年　中公文庫）
『文学強盗の最後の仕事』（1998年　中公文庫）
『餓鬼大将の論理』（1998年　中公文庫）
『往復書簡　拝啓　水谷八重子様』（水谷良重共著　1995年　集英社）
『本の運命』（2000年　文春文庫）
『ニホン語日記2』（2000年　文春文庫）
『自選ユーモアエッセイ1　わが人生の時刻表』（2000年　集英社文庫）
『自選ユーモアエッセイ2　日本語は七通りの虹の色』（2001年　集英社文庫）
『自選ユーモアエッセイ3　吾輩はなめ猫である』（2001年　集英社文庫）
『にほん語観察ノート』（2004年　中公文庫）
『井上ひさしと141人の仲間たちの作文教室』（文学の蔵編　2002年　新潮文庫）
『あてになる国のつくり方』（2008年　光文社文庫）
『井上ひさしの日本語相談』（2011年　新潮文庫）

『井上ひさしコレクション　ことばの巻　人間の巻　日本の巻』全3冊（2005年　岩波書店）
『ふふふ』（2009年　講談社文庫）
『子どもにつたえる日本国憲法』（絵・いわさきちひろ　2006年　講談社）
『ボローニャ紀行』（2010年　文春文庫）
『わが蒸発始末記』（2009年　中公文庫）
『ふふふふ』（2013年　講談社文庫）
『この人から受け継ぐもの』（2010年　岩波書店　2019年　岩波現代文庫）
『井上ひさしの読書眼鏡』（2015年　中公文庫）
『初日への手紙Ⅰ・Ⅱ』（古川恒一編　2013年、15年　白水社）
『完本　ベストセラーの戦後史』（2014年　文春学藝ライブラリー）
『井上ひさしから、娘へ——57通の往復書簡』（2017年　文藝春秋）
『井上ひさしベスト・エッセイ』（井上ユリ編　2019年　ちくま文庫）
『井上ひさし発掘エッセイ・セレクション』全3冊
「社会とことば」「芝居とその周辺」「小説をめぐって」（2020年　岩波書店）

巻末エッセイ

叶わなくなったコトバ

野田秀樹

私が時折住むロンドンの部屋は、東京の部屋と違い何もない。忙しさもない。そこへ、井上ひさし氏、逝去の報せが届いた。部屋中が井上さんの死でいっぱいになった。「井上さん、死んだのか……」幾度もつぶやいた。気がついたら、五十四歳の男の目じりに涙がたまっていた。

あれから一カ月余りがたった。私はモノと忙しさがあふれている東京に戻り、井上さんの死を忘れ始めている。部屋中に一杯になったはずの井上さんの死が、少しずつ霧のように拡散し始めている。

きっといつか、井上ひさしの死をゆっくりと時間をかけて考えることがある。そう思いながら、今現在、芝居を作っているという営みに忙殺され、実はこのまま、そんな時間もなく過ぎて行ってしまうのではないか。そのことが怖い。井上ひさしを、忙しさで片づけてしまう。いつの日にか読もうと思ったまま、机の上に山積みになった本の中に、井上ひさしの死を埋もれさせてしまう。それが恐ろしい。

井上さんの作品とコトバは末永く残る。当たり前のようにそう言われるだろう。そんな紋切り型のコトバで片づけて、世間も井上ひさしを忘れ始めている。あるいは「ひょっこりひょうたん島の……」といったレッテルで偉大な劇作家の死をやり過ごしてしまう。私ばかりでなく、なんと身勝手な世間の忙しさだ。

私は自分の忙しさを棚に上げ、世間が慌ただしく井上ひさしを「ヒューマニストの作家」のように乱暴に片づける姿が耐えられない。

井上さんは「悪意の作家」だ。それもやすっぽい偽悪作家ではなく、手間暇かけて磨き上げた「悪意」がいつも作品に込められていたように思う。それが私の誤読だというのであれば、恐らく私は、井上さんの本の「悪意」に見えるところが好きだった。そして、それを言葉だけで目の前に立ちあがらせる井上さんの劇作家としての腕力は、私のようにせっかちにモノを書く人間からすると、本当にうらやましい限りだった。どうやって、昔の歴史上の人間をあれほどに造型して見せることができるのか。それは、その人物をただひとつの視線から見ていないからであり、そこに持ち込んでくる「悪意」の目線、それは誰にも真似のできない手つきだった。

井上さんが亡くなったことで、井上さんの手がなくなった。その手から生み出される文字が消えた。手つきが消えた。井上さんの口から醸し出される肉声も消えた。その消えたモノの中にこそ、生きていた頃の井上ひさしの、本当の大きさや強さや凄みがあったように思えてならない。作品ではないところの井上ひさしのコトバ。あの膨大な量の作品よりも、さらに膨大な数の作品にならなかったコトバがあった。そのコトバを紡ぎ出すには、今日ここに井上ひさしは生きていなければならないし、生き続けていかなければならないはずだった。それが叶わなくなった。どのくらいのモノが叶わぬまま消えてしまったのだろう。

（『悲劇喜劇』２０１０年７月号より転載）

本書は文庫オリジナルです。

井上ひさしベスト・エッセイ　井上ひさし　井上ユリ編

むずかしいことをやさしく……幅広い著作活動を続け、多岐にわたるエッセイを残した「言葉の魔術師」井上ひさしの作品を精選して贈る。（佐藤優）

秘本大岡政談　井上ひさし

こんな大岡様は観たことない。江戸城書物奉行が観た大岡裁きの秘密を描く表題作をはじめ単行本未収録作品5篇に明治物2篇を収録。（山本一力）

色川武大・阿佐田哲也ベスト・エッセイ　色川武大／阿佐田哲也　大庭萱朗編

二つの名前を持つ作家のベスト。文学論、落語からタモリまでの芸能論、ジャズ、作家たちとの交流も。阿佐田哲也名の博打論も収録。（木村紅美）

開高健ベスト・エッセイ　開高健　小玉武編

文学から食、ヴェトナム戦争まで——おそるべき博覧強記と行動力。「生きて、書いて、ぶつかった」開高健の広大な世界を凝縮したエッセイを精選。

葡萄酒色の夜明け　開高健　小玉武編

旺盛な行動力と好奇心の赴くままに書き残された優れたエッセイを人物論、紀行文、酒食などに整理し、併せて貴重な書簡を収める。

田中小実昌ベスト・エッセイ　田中小実昌　大庭萱朗編

東大哲学科を中退し、バーテン、香具師などを転々とし、飄々とした作風とミステリー翻訳で知られるコミさんの厳選されたエッセイ集。（片岡義男）

殿山泰司ベスト・エッセイ　殿山泰司　大庭萱朗編

独自の文体と反骨精神で読者を魅了する性格俳優、故・殿山泰司の自伝エッセイ、撮影日記、ジャズ、政治評。未収録エッセイも多数！（戌井昭人）

中島らもエッセイ・コレクション　中島らも　小堀純編

小説家、戯曲家、ミュージシャンなど幅広い活躍で没後なお人気の中島らもの魅力を凝縮！　酒と文学とエンターテインメント。（いとうせいこう）

向田邦子ベスト・エッセイ　向田邦子　向田和子編

いまも人々に読み継がれている向田邦子。その随筆の中から、家族、食、生き物、こだわりの品、旅、仕事、私…、といったテーマで選ぶ。（角田光代）

森毅ベスト・エッセイ　森毅　池内紀編

まちがったって、完璧じゃなくたって、人生は楽しい。稀代の数学者が放った教育・社会・歴史他様々なジャンルに亘るエッセイを厳選収録！

山口瞳ベスト・エッセイ　山口瞳／小玉武編
サラリーマン処世術から飲食、幸福と死まで。——幅広い話題の中に普遍的な人間観察眼が光る山口瞳の豊饒なエッセイ世界を一冊に凝縮した決定版。

パンツの面目ふんどしの沽券　米原万里
キリストの下着はパンツか腰巻か？　幼い日にめばえた疑問を手がかりに、人類史上の謎に挑んだ、抱腹絶倒&禁断のエッセイ。（井上章一）

言葉を育てる　米原万里対談集　米原万里
この毒舌が、もう聞けない……類い稀なる言葉の遣い手、米原万里さんの最初で最後の対談集。VS.林真理子、児玉清、田丸公美子、糸井重里ほか。

日々談笑　小沢昭一
話芸の達人の、芸が詰まった一冊。柳家小三治と佐渡の芸能話、網野善彦と陰陽師や猿芝居の話、清川虹子と喜劇話……多士済々17人との対談集。

バカ田大学なのだ!?　赤塚不二夫
マンガ史上最高のキャラクター、バカボンのパパを主人公にした一冊！　なぜママと結婚できたのかなどの謎が明かされる。（椹木野衣）

赤塚不二夫のだめマンガ　赤塚不二夫
こんなのありか！　だめこそ面白い！　全身ギャグマンガ家の凄さを再発見するオリジナルアンソロジー。石野卓球氏推薦。（赤塚りえ子）

アフガニスタンの診療所から　中村哲
戦争、宗教対立、難民。アフガニスタン、パキスタンでハンセン病治療、農村医療に力を尽くす医師と支援団体の活動。（阿部謹也）

吉行淳之介ベスト・エッセイ　吉行淳之介／荻原魚雷編
創作の秘密から、ダンディズムの条件まで。「文学」「男と女」「紳士」「人物」のテーマごとに厳選した、吉行淳之介の入門書にして決定版。（大竹聡）

文壇挽歌物語　大村彦次郎
太陽族の登場で幕をあけた昭和三十年代。編集者の目から見た戦後文壇史の舞台裏。『文壇うたかた物語』『文壇栄華物語』に続く〈文壇三部作〉完結編。

おかしな男　渥美清　小林信彦
芝居や映画をよく観る勉強家の彼と喜劇マニアのぼく。映画「男はつらいよ」の〈寅さん〉になる前の若き日の渥美清の姿を愛情こめて綴った人物伝。（中野翠）

ちくま文庫

ひと・ヒト・人
――井上《いのうえ》ひさしベスト・エッセイ続《ぞく》

二〇二〇年九月十日　第一刷発行

著者　井上ひさし（いのうえ・ひさし）
編者　井上ユリ（いのうえ・ゆり）
発行者　喜入冬子
発行所　株式会社　筑摩書房
東京都台東区蔵前二―五―三　〒一一一―八七五五
電話番号　〇三―五六八七―二六〇一（代表）
装幀者　安野光雅
印刷所　中央精版印刷株式会社
製本所　中央精版印刷株式会社

ISBN978-4-480-43693-1 C0195